G1

Harper
Collins

David Albertyn

Zeit der Vergeltung

Thriller

Aus dem Englischen von
Joannis Stefanidis

Harper
Collins

HarperCollins®

FSC
MIX
Papier
FSC® C014496

1. Auflage: Januar 2020
Deutsche Erstausgabe

Originaltitel: »Undercard«
Erschienen bei: Spiderline, Toronto

Published by arrangement with
House of Anansi Press Inc., Toronto

Umschlaggestaltung: zero-media.net, München
Umschlagabbildung: Michael Joven / EyeEm, NAT FARBMAN / Getty Images, FinePic®, München
Satz: GGP Media GmbH, Pößneck
Printed in Germany
Dieses Buch wurde auf FSC®-zertifiziertem Papier gedruckt.
ISBN 978-3-95967-373-0

www.harpercollins.de

12:00 – 24:00 UHR

1

12:34 UHR

Es riecht nach Schweiß, Leder und Blut. Staubpartikel tanzen in der Luft, als seien es elektrisch geladene Teilchen. Muskeln explodieren, Schläge schallen durch das abgelegene Gym in Las Vegas, in dem die Boxer ihre Klingen für ihren alles entscheidenden Auftritt im Casino schärfen.

Keiner von ihnen ist fokussierter als Antoine Deco. Sein starrer Blick gilt allein seinem Ziel. Ein einziger Fokus nur: Sandsack und Ring. Seit zwanzig Jahren nur dieser eine Fokus.

Antoine tritt einen Schritt zurück und wischt sich den Schweiß aus den Augen, sieht den jungen Reporter, der ihn beobachtet. Ein Niemand. Sonst würde er nicht dort stehen und darauf warten, einen Boxer der Vorkämpfe zu interviewen. Er wäre bei den Big Boys, würde vor Gibbons und Suarez rumkriechen.

Antoine findet es gut so. Unsichtbar, unterschätzt, übersehen – der Schmerz, der in ihm schwelt, ist seine Geheimwaffe geworden. Er drischt seine behandschuhte Faust in den Sandsack. Lässt ein paar Kombinationen folgen. Alejandro, sein Trainer, grunzt, versucht den Sack gerade zu halten. *Rumms.* Antoines Faust hinterlässt eine Mulde im Leder. Seine Beine sind leicht, ausgeruht; seine Lunge ist stark und geschmeidig; ungezählte Male hat er sie an ihre Grenzen und darüber hinaus geführt, er hat keine Ahnung, wie oft. *Rumms.* Leder auf Leder, Handschuh auf Boxsack. Der einzig schönere Klang ist der gedämpfte Aufprall seiner Faust im Gesicht des Gegners. Nein, das Knacken des Nasenbeins. Nein, das Gurgeln, wenn …

Er weicht zurück. Schweiß tropft ihm aus der Nase wie Blut. Er atmet animalisch durch den Mund. Nicht jetzt. Erst muss er noch etwas erledigen.

Er lässt einen letzten Schlag los und wendet sich dann dem Reporter zu. Der *hijo de puta* sieht ungeduldig aus. Scheiß drauf, ich hab nicht drum gebeten, interviewt zu werden.

Alejandro reicht ihm ein Handtuch, das Antoine sich ans Gesicht drückt. Er wischt sich über Schultern, Arme und Brust, legt es sich um den Hals und nickt dem Reporter zu. Bringen wir es hinter uns.

Sie sitzen auf schwarzen Metallklappstühlen, hinten an der Wand neben den Bänken und Gewichten, abseits vom Ring und den Sandsäcken. Antoine spritzt sich Wasser in den Mund, schwenkt es hin und her, ehe er es runterschluckt.

»Ich habe mich immer gefragt«, beginnt der Reporter in geselligem Ton, als wären sie Freunde, »was es mit dem Namen Deco auf sich hat?«

»Ist nicht echt«, sagt Antoine. »Hat mein Vater sich ausgedacht, als wir ins Land kamen.«

»Verstehe. Und woher kam Ihr Vater?«

Antoine starrt sein Gegenüber an. Diesen Mann mit seinem kleinen Notizbuch und dem silbernen Kuli, mit dem er die Geheimnisse von Antoines Leben aufschreiben will; diesen Mann, der etwa genauso alt ist wie er selbst; diesen Mann, der – Antoine sucht nach dem passenden Wort – so *normal* ist. Er sieht den Ehering an seinem Ringfinger. Fragt sich, was seine Frau wohl sagen würde, wenn er ihm den Finger abschnitte und den Ring behielte. »Hat mein Vater mir nie erzählt. Irgendwo aus dem Süden.«

Der Reporter rutscht auf dem Stuhl herum. Antoine kann spüren, worauf der Mann aus ist. Auf eine Erlösungsgeschichte. Auf die Schnulze vom Waisenjungen, der in eine Gang gerät, ins Gefängnis geht und sich zum geläuterten Profisportler wandelt. Der Gott dankbar ist, der dem Boxsport dankbar ist, der allen dankbar ist.

Aber kriegen tut der Reporter mich. Antoine Deco. Der niemandem dankbar ist.

»In den meisten Mittelgewichtsrankings werden Sie in den Top Fünfzehn geführt. Kolya Konitsyn rangiert in den Top Fünf. Ein Sieg heute Abend wäre ein gewaltiger Schritt in Richtung eines Titelkampfes.«

»Ist das eine Frage?«

»Was würde Ihnen ein Sieg bedeuten und wie würde er sich auf Ihre Karriere auswirken?«

Antoine lächelt beinahe und stellt sich vor, wie der Reporter sich morgen früh fühlen wird. In den Hintern treten wird er sich, wenn er erfährt, was Antoine getan hat und dass seine Fragen nichts als der Versuch der Bestätigung von Klischees waren.

»Ich sag Ihnen was«, entgegnet Antoine und beugt sich vor. »Egal ob Sieg oder Niederlage, über heute Nacht denke ich nicht hinaus.«

»Sie denken nur von Kampf zu Kampf?«

»Nein. Ich sehe die Dinge langfristig.«

»Nur heute Abend nicht?«

»Der Kampf nachher ist das Ziel. Man muss ihn nur noch kämpfen.«

Der Mann mustert ihn unsicher. »Sie, ähm … Nach einigen Niederlagen zu Beginn Ihrer Karriere haben Sie nun seit über zwei Jahren keinen Kampf mehr verloren. Sie sind in den Rankings nach oben geschossen. Worauf führen Sie das zurück?«

In Antoines Blick tritt ein genervtes Funkeln. »Technik und Training. Was sonst?«

»War es vielleicht Ihre Haftstrafe? Alle sagen, seit Sie raus sind, seien Sie ein anderer Kämpfer geworden. Seitdem haben

Sie nicht mehr verloren. Gibt es da einen Zusammenhang und wenn ja, welchen?«

Antoine lauscht dem Trappeln der Schuhsohlen und dem steten Zusammenprall von Leder auf Leder. Er hört die Kommandos der Trainer an ihre Kämpfer und wie diese die Kommandos ächzend umsetzen.

»Nicht in der Art, wie Sie denken. Das Gefängnis hat mich nicht stärker gemacht oder mir beigebracht, jeden Moment wertzuschätzen oder was immer die Leute für einen Blödsinn glauben, was der Knast mit einem anstellt. So rehabilitiert man niemanden. Das Gefängnis hat mich gezwungen, mich selbst zu trainieren.« Antoine lächelt. »Ich bin ein guter Trainer.«

»Also würden Sie sich nicht als ›rehabilitiert‹ bezeichnen?«

Er will Klatsch hören, denkt Antoine. Nicht besser als ein Bullenspitzel. »Ich würde niemanden als ›rehabilitiert‹ bezeichnen. Selbst nicht die, die nie gesessen haben. Außer …«

»Außer wen?«

Antoine verzieht das Gesicht. Erhebt sich vom Stuhl, sein Rücken kerzengerade und hart wie ein Brett. »Das Interview ist beendet.«

»Warten Sie … Moment noch … Es hieß, wir hätten bis eins Zeit – bis dahin sind es noch fünf Minuten. Wer braucht Ihrer Meinung nach keine Rehabilitation?«

Aus dunklen Augen schaut Antoine auf den Reporter hinab. »Heute Abend ist der größte Kampf meines Lebens. Ich hab zu tun.«

2

13:11 UHR

Er setzt einen Fuß auf das durstige gelbe Gras von Auntie Trudys großem Garten hinterm Haus und will fast wieder kehrtmachen. Zu spät. Er wurde bemerkt.

»Sieh dich an! Prince Shaw ist zurück! Wieder zu Hause!«, platzt es aus Auntie Trudy heraus. Auf der blumengeschmückten Veranda windet sie sich um den mit Essen beladenen Tisch. Die gesamte Grillparty, rund fünfzig Leute, wenden sich zu ihm um. »Endlich frei! Endlich frei! Dank dem Herrn, dem Allmächtigen … unser Junge ist endlich wieder frei!«, ruft sie aus vollem Hals, als würde sie Martin Luther King nicht nur zitieren, sondern wäre seine Wiedergängerin.

Tyron macht einen Schritt zurück, und Tara, seine Cousine, stupst ihn von hinten an. »Das schaffst du schon«, sagt sie. »Schlimmer als die Taliban kann es nicht sein.«

Er wirft ihr einen befremdeten Blick zu.

Auntie Trudy eilt ihm entgegen, schnauft in ihrem rosafarbenen Kleid. »Und *sieh* dich an!« Sie schlingt ihre kräftigen Arme um ihn, mehr ein Angriff als eine Umarmung. »Du siehst besser denn je aus. Unser Kriegsheld. Wir haben dich vermisst, Tyron.«

Sie schaut ihm tief in die Augen, und er muss wegsehen. Er verdient diese Anbetung nicht. Diese Liebe. Und das von einer Frau, mit der er nicht mal blutsverwandt ist, selbst wenn er sie Tante nennt.

»Wir haben dich vermisst«, wiederholt sie. »Die Stadt braucht einen Shaw in ihrer Mitte.«

»Lass das, Auntie Trudy. Ich werde gleich rot.«

»Dann werd doch rot. Ich hör nämlich nicht auf.«

Er kann nicht anders als zu lächeln. Er vergräbt sie in seinen Armen und hebt sie vom Boden. Drückt ihr einen Schmatzer auf die Wange, und nun ist sie diejenige, die sprachlos errötet.

Zwei Meter neben ihnen bellt ein Pitbull, jault nach Aufmerksamkeit. Und dahinter der weite Wüstenhimmel. Von einer Wüste in die andere, denkt er. Ein Leben in Sand und Staub.

Jetzt kommen auch andere Leute auf ihn zu, gratulieren ihm, heißen ihn zu Hause willkommen. In seinem Kopf beginnt sich alles zu drehen. Es hilft auch nicht, dass Auntie Trudy ihm trotz seiner Proteste einen Teller mit Grillhuhn, Russischen Eiern und Kartoffelbrei in die Hand drückt. Aber er kann nicht leugnen, dass sich all das hier gut anfühlt. Er war lange fort. An grauenvollen Orten. Um dort grauenvolle Dinge zu tun.

Die Leute fragen ihn nach dem Irak und nach Afghanistan, nach den Marines, wie es ihm gehe. Sie möchten wissen, was er nun vorhat, und seine Antwort ist nur ein Schulterzucken.

Und dann fragen sie ihn, ob er von Keenan Quinn wisse.

»Hast du von dem Prozess gehört?«

»Weißt du, dass er freigeprochen wurde?«

»Weißt du von der Demonstration morgen? Dem Protestmarsch?«

»Du hast doch damals bei ihm und seinen Eltern gewohnt, nicht wahr?«

»Redest du noch mit diesem Killer?«

»Du hast deine Frau an ihn verloren, oder?«

»Wirst du ihn fragen, warum er uns einen weiteren schwarzen Jugendlichen genommen hat?«

Ja, Tyron hat alles über Officer Keenan Quinn gehört. »Seinetwegen steht die Stadt kurz davor überzukochen«, sagte Tara gestern während der Fahrt vom Flughafen. »Und das direkt vor dem Superkampf Gibbons gegen Suarez, wo das ganze Land hierherschaut. Ich mache mir Sorgen, was passieren könnte, Tyron.«

Seit er die Geschichte kennt, fällt es ihm schwer, seine Erinnerung an seinen besten Jugendfreund in Einklang zu bringen mit dem Bild vom weißen Cop, der einen unbewaffneten schwarzen Teenager namens Reggie Harrison erschossen hat. Keenan ist – *war* – nicht der Typ, der so etwas tut. Keenan war nie ein Rassist. Sie waren praktisch Brüder gewesen.

»Hast du von deinem alten Kumpel gehört?«

»Ja, ich hab von Keenan gehört«, knurrt Tyron Ricky Laurent an, der als Letzter zu ihm kommt.

»Nein, ich meine nicht Keenan. Ich meine deinen anderen Kumpel von damals. Den kleinen Mexikaner.«

Welcher kleine Mexikaner? Im ersten Moment weiß Tyron nicht, von wem die Rede ist. »Antoine?«

»Yeah, genau der. Antoine ›Dex‹ Deco. Hast du von ihm gehört?«

Tyron kneift die Augen zusammen, als würde er durch die Zielhilfe seines Sturmgewehrs blicken. Er hat Antoines Namen seit Jahren nicht mehr gehört. Alles, was er in seiner Überraschung sagen kann, ist: »Ich bin mir nicht sicher, ob er Mexikaner ist.«

»Was auch immer. Latino eben. Er kämpft heute Abend.«

»Wie meinst du das: ›Er kämpft heute Abend‹?«

»Äh, Alter ... Hast du zufällig gehört, dass heute Abend im Reef der Kampf des Jahrzehnts stattfindet? Weißt du davon? Nun, dein Latino-Kumpel bestreitet den Vorkampf.« Ricky lacht über den Aberwitz des Ganzen. »Das ist mal ein Willkommensgruß, was?«

»Du verarschst mich.«

»Hab ich dich je verarscht?«

»Ungefähr jedes Mal, wenn wir miteinander sprachen.«

»Wie du meinst. Dann verarsche ich dich diesmal ausnahmsweise nicht. Dein Kumpel bestreitet den Vorkampf, ehe Gibbons und Suarez für ihren Superfight in den Ring steigen. Die ganze Welt schaut zu, und alle möglichen Stars werden da sein.«

»Aber wie ist das möglich? Zuletzt saß Antoine doch noch im Gefängnis?«

»Mann, du warst lange weg. Er kam vor ein paar Jahren raus und sorgt seitdem für mächtig Furore. Wenn er heute Abend gewinnt, steht er vor einem Titelkampf. Hast du nicht die Sozialen Medien verfolgt?«

Tyron schüttelt den Kopf. »Ich mag keine Ablenkung, wenn ich drüben bin.«

»Ist wohl sicherer so, was? Sich aufs Überleben zu konzentrieren.«

Überleben? Wäre es doch nur das Einzige gewesen, woran er drüben hätte denken müssen. Für ihn war es leichter gewesen, vollständig in eine Welt aus Selbstmordattentätern, öffentlichen Enthauptungen und Erschießungen einzutauchen, als sich ständig ins Gedächtnis zu rufen, dass es noch eine andere Welt gibt. »So in der Art.«

Er versucht die Gedanken zu verbannen und in die Gegenwart zurückzukehren. Es gelingt ihm nur teilweise. Antoine, denkt er. Er war der Schlechteste von uns dreien. Keenan und ich haben ihn im Ring regelmäßig k. o. geschlagen. »Wie ist er so gut geworden? Antoine, meine ich.«

»Hey Mann, *du* bist der Sportexperte. Ich weiß nur, dass heute Abend die schärfsten Frauen der Stadt am Ring sitzen werden – ach was, die schärfsten Frauen des Landes, ja praktisch der ganzen Welt. Und was passiert?« Ricky knufft ihn in die Seite. »Mein bester Freund ist wieder in der Stadt, und zufällig ist er ein guter Kumpel von dem Kerl, der heute Abend gewinnen wird … nun, zwar nicht den Hauptkampf, aber wenigstens das Vorprogramm! Das sollte uns doch irgendwie in die After-Show-Party reinbringen. Ich brauche keine Groupies aus der A-Liste. Die B-Liste genügt mir vollkommen.«

»Jetzt machst du aber wirklich Witze, oder?«

»Es war mir nie ernster im Leben.«

Tyron muss lachen. »Ja, genau.«

Ricky wendet sich Tara zu, streckt ihr einladend die Arme entgegen. Sie sieht fit aus in ihrem Tank-Top und den Jeansshorts, ihre Muskeln straff von ihrer täglichen Trainerarbeit. Sie stellt sich zu ihnen, mit Gartensalat und Mais auf ihrem Pappteller. Aus ihrem ovalen ebenmäßigen Gesicht, das umrahmt wird von kurzem, natürlich belassenen Haar, schaut sie unverwandt auf Rickys ausgestreckte Arme, bis der sie widerwillig runternimmt.

»Worüber redet ihr?«, fragt sie die beiden, während sie ihre Plastikgabel im Salat versenkt.

»Ricky will, dass ich Antoine Deco nach Tickets für den Kampf heute Abend anhaue, damit er sich dort an die Frauenwelt ranmachen kann.«

»Komm, Alter – ›an die Frauenwelt ranmachen‹. Ich bin Boxfan, das ist alles, Tara. Eigentlich habe ich gehofft, dass wir dich mitnehmen können. Aber wahrscheinlich will Ty wegen seinem Jetlag sowieso nicht hingehen. Wär aber kein Problem, dann gehen wir eben ohne ihn.« Als sie nichts entgegnet, boxt Ricky sich mit der Faust in die offene Hand und sagt: »Wunderbar. Wir haben ein Date. Ich freu mich drauf, Tara.«

Tara sammelt ihren Atem, legt sich eine ausführliche Replik zurecht, beschließt dann aber, dass es ihre Zeit nicht wert ist, und sagt nur: *»Vergiss es.«* Dann geht sie zu einer größeren Gruppe weiter.

»Du hast es wirklich drauf.«

Rickys Blick klebt noch an ihr. »Ist sie Single?«

»Nein.«

»Echt jetzt? Ich dachte, sie sei getrennt von …«

»Nein zu dem, was du wirklich im Sinn hast. Du kannst nicht mit ihr ausgehen.«

»Warum willst du deinem eigenen Fleisch und Blut einen Fang wie mich vorenthalten? Ich kapier's nicht. Und was ist jetzt mit den Tickets?«

»Ist mir auch schleierhaft. Keine Ahnung, Mann. Wie soll ich das anstellen? Ich habe seit Jahren nicht mit Antoine gesprochen, Ricky. Und jetzt soll ich am größten Tag seines Lebens einfach so im Casino aufkreuzen und ihn um einen Gefallen bitten?«

»Du bist ein Genie. Echt jetzt. Weißt du das? Das ist eine großartige Idee. Besser als meine.«

»Welche Idee hattest du denn?«

»Dich an Bord zu holen und dich dann den Rest ausbaldowern zu lassen. *Das* war meine Idee.«

Tyron stößt ein leises Lachen aus. »Ich denk drüber nach.«

Er stellt seinen Wasserbecher ab und arbeitet sich durch den Garten, versucht sich bei jedem Einzelnen für dessen Erscheinen bei seiner Willkommensparty zu bedanken.

»Der Typ ist so ein Trottel«, sagt Tara zu ihm, als er neben ihr eine Pause einlegt. Er folgt ihrem Blick und sieht, dass sie in Rickys Richtung schaut.

»Was du nicht sagst«, entgegnet er.

»Amüsierst du dich?«

»Klar. Danke.«

»Weißt du, ich habe Naomi gefragt, ob sie kommen will.«

Tyron fährt herum zu ihr. »Du hast Naomi eingeladen?«

»Sieh mich nicht so an.«

»Warum hast du das getan?«

»Weil sie eine Freundin ist. Und weil sie auch zu deinen Freunden zählt.«

»Ich würde sie nicht als Freundin bezeichnen.«

»Okay, dann eben als deine große Liebe. Klingt das besser?«

Diesmal widerspricht er ihr nicht, sondern schiebt nur seinen Unterkiefer vor, als würde er gleich losgrunzen wie ein Hornochse.

»Entspann dich. Sie kommt nicht.«

Er verkneift sich ein Seufzen. »Ist mir alles ein bisschen viel. Ich bin noch nicht so weit, sie wiederzusehen.«

»Weißt du, genau das hat sie als Grund dafür angegeben, warum sie nicht kommt: ›Es wäre zu viel für Ty‹.« Grinsend fügt Tara an: »Man kann sagen, sie kennt dich in- und auswendig.«

»Lustig. Seid ihr beiden jetzt dicke Freunde, oder wie?«

»Wir coachen beide an der UNLV. Vor einem Jahr sind wir uns dort über den Weg gelaufen. Seitdem machen wir häufig was zusammen.«

»Sie ist Trainerin? Sie spielt nicht mehr Basketball?«

»Sie hat es vor einigen Jahren aufgegeben.«

Das hat er nicht erwartet. Naomi hatte immer nur eines gewollt, nämlich Profi werden. »Ist sie noch mit Keenan verheiratet?«

Das Schimmern in Taras Augen ärgert ihn. »Technisch gesehen, ja.«

»Was heißt das?«

»Das musst du schon selbst rausfinden.«

Tyron seufzt angesäuert. Es gibt eine weitere Frage, die er ihr gern stellen würde, doch er hat Angst vor der Antwort. Haben sie Kinder? Er beschließt, dieses Thema unangetastet zu lassen. »Ich dachte, ich würde vielleicht nie wieder etwas von Naomi, Keenan und Antoine hören. Jetzt bin ich zurück und jeder redet über sie.«

Tara zuckt mit den Schultern. »Im Leben deiner alten Freunde haben sich Veränderungen zugetragen. Einige zum Guten, andere zum weniger Guten. Und einige Veränderungen sind einfach nur … Veränderungen. Wie es eben so ist.«

Er nickt beipflichtend, ist in Wahrheit aber abgelenkt. Auf der anderen Seite des Gartens versucht Marlon Joseph über die Leute hinweg seinen Blick aufzufangen und winkt ihn mit einem Nicken seines kahlen, glänzenden, wie gemeißelten Schädels zu sich herüber. Als Tyrons Jugendfootballtrainer ist Marlon eine Nummer für sich gewesen: knallhart, achtungsgebietend, fast zwei Meter groß, mit eisenharten Muskeln bepackt. Als Freund seiner Eltern hat er ihm Ehrfurcht eingeflößt mit seinen Zitaten von Marx und Malcolm X, immer ein Buch in der Hand. Tyron ist sich nicht sicher, was er heutzutage von ihm hält, aber sein Respekt für den Mann ist groß genug, um seiner Aufforderung zu folgen. Er entschuldigt sich bei Tara und geht um die große Gruppe herum.

»Ty, Ty, komm her«, sagt eine der Frauen darin.

Langsamer werdend, aber ohne stehenzubleiben, bahnt er sich einen Weg durch die Menge der Gratulanten, die seine Hand schütteln und ihm auf den Rücken klopfen, bis er sich plötzlich vor Marlon wiederfindet. Er legt seine große Hand in Marlons, die noch größer und kräftiger ist als seine eigene. Marlons grauer Spitzbart ist das Einzige, was auf sein Alter hindeutet.

»Gut, dich zurück zu haben, junger Bruder.«

Beinahe entgegnet Tyron: »Schön, wieder hier zu sein«, aber Falschheit behagt ihm nicht, und er ist sich noch nicht sicher, ob er es wirklich schön findet, wieder hier zu sein. »Die Leute erzählen mir alle, wie stolz meine Eltern auf mich wären, wenn sie noch … Sie wissen schon … wenn sie noch am Leben wären.«

»Die Leute erinnern sich eben daran, was deine Eltern für uns getan haben«, sagt Marlon. »Sie waren besondere Menschen. Und sie wären tatsächlich stolz auf dich.«

Die Worte, gerade aus Marlons Mund, bedeuten ihm viel.

»Kommst du morgen früh zu dem Protestmarsch?«, fragt Marlon.

»Weiß noch nicht«, sagt Tyron. Er hat ja eben erst von der geplanten Demo erfahren, bei der die Leute gegen Keenans Freispruch protestieren wollen.

Marlon nickt. »Wie sehen denn jetzt deine Pläne aus? Hast du irgendwelche?«

»Jeder fragt mich das. Aber nach Hause zu kommen war für mich wie eine Fantasie. Alles, was darüber hinausging, war zu weit weg.«

»Ist wie mit dem Gefängnis. Wenn man drinsitzt, denkt man nur daran, wie sich das Gefängnistor öffnet. Was danach kommt bleibt vage. Wie alt bist du jetzt?«

»Zweiunddreißig.«

»Eine wichtige Zeit. Aber welche Zeit ist das nicht? Wenn man nicht verheiratet ist und keine Kinder hat, besitzt man Optionen wie ein junger Bursche. Weißt du, was ich glaube?«

»Was denn?«

»Ich glaube, es ist Schicksal. Dass du gerade jetzt zurückkehrst, direkt nach Keenans Freispurch. Und er ist ausgerechnet dein alter Freund.«

»Schicksal?«

»Ja, Schicksal. Wir brauchen mehr denn je einen Shaw, Tyron. Wenn du nicht weißt, was du mit deinem Leben tun sollst, wüsste ich etwas für dich. Übernimm die Rolle deiner Eltern. Organisiere unsere Gemeinde, klär die Leute auf, sei ein Aktivist. Führ die Bewegung fort. Das ist es, wofür du geboren wurdest, junger Bruder.«

Tyron hält Marlons eindringlichem Blick so lange es geht stand, bis er schließlich zum weiten Wüstenhimmel aufschaut. Er atmet die trockenheiße Luft ein. Ich muss irgendwohin, wo es feuchter ist, denkt er. Wo es kühl und grün ist. Das einzig Feuchte in der Wüste sind Schweiß und Blut.

Er wendet sich wieder Marlon zu und sagt: »Das Vermächtnis meiner Eltern fortzuführen beginnt damit, dass ich morgen bei dem Protestmarsch mitmache?«

»Das ist richtig.«

»Sie wissen doch, dass die Quinns mich nach dem Tod meiner Eltern bei sich aufgenommen haben.«

»Ich weiß.«

»Ich bin ein Marine, Marlon. Loyalität steht für mich über allem.«

»Und was tust du, wenn die Loyalität zu einem Mörder im Konflikt steht mit der Loyalität zu deinen Leuten?«

»In dem Fall stelle ich mich an den Spielfeldrand.«

»Du kommst also morgen nicht?«

Tyron schüttelt den Kopf.

»Denk noch mal darüber nach«, sagt Marlon. »Ein falscher Richterspruch wie dieser darf keinen Bestand haben, ganz gleich, wer der Freigesprochene ist.« Er legt eine Hand auf Tyrons Schulter und wirkt irgendwie sogar noch ernster. »Die Black-Lives-Matter-Bewegung nimmt gerade richtig Fahrt auf, Sohn. Endlich ist es so weit. Wir brauchen dich auf unserer Seite. Die Leute respektieren dich und glauben an dich. Sportstar, Kriegsheld und vor allem das einzige Kind von Terrence und Viola Shaw. Du kannst uns inspirieren. Nicht nur die jungen Leute, uns alle. Mich eingeschlossen. Wir brauchen dich, junger Bruder. Versprich mir, dass du darüber nachdenkst.«

Tyron greift Marlons Hand, und sie umarmen sich.

Als er über den verdorrten Rasen zurückgeht, erinnert Tyron sich daran, wie ein General ihm die Orden an die blaue Uniformjacke geheftet hat. Aber Orden hin oder her – sie ändern nichts am Gefühl des Unbehagens, das zunehmend Besitz von ihm ergreift.

3

14:18 UHR

Umgeben vom Tiefseegrün und den dunklen Blautönen, die im Reef Resort and Casino vorherrschen, fühlt Keenan sich wie unter Wasser, als hätte es ihn ins versunkene Atlantis verschlagen – falls es in Atlantis Spielautomaten gegeben haben sollte. Er wünschte, wirklich unter Wasser zu sein, am Meeresgrund zu liegen und auf echte leuchtende Korallen zu schauen, nicht auf diesen nachgemachten Mist, der aus dem Boden, den Wänden und der Decke ragt.

Sich zu ersäufen wäre nicht die schlechteste aller Möglichkeiten, um abzutreten. Sobald die Lunge dicht macht, wird der Schmerz brutal sein, aber am Ende gibt es bestimmt einen Moment erhebender Klarheit, stellt er sich vor.

Auf dem Weg zu den Fahrstühlen geht er an einem Nachtclub und einem Haifischbecken vorbei und kratzt sich am falschen schwarzen Vollbart, den er sich vor einer Stunde angeklebt hat. Er kann sein Gesicht nicht mehr in der Öffentlichkeit zeigen, jeder kennt es aus der Berichterstattung über den Prozess, die helle Haut und die rötlichen Bartstoppeln sind zu auffällig. Aber auch so weichen die Leute ihm aus, als ob sie wüssten, dass er verflucht ist. Er geht an einer weiteren Reihe von Spielautomaten entlang und erreicht die Fahrstühle, deren Türen auf Hochglanz poliert sind. Sein Spiegelbild mustert ihn unbehaglich.

Die Reef-Kappe fest auf dem Kopf, um seine feuerroten Haare zu verbergen, seine blauen Augen versteckt hinter der Pilotenbrille, der dumme schwarze Vollbart im Gesicht – er sieht aus wie ein Stalker. Welche Frau würde diesen Vogel eines zweiten Blickes würdigen, außer um sicherzustellen, dass er sie nicht verfolgt? Wenigstens sieht dieser Idiot nach Italiener aus und nicht, als wäre er gerade mit dem Schiff aus Dublin gekommen. Die Fahrstuhltüren öffnen sich, und er wird in der Mitte zerteilt wie in einem schlechten Filmschnitt.

Im vierten Stock steigt er aus und geht durch mehrere mit Teppichboden ausgelegte Flure zu einer Metalltür, auf der *Nur für Mitarbeiter* steht, hält seine Schlüsselkarte ans Lesegerät, um die Tür zu öffnen, und geht durch weitere Flure zu einer Reihe von Büros. Der Vorzimmerdame erklärt er, wer er ist, und wird geradewegs in das Büro des Sicherheitschefs, Raymond Monk, geschickt. Keenan wird erwartet.

An der Tür zögert Keenan, die Hand zum Anklopfen gehoben. Er ist dem alten Freund und früheren Partner seines Vaters dankbar, dass er ihm diesen Job verschafft hat, und doch kehrt in ihm ein altes Gefühl zurück, ein vergessenes Unbehagen, das der Mann in ihm auszulösen pflegte. Keenans Vater, Craig, sagt, Raymond Monk sei die Sorte Mann, die keiner Auseinandersetzung ausweicht, die es kaum erwarten kann, dass etwas passiert. In deren gemeinsamer Zeit bei der Drogenfahndung schlug er jedenfalls ohne groß nachzudenken so manchen Schädel ein. Als Erwachsener ist Keenan dem Mann nur wenige Male begeget, und jedes Mal war es cool, aber immer verspürte er eine gewisse, aus Kindertagen herrührende Vorsicht.

»Komm rein«, ruft Monk, nachdem Keenan angeklopft hat.

Drinnen verzieht Keenan das Gesicht: Selbst Monks Büro ist im Unterwasser-Look gehalten. Ein riesiges langgezogenes Aquarium im Wandschrank über der Minibar; der flauschige Teppich mit grünblauen Wellen gemustert, die Wände dunkel, fast schwarzblau, als wäre das Büro in einen Spalt im Meeresboden gerutscht – kommt denen nie der Gedanke, dass sie es womöglich übertreiben? Allerdings scheinen Frauen auf den Scheiß zu stehen. Nach Keenans Erfahrung ist das Reef ein ausgezeichneter Aufreißladen, der beste der Stadt. Man darf nur nicht an eine Prostituierte geraten. Aber die erkennt Keenan mit geschlossenen Augen. Und er musste nie bezahlen.

Aber damit ist jetzt Schluss. Vermutlich wird er ab jetzt bezahlen müssen; wer steigt schon freiwillig mit dem meistgehassten Mann der Stadt in die Kiste? Ein in Ungnade gefallener Cop. Ein Mörder. Selbst seine Frau will nichts mehr von ihm wissen.

»Keenan«, sagt Monk und erhebt sich hinter seinem Schreibtisch. »Du kommst zu spät.«

Keenan sieht auf die Uhr. »Ich dachte, ich wäre zu früh dran.«

Monk lacht. »Ich veräppel dich bloß. Gefällt dir die Bude?«

In dem großen Büro gibt es neben dem Schreibtisch einen kleinen Konferenztisch, schicke Metallstühle mit lederner Polsterung, Aktenschränke, Bücherregale, einen Safe, aber keine Fenster. Keenan würde es nicht gefallen, in einem Büro ohne Fenster zu arbeiten. »Es ist groß. Riesig.«

Selbstgefällig verschränkt Monk die Arme und wackelt mit dem Kopf, als wäre er Mussolini. Mit dem raspelkurzen grauen Haar auf dem kantigen Schädel hat Monk die Art von Gesicht, an dem Fingerknöchel zerschmettern, ohne dass das Gesicht etwas von seiner markanten Erscheinung einbüßen würde.

»Setz dich.«

Keenan tritt heran und schüttelt Monks Hand. Keenan ist etwas größer als er; sein Gegenüber dürfte knapp unter einsfünfundachtzig sein, aber dafür hat er die Arme und Schultern eines Gewichthebers. Monks Griff ist so fest, dass Keenans Hand schmerzt und er sich gezwungen sieht, seinerseits so fest er kann zuzudrücken, als wären sie in einer Art Wettstreit. Überkompensation? Ist es das, woran Keenan sich bei dem Mann erinnert?

Sie sitzen am Schreibtisch, und Monk schenkt jedem von ihnen einen Scotch ein. »Ich sag's dir, Keenan, diese Sache wird sich noch als Segen erweisen. Ich meine, dass sie dich rausgeworfen haben. In der freien Wirtschaft zu arbeiten ist besser, glaub mir. Im Nachhinein hätte ich den Polizeidienst viel früher quittieren sollen.«

Keenan räuspert sich und bringt mit einiger Mühe heraus: »Ich habe gekündigt. Ich verstehe aber, was Sie meinen.«

»Hast du gekündigt, oder hat man dich gezwungen zu kündigen?«

Es verschnürt ihm die Kehle, als er sich kurz vorstellt, wie sein Leben als Polizist nach dem Prozess weitergegangen wäre. In dem Moment, als der Junge zusammenbrach, wusste Keenan, dass er nicht mehr als Cop auf diesen Straßen würde unterwegs sein können. Und das war noch, bevor er herausfand, dass jemand die Sache mit dem Handy gefilmt hatte. »Ich habe gekündigt. Aber dadurch habe ich bestimmt einigen Leuten große Kopfschmerzen erspart.«

Er nimmt den Scotch. Sie stoßen an. Keenan ist es nicht gewohnt, am frühen Nachmittag zu trinken, aber wen kümmert das noch?

»Gott, dieses Land ist weich geworden. Sich vorzustellen, dass sie dich wegen dem Scheiß vor Gericht gebracht haben. Die Homeboys sollten inzwischen wissen, wie es läuft: Wer die Biege macht, kriegt eine Kugel verpasst, ganz einfach. Natürliche Auslese nennt man das. Wenn wir all die Dumpfbacken aus dem Weg schaffen, könnte es noch was werden mit unserem Land.« Monk nimmt einen kräftigen Schluck von der bernsteinfarbenen Flüssigkeit. »Aber zum Henker, was rede ich? Schließlich hat es dazu geführt, dass du jetzt für mich arbeitest, richtig?«

Keenan verspürt den Drang, Monk zu widersprechen, sich von dessen Meinung zu distanzieren, aber sobald er nach Worten zu suchen beginnt, die sein Gegenüber nicht vor den Kopf stoßen würden, zieht sich alles in ihm zusammen. Er trinkt seinen Whisky, denn es ist das einzig Akzeptable, was er in diesem Moment tun kann. Er hat immer seinem Instinkt vertraut, ohne lange zu überlegen; nun aber zweifelt er an allem, an jeder seiner Handlungen, an jeder Entscheidung, an jedem Gedanken. Keenan hat Angst. Er kann sich nicht mehr auf sein Urteilsvermögen verlassen. Aber welchen Unterschied würde es machen, falls er seinem Gegenüber widerspräche? Ganz gleich, was er sagt, man wirft ihn jetzt sowieso in einen Topf mit Leuten wie Monk, man wird ihn auf ewig als »einer von denen« betrachten und alles wegen einiger einzigen schrecklichen Fehlentscheidung.

Monk lehnt sich auf seinem Stuhl zurück und legt die Cowboystiefel aus schwarzem Krokodilleder auf die Schreibtischplatte. »Zum richtigen Zeitpunkt werde ich dich Mr. Bashinsky vorstellen. Erst mal warten wir, bis sich die Wogen geglättet haben.« Er nimmt die Beine wieder vom Tisch und beugt sich auf dem Stuhl vor, nun überraschend ernsthaft. »Bashinsky ist ein besonderer Mann. Ein Visionär. Der beste Casino-Besitzer, den die Stadt je hatte. Wenn du einen guten Eindruck bei ihm hinterlässt, wird es dein Leben verändern. Bei mir war es jedenfalls so.« Er spült seinen Drink hinunter und schenkt sich einen neuen ein, bedeutet Keenan, es ihm nachzutun.

»Vielen Dank, Detective Monk, aber …«

»Ich bin schon lange kein Detective mehr, Kleiner. Wenn du unbedingt formell sein willst, dann nenn mich Direktor Monk. Aber ich kenne dich schon seit deiner Kindheit, Keenan. Weißt du noch? Du hast mir von deinen vielen kleinen Freundinnen erzählt. Wir haben dich immer ›kleiner Schürzenjäger‹ genannt.«

Keenan kann sich nicht daran erinnern.

»Nenn mich Ray. Dein Dad und ich kennen uns nun schon so lange, dass du mich vermutlich Onkel Ray nennen solltest. Komm, Junge, setz dich auf Onkel Rays Schoß«, bellt er und klopft sich prustend auf die Schenkel.

Keenan starrt Monk an. »Das lass ich besser bleiben, Sir.«

»Ray.«

»Das lass ich besser bleiben, Onkel Ray.«

Ein Grinsen legt sich über Monks Gesicht, und er schlägt auf die Tischplatte. »Her mit deinem Glas.«

Keenan tut wie geheißen. »Meine Schicht beginnt um drei.« Er schaut auf die Uhr. »In einer halben Stunde.«

»Was willst du mir damit sagen?« Monk reicht ihm das gut gefüllte Glas.

»Wollen Sie, dass ich an meinem ersten Arbeitstag betrunken aufkreuze?«

»Wenn dein Boss derjenige ist, der dich abgefüllt hat, dann schon. Du solltest alles trinken, was er dir hinstellt, und zeigen, dass du weißt, wie man Befehle befolgt.«

Keenan nimmt einen großen Schluck, um seinem Gegenüber zu demonstrieren, wie gut er das kann. Zu gut, findet er.

Sie trinken ihre Drinks, und weil die Flasche leer ist, steigen sie für die nächste Runde auf Bourbon um.

»Was dein alter Herr und ich alles angestellt haben, als wir undercover waren …« Monk stößt einen leisen Pfiff aus. »Aber kein Sohn will solche Geschichten über seinen Vater hören. Hab ich recht?«

»Japp. Das letzte, was ich brauche, sind Cop-Geschichten meines Dads. Sie schon hundert Mal gehört zu haben, sollte reichen, denke ich.«

»Ha. Das klingt ganz nach deinem alten Herrn.«

Der Alkohol zeigt Wirkung, Keenans Zunge ist plötzlich lockerer, seine Bedenken werden weniger wichtig. In letzter Zeit trinkt er ziemlich viel; er ist es nicht gewohnt, gehasst zu werden. Er stellt seinen Drink ab und tastet unbewusst nach seinem Ehering. Er dreht ihn um den Finger, denkt an seine Frau, Naomi. Er verzieht das Gesicht und fragt sich einmal mehr, ob er nicht einfach aus der Stadt verschwinden und all seine Probleme hinter sich lassen soll. Oder noch einen Schritt weiter gehen und seine Probleme ein für alle Mal ad acta legen.

»Die Verkleidung ist keine schlechte Idee«, sagt Monk. »Wenn der Trubel sich gelegt hat und du Mr. Bashinsky kennenlernst, kannst du damit aufhören.«

Keenan nickt. »Ich möchte mich noch mal dafür bedanken, dass Sie mir diesen Job geben. Ich weiß nicht, was ich sonst tun würde.«

»Kein Ding. Es deckt nicht mal die Hälfte von dem ab, was ich deinem alten Herrn schuldig bin. Und wir brauchen sowieso zusätzliche Leute für den Kampf heute Abend. Ist eine große Nacht für uns. Stehst du auf Boxen?«

»Nur auf die großen Kämpfe. Ich habe als Kind geboxt. Genau genommen habe ich mit Antoine Deco trainiert.«

Keenan kann die Veränderung bei Monk spüren: Ein Ruck geht durch den Mann. Monk schaut herab, öffnet seine Hand, als hätte er bemerkt, wie fest er sein Glas umfasst hat. Keenan mustert ihn, fragt sich, was Antoine getan hat, um eine solche Veränderung bei Monk auszulösen. Obwohl, Antoine hat auf viele Menschen diese Wirkung.

Monk lehnt sich zurück, setzt ein falsches Lächeln auf. »Das weiß ich. Hat mir dein Dad erzählt. Deco hat einen langen Weg hinter sich. Hat ihm kaum jemand zugetraut.«

»Das können Sie laut sagen«, entgegnet Keenan.

»Wahrscheinlich läufst du ihm heute Abend über den Weg. Du wirst die Kämpfer von A nach B bringen.«

»Cool«, sagt Keenan, obwohl er nicht die geringste Lust verspürt, Antoine jemals wiederzusehen. »Gibbons gegen Suarez ist also die große Nummer, ja?«

»Es gibt keinen größeren Kampf. Die beiden sind sich jahrelang aus dem Weg gegangen. Aber jetzt wurde ihnen so viel Geld geboten, dass sie nicht mehr Nein sagen können. Weicheier. Ich bin nie einem Kampf ausgewichen.«

»Sie sind ein mutiger Mann.« Sofort bereut Keenan seine Worte. Er leckt sich mit der Zunge über die Zähne, schluckt den scharfen Nachgeschmack des Bourbon hinunter, hofft, dass Monk seinen Sarkasmus überhört hat.

»Willst du sehen, wie mutig ich bin?«

»Lieber nicht.«

»Wir können gern gegeneinander in den Ring steigen, wenn du willst.«

»Lieber nicht, Onkel Ray.«

Monk lacht, und sie stoßen ein letztes Mal an.

4

15:02 UHR

Die Schlusssirene erklingt und übertönt die jubelnden Eltern auf der Tribüne. Ihr Point Guard überreicht dem Schiedsrichter den Ball. Ihre Mädchen grinsen sich an. Der nächste Sieg.

Während Naomi Wilks über den Hallenboden schreitet, um der gegnerischen Trainerin die Hand zu schütteln, überlegt sie, dass sie an der Seitenlinie womöglich besser ist, als sie es auf dem Spielfeld je war.

»Tolles Spiel. Viel Glück für den Rest der Saison«, sagt sie ihrer Amtskollegin, einer mittelalten Frau im Trainungsanzug. Naomi trägt dagegen einen dunkelgrauen Hosenanzug, ganz so, wie es ihre früheren Trainer zu College- und Profizeiten hielten: Am Spieltag sollte man elegant und abgeklärt auftreten.

»Ich kann kaum glauben, wie sehr sich Ihre Spieler verbessert haben«, sagt die gegnerische Trainerin. »Wirklich, großartige Arbeit.«

Naomi lächelt. »Vielen Dank.«

Sie klatscht die gegnerischen Spielerinnen ab und hat für jede ein paar aufmunternde Worte übrig: starke Leistung; super Ballbehandlung; deine Defense war klasse, weiter so. Dann geht sie in ihren flachen Anzugsschuhen mit abriebfesten Sohlen zur Seitenlinie zurück. Die Schuhe klacken auf dem Hallenparkett, ganz anders als die federnden Sportschuhe, die sie sonst trägt und die bei jedem Richtungswechsel laut quietschen.

Vor der Bank versammeln sich die Spielerinnen um sie. »Das war spitze!«, sagt sie zu den fünfzehn- und sechzehnjärigen Mädchen und klatscht jedes von ihnen ab. »Einsame spitze!« Sie wechselt vom Abklatschen zum Schulterstoß, und die Mädchen lieben es, hochzuspringen und die Schulter gegen die ihrer Trainerin prallen zu lassen, die sich ihnen behutsam entgegenbeugt. Bei ihrer Größe und Kraft würde sie die Mädchen glatt umhauen, falls sie ihr ganzes Gewicht in den Zusammenprall legte. Dann beginnt sie, vor jedem Schulterstoß einen Dab-Move zu machen, und die Mädchen flippen vollends aus. Warum eine blödsinnige Tanzbewegung eine derartige Aufregung bei ihnen hervorruft, versteht sie nicht, aber es gefällt ihr, die Mädchen lachen zu hören.

Einige der Eltern steigen von der Tribune, um sich bei ihr zu bedanken. »Es ist etwas ganz Besonderes für die Mädchen, Sie als Trainerin zu haben«, sagt eine Mutter, nachdem die Spielerinnen sich in die Kabine verzogen haben. »Sie zu sehen und zu wissen, dass Sie eine Profikarriere hinter sich haben, inspiriert sie.«

Naomi sieht die Frau an und findet es ironisch, dass jemand meint, sie hätte eine »Profikarriere« hinter sich, wo sie selbst doch ganz anders über ihre Zeit in der WNBA denkt. Es war kein Fehlschlag, auf keinen Fall – sie gewann zwei Meisterschaften mit den Mercury –, aber sie saß überwiegend auf der Bank und gelangte nie auch nur in die Nähe dessen, was sie sich zu erreichen vorgenommen hatte. »Dankeschön«, sagt sie und verzieht die Lippen zu einem breiten Lächeln.

Sie gratuliert den Eltern zur Leistung ihrer Töchter, entschuldigt sich und geht zu ihrer Mannschaft in die Kabine. »Ihr werdet individuell besser, und ihr werdet als Team besser«, sagt sie zu den geröteten, erwartungsvoll blickenden Gesichtern. »So kommen wir weiter. Jede Einzelne von uns, mich eingeschlossen, findet Wege, um sich für sich selbst zu verbessern und um unsere Zusammenarbeit als Team zu verbessern. Genau das tut ihr bislang. Ich bin stolz auf euch, stolz auf euch alle. Team bei drei.«

Sie streckt die Hand aus, und die Mädchen türmen ihre darauf auf.

»Eins-zwei-drei: *Team!*«

In diesem Moment ist Naomi glücklich. Wahrhaft glücklich. Später aber, als sie unter der gleißenden Sonne nach Hause fährt, ergreift sie tiefe Melancholie. Während sie an einer roten Ampel steht, schaut sie auf die müden Gesichter in den Autos um sie herum und fragt sich, ob sie genauso aussieht. Schwer vorzustellen nach dem Hochgefühl von eben, doch ein schneller Blick in den Rückspiegel sagt etwas anderes. Es wird grün; sie steuert durch den Samstagnachmittagsverkehr.

Sie kann sich das Gemeinschaftsgefühl nicht bewahren; es verschwand, sobald sie die Sporthalle verließ. Sie fragt sich, ob mit ihr etwas nicht stimmt, ob so drastische Stimmungswechsel normal sind. Oder ob vielleicht mit der Gesellschaft im Allgemeinen etwas nicht stimmt, weil sie sich oft so allein fühlt.

Zu Hause wird sie keinen Trost finden, das weiß sie nur zu gut. Keenan ist dieser Tage zu deprimiert, um ihre Gegenwart zu würdigen – nicht, dass er es sonst täte. Es konnte lustig mit ihm sein, wenn es seine Bühne war, auf der sie sich bewegten, aber in den Hintergrund zu treten, wenn es mal um sie ging, war nicht sein Ding. Nicht dass es ihr jetzt noch wichtig wäre. Er wurde freigesprochen; er geht nicht ins Gefängnis. Und sie hat ihre Pflicht erfüllt, hat ihm zur Seite gestanden, selbst wenn er es nicht verdient hat. Sie hat ihn noch immer nicht gefragt, wie er so etwas tun konnte, einen unschuldigen, unbewaffneten Menschen erschießen. Jetzt spielt es keine Rolle mehr; sie wartet lediglich, bis sich die Aufregung gelegt hat, ehe sie ihm eröffnen wird, dass es vorbei ist.

Sie parkt in ihrer Einfahrt und schaut aufs Handy. Eine SMS von einem ihrer Personal-Training-Kunden mit der Frage, ob sie Montagmorgen frei sei, und eine zweite SMS von ihrer Freundin Tara Haynesworth.

Hey Mädchen, du hast eine schöne Willkommensparty verpasst. Ty vermisst dich! Übrigens sieht er besser denn je aus.

Tyron. Naomi wünschte, sich nicht so gefreut zu haben, als Tara ihr erzählte, dass er heimkäme. Sie hatte geglaubt, dass ihre Gefühle für ihn verschwunden wären, als er zu den Marines gegangen war … den Marines, was für ein Trennungsgrund … Wegen einer anderen Frau hätte sie ja verstanden, und eine Affäre von ihm wäre nicht unerwartet gekommen. Sie weiß ja, dass sie alles andere als perfekt ist: zu schwatzhaft, zu groß, zu muskulös, zu emotional, zu viel von allem. Sie hatte immer geglaubt, dass er sie wegen einer anderen Frau verlassen würde; wo immer er auftauchte, hatten sich ihm die jungen Dinger nur so an den Hals geworfen. Aber er hatte sie nie beachtet. Und wofür hatte er sich dann letztlich entschieden? Für Krieg statt für ein Leben mit ihr. Dank dir, Ty. Netter Schub fürs Selbstbewusstsein.

Naomi wirft das Handy in die Handtasche und geht rein. Es ist ein einstöckiges Vorstadthaus, perfekt, um eine Familie zu gründen, aber schrecklich leer und ein bisschen unheimlich für ein Paar ohne Kinder. Wenigstens gibt es genügend Platz, um sich aus dem Weg zu gehen. Sie geht in die Küche, stellt ihre Handtasche auf den Tresen und gießt sich ein Glas Leitungswasser ein. Trinkt es in einem Zug halb aus.

Es ist so ruhig, denkt sie und lässt den Blick durch die Küche und das angrenzende Zimmer schweifen. Alles ist völlig unverändert seit ihrem Einzug vor vier Jahren – sie beabsichtigt nicht, jetzt noch etwas umzugestalten.

Sie nimmt ihr Handy und ruft Tara an. Ihre Freundin meldet sich augenblicklich.

»Was gibt's?«

»Was treibst du?«

»Auntie Trudy beim Abwasch helfen. War eine tolle Party. Ich wünschte, du wärst gekommen. Wie war euer Spiel?«

»Nun, wie du weißt, muss ein Team gewinnen, richtig? Warum sollte dieses Team also nicht meins sein?«

Tara lacht. »Waren deine Mädchen klar besser?«

»Total. Sie haben den Gegner auseinandergenommen. Jede meiner Spielerinnen ist ein Kracher. Jede einzelne. Es ist toll.«

»Sie haben eine tolle Trainerin.«

»Da bin ich mir nicht so sicher.«

»Mach keine Witze, Mädchen. Ich weiß, dass du dich für den besten Coach weit und breit hältst.«

»Wenn du meinst …«

Trotz ihres Lachens spürt Naomi weiterhin ihre Niedergeschlagenheit, die sie während der Heimfahrt überkam. »Kennst du dieses Gefühl der Leere?«, fragt sie, »nach einem Spiel oder einem Leichtathletik-Meeting, wenn man sich von allen verabschiedet hat und plötzlich alles so still ist? Weißt du, was ich meine? Erst sind da all diese Leute und man hat Spaß und alle sind gut drauf, und dann ist es vorbei, man fährt nach Hause und ist allein. Es ist, als wäre das Alleinsein stärker als davor … davor … Ach, ich weiß nicht mehr, was ich sagen wollte.«

»Nein, ich weiß schon, was du meinst«, sagt Tara. »Ich meine, mir selbst geht es nicht so, aber ich verstehe, was du sagst. Wenn du unter Leuten sein möchtest, dann komm doch einfach zu der … Oh, verdammt! Um ein Haar hätte ich dich zu der Demonstration morgen eingeladen. Wie dumm.«

»Yeah, das wäre was. Ich glaube nicht, dass Keenan begeistert wäre. Und die Demonstranten wären es bestimmt auch nicht. Ich muss meinen Paria-Status annehmen.«

»Sag das nicht. Du bist nicht diejenige, die den Jungen erschossen hat. Niemand macht dir einen Vorwurf, weil du deinem Mann zur Seite gestanden hast.«

Naomi schätzt Taras Worte, selbst wenn sie sie nicht glaubt. Sie weiß, dass die dunkle Wolke aus Schuld und Schande nicht nur über Keenan hängt, sondern auch über ihr.

Manchmal hat sie das Gefühl, zu zwei Gemeinschaften zu gehören, und manchmal zu keiner. Sie ist zu viel von allem und zu wenig von etwas Bestimmtem.

Ihr Vater ist europäischer Abstammung, eine bunte Mixtur verschiedener Herkünfte. Als Naomi ein Kind war, pflegte er zu ihr und ihren Brüdern zu sagen: »Wisst ihr, wie viele pflichtbewusste schöne zierliche Frauen ich hätte heiraten können? Aber ich wollte, dass meine Kinder Schwergewichtler werden.« Warrior Wilks, wie er in seinen Boxertagen hieß, kämpfte maximal im Supermittelgewicht, was ihn offenkundig störte. »In dem Moment, als ich eure Mom sah, dachte ich, da sind sie, meine Schwergewichtler.« Naomis Mutter ist halb niederländischer, halb nigerianischer Abstammung und drei Zentimeter größer als Naomi mit ihren einsfünfundachtzig. »Ihr solltet mir also für eure Größe danken, Kinder. Außer du, Derek, du hast zu viele von meinen Genen abbekommen, tut mir leid. Aber Drew, Naomi: Ich hab es für euch getan. Ich musste mich für euch mit eurer klugscheißerischen Mutter herumplagen, damit ihr diejenigen werdet, die ihr heute seid. Schwergewichtler seid ihr jedenfalls geworden.« Ihrem Vater schien nie der Gedanke gekommen zu sein, dass sie gar kein »Schwergewichtler« hatte werden wollen.

Wenn er so über ihre Mutter redete, dann meinte er es natürlich im Spaß und kicherte sich dabei einen ab, und Naomi dachte sich nicht viel dabei, denn Vivian war und ist immer noch eine hinreißend schöne Frau. Ihr Vater liebte ihre Mutter über alles, trug sie auf Händen. Und dann, eines Tages, kurz bevor sie mit dem Boxen aufhörte, um nur noch Basketball zu spielen, ertappte Naomi ihn dabei, wie er vor dem Gym zu einer attraktiven zierlichen Frau ins Auto stieg. Als sie ihn damit konfrontierte, zeigte er sich reumütig und versprach, es nie wieder zu tun. Als sie ihn das zweite Mal mit einer anderen Frau erwischte, erzählte sie es ihrer Mutter. Binnen eines Jahres waren ihre Eltern geschieden.

»Und wie ist Ty so drauf?«, fragt sie.

»Irgendwie gleich und irgendwie anders als früher«, sagt Tara. »Er ist stiller, förmlicher. Er verhält sich, als würde er nicht mehr hierhergehören. Als wäre er ein Fremder.«

Naomi nagt an ihrer Unterlippe. »Ist er gerade bei euch?«

»Nein, er ist mit diesem Trottel Ricky zum Reef gefahren. Sie wollen versuchen, Antoine Deco Tickets für den Kampf abzuschwatzen.«

»Ty trifft sich mit Antoine?«

»Ich sag nur, was er mir erzählt hat.«

Tyron und Antoine wiedervereint. Die Vorstellung fällt ihr schwer. Sie spürt einen Stich im Herzen, wie von einem Skalpell, einen bohrenden Neid, weil die beiden sich sehen werden und sie selbst Tyron nicht zu Gesicht bekommt.

»Hat Ty sich bei Antoine gemeldet?«

»Hey Mädchen, er hat sich ein neues Telefon angeschafft. Ich geb dir gern seine Nummer.«

»Nein, gib sie mir nicht.«

»Ich schick sie dir. Dann hast du sie, falls du sie brauchst.«

»Bitte, tu das nicht. Ich … ich kann nicht. Falls es so sein soll, werden Ty und ich uns schon über den Weg laufen.«

»In Ordnung. Mach, wie du denkst. Ich bin auf deiner Seite.«

»Dank dir, Tara. Du bist total lieb.«

»Ach was. *Du* bist total lieb. Aber das Geschirr spült sich leider nicht von selbst. Ich muss weitermachen.«

»Alles klar. Hab einen schönen Abend.«

»Du auch. Bye.«

»Bye«, sagt Naomi und wartet, bis Tara auflegt, ehe sie das Handy vom Ohr nimmt.

15:39 UHR

Die Frau am Empfang hält die Hand über die Sprechmuschel und mustert ihn fragend. »Wie heißen Sie noch gleich?«

Tyron starrt sie an. Er nennt ihr jetzt zum dritten Mal seinen Namen. »Tyron Shaw.«

»Ich habe hier einen Tyron Shaw«, spricht sie ins Telefon. »Er sagt, er sei ein alter Freund von Mr. Deco.«

»Sein Ziehbruder«, fügt Ricky an.

»Sein Ziehbruder«, wiederholt die Empfangsdame. »Sieht so aus. Ja, gut. Ich warte.« Sie hält den Hörer vor die Brust. »Er fragt bei Mr. Deco nach.«

Ricky grinst und stößt Tyron an.

»Einem wie dir kann man nichts abschlagen, was, Ty?«

Er lächelt Ricky kurz an. Genau genommen war die Empfangsdame vor einer Minute noch kurz davor gewesen, den Sicherheitsdienst zu rufen. Er hatte nicht die Veteranenkarte spielen wollen, aber das übernahm Ricky für ihn. Vielleicht half es, und möglicherweise half auch Rickys Auskunft, dass Tyron Antoines Ziehbruder sei.

»Ach was, tatsächlich?«, spricht die Frau in den Hörer, plötzlich ein strahlendes Lächeln im Gesicht. »Gut, ich schicke ihn hoch.« Sie legt auf. »Mr. Deco sagt, dass er Sie empfängt.« Sie erklärt ihnen den Weg durch das Casino.

Während Ricky neben Tyron hergeht, wirft er ihm einen schiefen Blick zu. »Da warst du also die letzten elf Jahre Officer im United States Marine Corps, und dein Wort zählt erst, wenn irgendein Boxer, der nicht mal ein richtiger Star ist, für dich einsteht? Schön, wieder zu Hause zu sein, was?«

»Grandios.«

Sie gehen an Reihen von blinkenden und piependen Spielautomaten vorbei. Es ist laut, hell und verwirrend. Tyron fragt sich, warum Leute sich freiwillig an einen solchen Ort begeben.

»Alter, das Reef ist der letzte Schrei«, erklärt Ricky. »Gibt's so was auch in Afghanistan?«

Tyron erwidert kurz Rickys Blick, jedoch nicht dessen Grinsen. Er ist angespannt. Er sollte nicht hier sein, sollte Antoine nicht an dessen Kampftag auf den Wecker gehen, an diesem lärmenden künstlichen Ort, in dieser Stadt, die er vor so langer Zeit verlassen hat. Er sollte nicht hier sein.

Sie verlassen das Casino und betreten eine höhlenartige, auf beiden Seiten mit Designerläden gesäumte Einkaufspassage. Nach etwa dreißig Metern endet der Teppichboden, und ein Glasboden beginnt, unter dem sich ein riesiges, mit kristallblauem Wasser gefülltes Aquarium befindet, in dem alle möglichen Fische schwimmen, darunter Rochen und Haie und sogar Schildkröten und Quallen. Ein riesiger Glasspiegel verläuft entlang der Decke parallel zum Aquarium, sodass man den Eindruck hat, gleichzeitig über und unter Wasser zu sein. Das ist es, wofür das Reef bekannt ist, die Attraktion, die mehr Touristen anlockt als jedes andere Resort am Strip.

Tyrons Blicke gelten ebenso den vielen Leuten als auch den Wassergeschöpfen, die unter ihm zwischen purpurnen und gelben Korallen herumschwimmen. »Wenn sich drüben so viele Leute an einem Ort versammelt hatten, weißt du, was wir dann dachten?«

»Was denn?«

Tyron spannt den Kiefer an. »Dass jeden Moment eine Bombe hochgehen könnte.«

»Muss krass gewesen sein. Ich würde damit nicht klarkommen. Wie hast du das geschafft?«

Er wirft Ricky einen Blick aus den Augenwinkeln zu und deutet dann auf eine Reihe von Fahrstühlen. »Da lang.«

Im Lift sagt Ricky: »Freust du dich, deinen alten Kumpel wiederzusehen?«

Tyron hält kurz inne. Das einzige Gefühl, das er in sich entdeckt, ist Beklommenheit. »Ich weiß nicht.«

Im einundzwanzigsten Stock erwartet sie ein großgewachsener Wachmann mit schwarzem Vollbart, Sonnenbrille und einer Reef-Kappe, die er tief ins Gesicht gezogen hat. Als er Tyron sieht, zuckt er kurz zusammen und wendet das Gesicht ab, wie um seine Überraschung zu verbergen, und bedeutet ihnen, ihm zu folgen.

Tyron geht ihm hinterher und starrt auf die Pistole, die der Mann in einem Holster an der Hüfte trägt. Er bleibt vor einer der Türen stehen und hebt die Hand, um anzuklopfen. Dann hält er inne und sieht zu Tyron herüber.

»Brauchen Sie Hilfe?«, fragt der ihn.

Der Mann nimmt die Sonnenbrille ab und sieht ihn aus hellblauen Augen an. »Der Bart ist angeklebt, Tyron.«

Tyron schaut auf das schmale metallene Namensschild am Revers des Mannes: Davis.

»Der Name ist auch nicht echt.«

Tyron sieht den Mann durchdringend an, dann klappt ihm die Kinnlade herunter. »Keenan?«

Der Mann lächelt unsicher. Es besteht kein Zweifel. Keenan. Sie umarmen sich zögerlich.

»Verdammt. Ist lange her«, sagt Tyron.

»Eine Ewigkeit«, entgegnet Keenan.

Tyron tritt einen Schritt zurück, schaut Keenan in die Augen. »Alles in Ordnung mit dir? Ich bin seit gestern zurück, und du bist das Einzige, worüber die Leute reden.«

»Nicht jetzt.« Keenans Gesichtsmuskeln zucken. Er setzt an, etwas zu sagen. Erstarrt. Dann wiederholt er: »Nicht jetzt. Ist aber schön, dich wiederzusehen. Ich weiß gar nicht mehr, ob … Schön, dich zu sehen.«

»Du kennst noch meinen Kumpel Ricky, oder? Wir haben früher zusammen Footbal gespielt.«

»Klar erinnere ich mich. Wie geht's, Mann?«

Keenan reicht ihm die Hand, nimmt sie aber wieder herunter, als Ricky keine Anstalten macht, sie zu ergreifen.

Tyrons Gesichtszüge erstarren. Er ist kurz davor, Ricky eine reinzuhauen, aber Keenan wirft ihm einen beschwichtigenden Blick zu. »Schon gut. Ist eine nettere Begrüßung, als ich derzeit von den meisten anderen Leuten kriege.«

»Wie kommt es, dass du hier arbeitest?«

Keenan zuckt mit den Schultern. »Ich bin kein Cop mehr. Brauchte einen neuen Job.«

Mit einer Kopfbewegung deutet Tyron auf die Tür, hinter der ihr alter Freund wartet. »Hast du mit Antoine geredet?«

»Nein«, sagt Keenan.

»Er weiß nicht, dass du hier arbeitest?«

»Noch nicht.«

»Soll ich es ihm sagen?«

Keenan überlegt kurz, dann nickt er. »Mach ruhig. Sag's ihm. Dann ist er vorgewarnt. Wir haben seit über zehn Jahren nicht miteinander gesprochen. Selbst Naomi hat schon ewig nicht mehr mit ihm geredet.«

Naomi. Tyron fühlt sich, als hätte es ihm die Luft aus der Lunge gepresst. Er versucht seine Stimme ruhig zu halten. »Wie geht es ihr?«

»Bestens. Ihr geht's gut. Wir sind … alles in Ordnung mit uns.«

»Schön.«

»Sie ist jetzt Trainerin.«

»Hab ich gehört. Hat meine Cousine mir erzählt.«

»Ah, Tara. Die beiden sind befreundet.«

»Yeah«, sagt Tyron und denkt, dass er gern tausend andere Dinge über Naomi erfahren würde. Warum hat sie aufgehört? Gefällt ihr der Trainerjob? Sind ihre Züge nach all den Jahren weicher geworden oder härter? Lächelt sie immer noch so schön, klingt ihr Lachen immer noch so herzhaft? Duftet sie noch so wie früher? Vermisst sie mich? Denkt sie an mich? Liebt sie mich noch? Er holt Luft. »Habt ihr Kinder?«

Keenan schüttelt den Kopf, sieht Tyron aus seinen traurigen blauen Augen an.

Tyron ist fast verlegen vor Erleichterung. Er hatte geglaubt, Naomi abgehakt zu haben. Nun wird ihm klar, dass er sich nur massiv abgelenkt hatte. Zweier Kriege hatte es bedurft, um sie aus seinen Gedanken verbannen zu können.

»Also, ist Antoine jetzt wirklich weltklasse?«, versucht Tyron das Thema zu wechseln. »Ist das echt wahr?«

Keenan zuckt mit den Schultern. »Als wir Kinder waren, habe ich nie richtig geschnallt, was mit Antoine los ist, und daran hat sich bis heute nichts geändert.«

Tyron nickt, erinnert sich. Er schaut zur Tür von Antoines Suite. »Ich geh da jetzt mal rein.«

Keenan wendet sich um. »Viel Glück.«

Die Tür wird von einem drahtigen Latino geöffnet, um dessen Hals sich schwarze Tattoos schlängeln, und aus den Ärmeln seines weißen Hemds ragen weitere Tattoos heraus auf seine Hände. Er sagt nichts zu Tyron, sieht nur ihn und Ricky von oben bis unten an, tritt zur Seite und öffnet die Tür ein Stück weiter. Als Tyron eintritt, schaut er über die Schulter zurück, doch Keenan ist verschwunden.

Die Suite ist kein Palast, aber durchaus geräumig. Ein zweiter Latino, mittleren Alters und mit wettergegerbtem Gesicht, aber ebenso drahtig und kräftig wie sein Kollege, erhebt sich von einem Sofa und schlurft ins angrenzende Zimmer, gefolgt von dem anderen Mann. Der dritte Mann im Zimmer steht vor dem bodentiefen Fenster, das auf die Skyline von Las Vegas hinausblickt. Die gezackten rötlichen Berge in der Ferne stehen in scharfem Kontrast zu Nevadas tiefblauem Himmel.

Der Mann wendet sich zu ihnen um, der Blick seiner dunklen Augen ist kühl.

»Ich dachte nicht, dass ich dich je wiedersehen würde.« Antoines Stimme. Er ist schwerer als in Tyrons Erinnerung.

»Tut mir leid, dass … dass ich hier einfach so aus dem Nichts aufkreuze.«

Antoine sagt nichts, starrt Tyron nur an, der spürt, wie sich etwas in ihm regt, eine Art Frühwarnsystem. Es ist ein Instinkt, den er im Mittleren Osten entwickelt hat, ein sechster Sinn für Gewalt. Dem Gefühl folgte nicht immer Ärger, aber falls etwas passierte, war er vorgewarnt.

»Wer ist das?«, fragt Antoine schließlich.

Ricky tritt vor. »Hey Mann, du erinnerst dich an deinen Kumpel Rick, oder? Wir hatten auf dem Platz ein paar geile Schlachten, damals in …«

»Ich muss mit Tyron unter vier Augen reden«, unterbricht ihn Antoine. »Du hast doch nichts dagegen, draußen zu warten, okay?«

»Äh, klar, ich äh …« Ricky schaut zu Tyron, der mit einem Nicken zur Tür deutet. Ricky guckt blöd aus der Wäsche, sein Blick springt zwischen den beiden hin und her. »O-okay. Wie du willst.«

Tyron schaut Ricky hinterher, der mit hängenden Schultern aus dem Zimmer schlurft.

»Wie ich sehe, hast du nichts von deinem Charme verloren.«

Antoines Gesicht bleibt gleichmütig. »Was willst du hier?«

»Soll ich ehrlich sein? Ricky möchte Tickets für den Kampf heute Abend. Er hat mich gedrängt, dich anzuhauen. Ich bin erst gestern nach Vegas zurückgekehrt.«

»Nachdem du unsere Auslandsinteressen geschützt hast?«

Die Frage klingt höhnisch. »Genau.«

»Bist du noch bei ihnen?«

»Bei den Marines?«

»Ja.«

»Nein, bin ich nicht mehr.«

»Wieso das? Hast du keinen Bock mehr, Moslems zu killen?« Bei der Frage legt sich ein boshaftes Grinsen über Antoines eben noch gleichmütige Züge.

Tyron spürt, wie er verkrampft. Wenn er wahrheitsgemäß antworten müsste, würde er die Frage bejahen. Schon nach dem ersten Mal hatte er vom Töten die Nase voll gehabt. Und daran hatte sich seither nichts geändert. »Ich hatte nicht vor, für den Rest meines Lebens bei den Marines zu bleiben. Es war Zeit für etwas Neues.«

»Und was soll das sein? Einen anderen Weg finden, um Leute mit dunkler Haut zu killen? Mach's doch wie Keenan und werde Cop.«

»Wenn ich verschwinden soll, dann sag's einfach. Ich bin nicht gekommen, um mir das anzuhören.«

»*Natürlich* bist du nicht deswegen gekommen«, knurrt Antoine. »Klare Sache. Nach all den Jahren ohne ein einziges Wort schlägst du hier auf, weil du was von mir willst. *Deshalb* bist du hier.«

Tyron seufzt langgezogen. Er ist es nicht gewohnt, von einem Zivilisten derart angegangen zu werden. Es lässt seinen Puls in die Höhe schnellen.

»Du bist genau wie alle anderen, mit denen ich mal zu tun hatte. Weißt du, was sie zu mir sagen, all die Geister aus meiner Vergangenheit? Seit ich aus dem Knast raus bin und zu gewinnen anfing – und besonders seit sich abzeichnete, dass ich nicht aufhören würde zu gewinnen –, kommen sie alle an und sagen das Gleiche zu mir: ›Vergiss mich nicht, wenn du berühmt bist.‹ Und weißt du, was ich jedes Mal denke, wenn ich das höre? Ihr braucht nicht angeschissen zu kommen, wenn ich's geschafft habe. Ihr braucht nicht anzukommen. Wenn ihr nicht da wart, als ich obdachlos war ... wenn ihr nicht da wart, als ich auf der Straße saß ... wenn ihr nicht da wart, als ich im Knast saß ... dann kommt jetzt verdammt noch mal nicht angekrochen. Ihr habt mich im Knast kein einziges Mal besucht, konntet mir nicht mal einen Brief schreiben, nicht mal eine verfickte Mail schicken, und jetzt soll ich euch nicht vergessen? Keine Sorge, tu ich nicht. Ich vergesse nicht, wer ihr seid. Niemals.«

Tyron erwidert Antoines eisigen Blick. »Ich kann mich an keinen Brief von dir erinnern, als ich im Irak war. Oder in Afghanistan.«

Antoine lächelt. »Guter Punkt.«

Plötzlich macht er einen Schritt auf Tyron zu, dessen Muskeln zu vibrieren beginnen. »Ich muss immer an deine Eltern denken, wenn ich dich sehe«, sagt Antoine. »Du siehst aus wie sie.«

Tyron nickt knapp. Er weiß nicht, was er sagen soll. Sucht nach Worten, um die Kluft zwischen ihnen zu überwinden.

»Hast du dich je gefragt, wer sie umgebracht hat? Was wirklich dahintersteckt?«

Tyron ist so perplex, dass er einen Schritt zurück macht. Antoine mustert ihn eindringlich.

»Ich habe vor langer Zeit aufgehört, darüber nachzudenken. Warum?«

Antoine zögert, scheint etwas sagen zu wollen. Dann glätten sich seine Züge und werden undurchschaubar. »Reine Neugier.«

Tyron sagt: »Draußen ist Keenan.«

»Was?«

»Keenan arbeitet jetzt für den Sicherheitsdienst des Casinos. Er hat uns hergebracht. Er wartet draußen.«

Antoine reißt wütend die Augen auf. Dann wendet er sich ab und lacht. »Es *ist* Schicksal!« Er wendet sich wieder Tyron zu. »Es ist wirklich Schicksal«, sagt er leise, nun mit weicherem Blick. »Wir drei wieder zusammen, ausgerechnet heute, am Tag aller Tage. Es ist ein Zeichen. Etwas Monumentales wird passieren.« Seine Augen blitzen, und der Anflug eines Lächelns zupft an seinen Mundwinkeln.

Tyron beobachtet Antoine. Er fragt sich, wie schnell er aus dem Zimmer rauskäme, falls die Situation es verlangte. »Du und Ricky könnt heute Abend kommen. Ihr könnt im Casino warten. Ich gebe euch Geld.« Er dreht sich um und ruft zum angrenzenden Zimmer: »Carlos, *trae quinientos dólares y dos boletos para le pelea.*« Wieder zu Tyron gewandt, sagt er: »Gib Carlos deine Nummer. Er wird sich um alles kümmern.«

Er macht einen Satz nach vorn und legt Tyron eine Hand auf die Schulter. Tyron zuckt fast zusammen, erwartet beinahe einen Schlag.

»Du hältst mir den Rücken frei, abgemacht?«, sagt Antoine in drängendem Ton. »Falls irgendeine Scheiße abgeht, hältst du mir den Rücken frei, okay?«

»Wie meinst du das? Im Ring, oder was?«

»Im Ring brauch ich keine Hilfe. Falls irgendwas anderes passiert, dann …«

»Was soll denn passieren?«

»Keine Ahnung! Egal was! Falls irgendeine Scheiße abgeht, hilfst du mir, okay? Ob wir je Brüder waren oder nicht, deine Eltern haben mich geliebt. Vergiss das nicht. Deine Eltern haben mich geliebt und ich habe sie geliebt. Pass heute Abend auf mich auf, ja?«

»Ja, in Ordnung, mach ich.«

Antoine schaut ihm prüfend in die Augen und nickt schließlich, zufrieden.

Carlos, der Typ mit den Tattoos, wartet still hinter ihnen.

»Wir sehen uns«, sagt Antoine. »Wenn du gehst, schick Keenan rein.«

Antoine geht zu Carlos, flüstert ihm etwas ins Ohr und geht dann zum Fenster zurück.

Carlos tritt heran, ein Geldscheinbündel und zwei Tickets in Händen. Tyron gibt ihm seine Nummer, nimmt die Eintrittskarten, aber lehnt das Geld ab. Quer durch die Hotelsuite sagt er: »Hey Antoine.«

Antoine wendet sich um, sein Gesicht halb im Schatten.

»Viel Glück heute Abend.«

Der Boxer starrt ihn so lange an, dass Tyron schon denkt, es werde keine weitere Reaktion folgen, aber dann kommt doch ein halbseitiges Lächeln.

15:53 UHR

Erleichtert stößt Keenan sich von der Wand ab, als Tyron in den Flur heraustritt – sich mit Ricky die ganze Zeit unbehaglich anzuschweigen war nicht besonders spaßig gewesen. Ich sollte wegziehen, denkt Keenan. Mein Leben hier wird nie mehr so werden wie früher. Allerdings befürchtet er, dass Naomi nicht bei ihm bleiben würde, falls er fortzöge. Er schnaubt. Er ist nicht mal sicher, ob sie bei ihm bleibt, selbst wenn er in Vegas bliebe.

Tyrons Augen sehen glasig aus.

»Was ist los?«, fragt Keenan.

»Er ist komisch drauf.«

»War er doch immer.«

»Ja, aber jetzt noch mehr. Er will dich sehen.«

Nun, das lässt nichts Gutes ahnen, denkt Keenan. »Gibst du mir deine Nummer?«, fragt er, weiß aber nicht, ob Tyron sie ihm in Rickys Beisein geben wird. Aber Tyron nickt, und jeder gibt die Nummer des anderen in sein Handy ein. »Sehen wir uns irgendwann?«, fragt Keenan unsicher.

»Auf jeden Fall«, sagt Tyron.

Sie klatschen sich ab und umarmen sich. Nach einem verdrossenen Blick zu Ricky, der ihn zornig und voller Verachtung anfunkelt, trottet Keenan auf die andere Flurseite.

Vorsichtig öffnet er die Tür. Antoine steht am Fenster.

»Komm rein«, sagt er.

Mit langen langsamen Schritten durchquert Keenan die Suite, überrascht, wie sehr Antoines Präsenz das Zimmer erfüllt, obwohl er nicht mal eins achtzig ist und dazu ziemlich hager. Als Kind konnte er direkt neben einem stehen, und man vergaß, dass er überhaupt da war. Damals war Keenan derjenige, der Präsenz besaß. Bevor er ein Ausgestoßener wurde. Während er auf das Fenster zugeht, sieht er, wie muskulös Antoine geworden ist, wie sich die Venen auf seiner Stirn abzeichnen; er hat kein Gramm Fett am Körper, besteht nur aus Muskeln und Knochen.

Sie blicken hinaus auf den Las Vegas Boulevard, der extrem breit ist und doch verstopft mit Autos.

»Wofür genau kommen die alle in unsere Stadt?«, fragt Antoine. »Können die sich nicht in ihren eigenen Städten besaufen, rumvögeln und Drogen einpfeifen? Können die ihre Ersparnisse nicht dort verprassen? Müssen die dafür extra nach Vegas kommen?«

»Hier ist es leichter, schätze ich.« Keenan holt Luft. »Wie ist es dir ergangen?«

Antoine wendet langsam den Blick vom Fenster ab und sieht Keenan finster an. »Wie konntest du so eine verdammte Scheiße bauen?«

Keenan zuckt zusammen, nicht vorbereitet auf die Feindseligkeit.

»Haben sie dir beigebracht, so mit Schwarzen umzuspringen? Ist das die Denkweise, einen nach dem anderen abknallen, bis Amerikas Probleme schließlich gelöst sind?«

»Fick dich, Mann.«

»Easy, Alter. Wir sind keine Kinder mehr. Vieles hat sich geändert.«

»Was du nicht sagst.«

Keenan trägt eine Waffe an der Hüfte, und einen Moment lang denkt er, er wird sie womöglich einsetzen müssen. Doch Antoines Feindseligkeit verschwindet. Stattdessen kommt keine Güte oder Herzenswärme zum Vorschein, nur eine gesinnungsfreie Haltung. »Wie ist es passiert?«

Keenan kann es nicht in Worte fassen, welche Ansichten und Instinkte man als Cop im Laufe der Zeit entwickelt – und die er, ehrlicherweise, schon lange bevor er zur Polizei gegangen war, entwickelt hatte. Ihm war beigebracht worden, auf jeden einen tödlichen Schuss abzugeben, den er als eine Bedrohung für sich selbst oder für andere erachtet. Aber es gibt keine Abstufung hinsichtlich der Bedrohung. Ein bis an die Zähne bewaffneter Terrorist und ein Schwarzer, der nicht auf einen hört, sind beide eine Bedrohung. Oder vielleicht ist es bloß, dass er – ein Polizeibeamter, dessen Anordnungen man Folge zu leisten hatte, dem man zu gehorchen hatte – dem Jungen befahl stehenzubleiben und sich auf den Boden zu legen und dass der Junge den Befehl missachtete und ihm eine Lektion erteilt werden musste. Oder vielleicht war er, Keenan, wütend und hatte im Dienst noch nie seine Waffe benutzt und fühlte sich respektlos behandelt und wollte nicht wie ein Schwächling dastehen, wollte sich nicht vorführen lassen, schließlich war er ein Cop, und dies schien der richtige Zeitpunkt zu sein, um endlich für klare Verhältnisse zu sorgen. Oder vielleicht ist es, dass andere Cops immer zusahen und man knallhart sein musste, wenn man nicht das Vertrauen seiner Kollegen verlieren wollte. Oder vielleicht ging alles viel schneller als erwartet, und er wusste nicht so recht, was er tun sollte, und das Einzige, was ihm einfiel, war, den Täter zu erschießen. »Ich will darüber nicht sprechen«, ist, was er zu Antoine sagt.

»Wie geht's deinem Vater?«

Keenan zieht die Augen zusammen. »Gut. Er ist im Ruhestand.«

»Hat er was zu tun?«

»Eigentlich nicht. Er schaut zu Hause meistens Football oder geht auf einen Drink in eine Sportsbar. Was ist mit dir?«

»Was soll mit mir sein?«

»Wie geht es deinem …« Zu spät fällt Keenan Antoines familiäre Situation ein. Er überlegt, ob es jemand anderes gibt, nach dessen Befinden er fragen könnte.

»Brauchst dich nicht anzustrengen, Keenan. Es gibt niemanden.«

»Hast du eine Freundin?«

Antoine schüttelt den Kopf. »Wie geht's Naomi?«

»Prima. Es geht ihr gut. Sie hat deine Karriere verfolgt. Sie ist total stolz auf dich.«

Es ist das einzige Mal während ihrer Unterhaltung, dass Antoine überrascht wirkt. Sein Blick wird sanfter, und er scheint fast lächeln zu wollen. Dann zieht ein Schatten über sein Gesicht. »Habt ihr Kinder?«, fragt er.

»Noch nicht. In paar Jahren vielleicht.«

»Du fungierst heute also als mein perönlicher Wachschutz?«

»Nein. Ich arbeite hinter den Kulissen, wo immer man mich braucht. Ich werde vermutlich nicht in der Halle sein.«

Antoine schaut wieder aus dem Fenster. Die rote Sonne glüht, obwohl sie allmählich zu verblassen beginnt. Antoine so zu sehen, seine seltsame brodelnde Intensität, lässt Keenan begreifen, dass er ihm nichts zu sagen hat. Auch wird ihm in diesem Moment klar, dass er ihn nicht mag, dass er ihn nie richtig gemocht hat. Vielleicht als drittes Mitglied ihrer Clique – als viertes, wenn man Naomi dazuzählte –, aber nicht als einzelne Person. Es geschieht Antoine recht, allein zu sein.

»Vielleicht sehen wir uns nie wieder«, sagt Antoine. »Viel Glück mit allem.«

»Viel Glück mit dem Kampf.«

Sie reichen sich die Hand, und dann ist Keenan wieder draußen im Hotelflur, froh, der Gegenwart des Mannes entronnen zu sein, mit dem er als Teenager zwei Jahre lang fast jeden Tag verbracht hat. Die Zeiten ändern sich eben, denkt Keenan. Heute würde er jeden Fremden Antoine als Gesellschaft vorziehen.

5

16:10 UHR

Tyron und Keenan sind abgezogen, und der Kampf ist noch Stunden entfernt, und so kehrt Antoine ins Schlafzimmer zurück, schließt den Doppelvorhang und wirft sich aufs Bett. Sobald sein Kopf auf das Daunenkissen fällt und er die Decke über sich zieht, denkt er an die Nächte, die er in finsteren Gassen und auf verlassenen Baustellen verbrachte, an die Nächte in von Gangs regierten Crack-Höhlen und kargen Gefängniszellen und wie er den Kopf auf rauem Beton oder versifften Holzdielen bettete, wie er manchmal bibbernd vor Kälte erwachte, oder schlimmer noch, mit jemandes Händen auf ihm, und wie er dann seine Fäuste benutzen musste, um sich loszureißen. Wenn er es sich genau überlegt, dann bedeutet ihm das bequeme Bett, auf dem er liegt, eigentlich nichts. Natürlich würde er sich, wenn er vor der Wahl zwischen einer bequemen Kingsize-Matratze und einem harten Fußboden stünde, immer für das Bett entscheiden. Aber sein Ehrgeiz galt nie materiellen Dingen. Sie erschienen ihm immer vergänglich und belanglos, eine Ansicht, die Antoine als Junge entwickelte, als er und sein Vater in die Häuser reicher Leute eingebrochen waren.

Während die Dunkelheit ihn hinabzerrt, ist Antoines letzter Wachgedanke, dass ihn wieder der Traum besuchen wird. So kurz vor dem Einschlafen an seinen Vater zu denken ist gleichbedeutend damit, den Traum aus den finsteren Winkeln seines Bewusstseins herauszulocken. Er ist dermaßen eindringlich und hat sich über die Jahre nicht im Geringsten verändert, sodass Antoine nicht mehr genau zu sagen vermag, inwiefern oder ob überhaupt der Traum sich von der Erinnerung unterscheidet, die Ersteren ursprünglich gebahr.

Er ist zwölf, schleicht in Las Vegas durch die Villa eines Milliardärs. Alles ist dunkel und verschwommen, einschließlich seines Vaters, der vor ihm von Schatten zu Schatten huscht, nicht mehr Raul Deco, so wie im hellen Tageslicht, sondern nun selbst zum Schatten geworden. Die absolute Lautlosigkeit seiner Bewegungen erfüllt Antoine mit Zuversicht. Niemand wird sie erwischen. Sie werden nie erwischt.

Die Alarmanlage wurde deaktiviert, die verborgenen Kameras lokalisiert; der Safe hinter einem Schrank im rückwärtigen Teil der Villa beugt sich dem Geschick seines Vaters. Es ist ihr zweiter Einbruch in dieser Nacht. Beim ersten, in eine Anwaltskanzlei nahe der Industrial Road, ging es ebenfalls um Dokumente.

Der Traum springt in der Zeit vor, wie so oft in Träumen. Sie sitzen im Auto seines Vaters, neben einem Müllcontainer unter einer langen Highway-Überführung. Auf Antoines Schoß liegt ein großer brauner Briefumschlag mit den Dokumenten aus den beiden nächtlichen Einbrüchen. Sein Vater ist nervös. Antoine kann es spüren. Sein Vater ist nie nervös. Weder wenn ihn bissige Wachhunde verfolgen noch in Gesellschaft bildschöner Frauen, selbst nicht, wenn er von hartnäckigen Detectives verhört wird; Raul Deco ist nie nervös. Jetzt aber ist er es. Antoine kann es spüren.

»Steig aus, *hijo*. Versteck dich irgendwo. Bin gleich zurück.«

Zum ersten Mal im Leben spürt Antoine, dass sein Vater ihn braucht. Ja, er mag ihm nützlich gewesen sein als zusätzliches Paar Augen, Ohren und Hände bei ihren diversen Jobs, aber der Nutzen war eine Dreingabe gewesen, keine Notwendigkeit. Jetzt aber braucht sein Vater ihn wirklich. Raul mag es nicht wissen, aber Antoine tut es. Ohne ihn wird sein Vater einen Fehler begehen.

»Was sind das für Dokumente, *padre?*«

»Ein Testament. Zwei Ausfertigungen desselben Testaments. Jetzt raus mit dir. *Vete!*«

»Wem gibst du es?«

Sein Vater sieht ihn an, und Antoine – der zweiunddreißigjährige träumende Antoine – versteht, was sich hinter dem Blick verbirgt. Sein Vater wägt ab, ob er sich seinem Sohn anvertrauen soll, ob er ihm seine Unsicherheit zeigen soll, ob er sich von der Person Beistand holen soll, deren Führer und Mentor er ist – alles Dinge, die er noch nie getan hat. Am Ende sagt er nur ein einziges Wort. »Cops.«

»Cops?«

»Sie erwarten mich. Geh jetzt.«

Antoine ist hin und her gerissen, ob er seinem Vater gehorchen oder auf sein Bauchgefühl hören soll. »Vielleicht solltest du eins der Testamente bei mir lassen.«

Sein Vater greift nach dem Umschlag auf seinem Schoß. »Steig aus, Antoine.«

Er gleitet aus dem Auto, weiß, dass wenn er es nicht täte, dem scharfen Ton, den er in der Stimme seines Vaters vernahm, eine Ohrfeige folgen würde. Der Wagen setzt sich in Bewegung, rollt auf dem halb erleuchteten Gelände unter dem Highway von einem Schatten zum nächsten.

Ganz gleich, wie oft Antoine den Traum heraufbeschwört und dessen Ende zu verändern versucht, es gelingt ihm nie. Er kann sich nie dazu zwingen, im Auto sitzen zu bleiben. Und in dem Moment, als es losfährt, verachtet er sich dafür, seinen Vater im Stich gelassen zu haben.

Er versteckt sich hinter dem Müllcontainer, beobachtet, wie sich die Rücklichter des Autos unter der Überführung entfernen. Wie ein Soldat unter Beschuss, hastet er von einem Betonpfeiler zum nächsten.

Der Wagen ist nun ein gutes Stück entfernt, die Rücklichter wie rot glühende Tieraugen in der Dunkelheit. Er beginnt zu rennen. Dann sind die Lichter plötzlich verschwunden.

Seine Lunge brennt, und doch bewegen seine Beine sich kaum. Wie eine Mücke, die im Harz eines Baumes festhängt, hält ihn irgendetwas Klebriges zurück. Aber er muss seinen Vater einholen. Es ist wichtig. Das Wichtigste, was er je im Leben tun musste. Er weiß, was sonst geschehen wird. Die eisige Kälte in seinem Blut verrät es ihm.

Verloren im Schatten des Highways, rennt er von Pfeiler zu Pfeiler. Bis die rot glühenden Augen plötzlich wieder da sind. Sie bewegen sich nicht mehr. Er kann jetzt seinen Vater sehen, neben dem Wagen, den Umschlag in der Hand. Ein Stück weiter parkt ein schwarzes Auto, davor steht ein großer Mann, kaum mehr als eine Silhouette im Schatten. Er wirft einen schwarzen Stoffbeutel in den Lichtkegel, der schräg vom Highway herabfällt. Vorsichtig geht Raul darauf zu.

In dem Moment bemerkt Antoine den zweiten Mann, hinter einem Pfeiler, eine Pistole in der Hand. Noch immer ist Antoine so weit entfernt.

Raul hat in den Beutel geschaut und ihn sich um die Schulter gehängt. Nun wirft er dem ersten Mann den Umschlag zu. Antoine reißt den Mund auf, will schreien. Der Mann mit der Waffe tritt aus seiner Deckung heraus, schleicht von hinten auf seinen Vater zu, hebt die Pistole.

Sein Vater dreht sich zu seinem Auto um, schaut noch einmal zu der großgewachsenen Silhouette zurück. Den Mann mit der Waffe bemerkt er nicht. Er sieht seinen herannahenden Tod nicht. Antoines Stimme erstirbt. Sie werden mich kriegen, denkt er. Der Bewaffnete eröffnet das Feuer.

Acht Mal blitzt die Laufmündung auf; die Schüsse hallen in dem höhlenartigen Ort wider. Zuckend bricht sein Vater zusammen. Wieder will Antoine schreien. Wieder versagt ihm die Stimme.

Der Mann mit der Waffe nimmt sich den Stoffbeutel neben Rauls reglosem Körper und steigt in das schwarze Auto. Der Motor brüllt auf wie ein Raubtier. Antoine springt schnell hinter den nächsten Pfeiler, um nicht gesehen zu werden, wenn das Auto an ihm vorbeirast. Im letzten Moment lugt er hinter dem Pfeiler hervor und erhascht einen kurzen Blick auf die beiden Männer im Wagen, einer der beiden ist einen Sekundenbruchteil im Licht.

Sie sind gesichtslos. Kein Haar. Keine Augen. Keine Nase. Kein Mund. Jeder eine leere Leinwand aus Haut. Sein träumendes Bewusstsein ist unfähig, aus dieser Mikrosekunde der Erinnerung ein Bild zu formen.

Das schwarze Auto wird von der Nacht verschluckt, als wäre es seit jeher Teil von ihr gewesen. Antoine tritt hinter dem Pfeiler hervor und geht zu seinem Vater. Das Blut ist schon einige Meter über den Boden geflossen.

Tränen strömen ihm übers Gesicht, und doch sagt Antoines Überlebensinstinkt gefasst: Wenn die Polizei ihn umgebracht hat, darf sie dich nicht bei seiner Leiche finden. Verschwinde.

Antoine schaut vom Gesicht seines Vaters auf und sieht in den Schatten ringsum gelb glühende Augenpaare. Die Augen blinzeln und zwinkern und tanzen hin und her, und dann setzt aus allen Richtungen das Knurren und Fauchen ein. Einer der Kojoten tritt aus der Dunkelheit heraus, der größte und mutigste von ihnen, seine langen gefletschen Fänge schimmern im Halblicht. Das Rudel beginnt, sich zu nähern, ihre mageren Leiber nehmen hinter den Augen Gestalt an. Ihr Fell gesträubt, ihre Zungen heraushängend, ihre langgezogenen Mäuler nach dem Blut seines Vaters lechzend.

Antoine erhebt sich. Er muss verschwinden, und zwar sofort. Aber er kann nicht. Er kann seinen Vater nicht ein zweites Mal im Stich lassen. Er versucht ihn anzuheben. Die Kojoten fauchen und schleichen näher. Nicht lange mehr, dann kommen Polizisten, die in Uniform. Und irgendwie werden sie den gesichtslosen Cops, die seinen Vater umgebracht haben, Bescheid geben, und denen wird klar werden, dass Antoine den Mord mitangesehen hat und eine Bedrohung für sie darstellt. Ein loses Ende, das gekappt werden muss.

Antoine brüllt den Kojoten entgegen. Sie knirschen mit den Zähnen, Schaum vor den Mäulern. Der Größte springt ihn an, die Fänge gefletscht.

Antoine schreckt aus dem Schlaf, die Augen aufgerissen, schweißüberströmt unter der Bettdecke, die Fäuste geballt. Es gab keine Kojoten und keine glühenden Augen, als er seinen Vater zum letzten Mal verließ. Doch als er Tage später den Leichnam identifizieren musste, sah er, was die Kojoten während seiner Abwesenheit angerichtet hatten, und so trug er fortan die Keimzelle der Erinnerung an sie in sich. Er setzt sich auf die Knie, fährt herum. Lässt seine Faust herabschnellen. *Peng.* Das Kissen bläht sich rings um seine Fingerknöchel auf. Er will den nächsten Schlag abfeuern.

Noch nicht, sagt eine Stimme in ihm – dieselbe Stimme, der er seit seinem zwölften Lebensjahr gehorcht. Heb es dir auf. Heb es dir für heute Abend auf.

6

17:38 UHR

»Jetzt passiert's, Alter, ich schwöre«, sagt Ricky, während er die neuen Blackjack-Karten zu sich heranzieht.

»Wird auch langsam Zeit.«

Ricky saugt die Luft ein. »Wart's ab.«

Tyron lacht und schüttelt den Kopf, dann schaut er auf und trifft zufällig den Blick einer der Meerjungfrauen. Sie wirft ihm ein kesses Lächeln zu, ehe sie sich zwischen zwei Spieltischen hindurchschiebt, ein Tablett mit Martinis auf Schulterhöhe gehoben.

Tyron ist erstaunt, dass ein Lächeln dieser Frau, zumal aus einiger Entfernung, genügt, um sein Herz losgallopieren zu lassen. Stimmt, von der Taille abwärts trägt sie ein hauchdünnes, hautenges, nahezu durchsichtiges Etwas, dessen graugrüne Musterung an Fischschuppen erinnern soll. Auch stimmt, dass sie obenrum einen fast unsichtbaren String-Bikini in Form zweier Seemuscheln trägt. Und natürlich stimmt es auch, dass sie eine der heißesten Frauen ist, die er je leibhaftig gesehen hat. Doch der wahre Grund für seine kribbelige Erregung wegen einer halb nackten Frau ist, dass er in jüngster Zeit kaum Zeit mit dem anderen Geschlecht verbracht hat. Es ist ihm fast peinlich, wie lange sein letzter Sex schon zurückliegt, oder überhaupt sein letztes Date.

»Was denkst du?«, fragt Ricky Tyron und deutet auf seine neuen Karten, eine Kreuzsechs und ein Karobube.

»Mit so was kenne ich mich nicht aus«, sagt Tyron trocken.

»Werd mal ein bisschen locker, Mann! Wir sind im geilsten Casino am Strip, und nachher sehen wir den Kampf des Jahrzehnts. Das hier ist dein Homecoming, Alter. Du bist kein Soldat mehr, du bist ein freier Mann. Vergiss Auntie Trudys Willkommensparty. Die wahre Party findet hier statt. Kapiert?«

»Kapiert.«

»Bist du aufgeregt?«

»Ein bisschen vielleicht.«

Ricky boxt Tyron an die Schulter. »Bist du gut drauf?«

»Schlag mich nicht.«

Ricky versetzt ihm noch einen Schlag. »Marine, bist du gut drauf?«

»Yeah, ich bin gut drauf.« Tyron kann es sich nicht verkneifen zu lächeln. Ricky konnte ihm schon immer ein Lächeln abringen.

»Dann beantworte mir folgende Frage: Lassen oder noch 'ne Karte?«

»Noch eine Karte.«

»Dank dir! Ich nehm noch eine«, ruft Ricky dem Croupier zu.

Der Mann deckt eine Pieksieben auf.

Ricky schleudert seine Karten auf den Spieltisch. »Dreiundzwanzig. Vielen Dank, Sackgesicht.«

»Sie sind ein Marine?«, fragt ein kahlköpfiger bebrillter Mann in den Sechzigern. Er sitzt rechts neben Ricky und beugt sich vor, um einen besseren Blick auf Tyron zu bekommen.

»Ja«, antwortet dieser. »Aber jetzt nicht mehr. Jetzt bin ich wohl ein Veteran. Gerade raus aus dem Corps.«

»Mein Name ist Allen. Ich bin Schulleiter im Ruhestand.« Der Mann reicht ihm die Hand.

Tyron ergreift sie und sieht dabei, wie schmuddelig, ausgeblichen und abgewetzt die Manschette von Allens Hemdärmel ist; er schaut dem Mann in die Augen und erkennt hinter den Brillengläsern die dunklen Augenringe und aufgeplatzten Äderchen. Ein Spielsüchtiger, der seine Pension im Casino durchbringt, vermutet Tyron. Allens Ruhestand dürfte nicht allzu lange dauern.

»Und Sie?«, fragt Allen Ricky.

»Was soll mit mir sein?«

»Sind Sie auch Veteran?«

Ricky sinniert über die Frage, als könnte er sie in vielerlei Weise beantworten. »Nicht im traditionellen Sinn, aber ich bin ein Veteran in vielen Dingen.«

Allen schaut hilfesuchend zu Tyron, der erklärt: »Das heißt, Nein.«

Der Mann schiebt eine Hand voll seiner Spielchips zu Rickys Haufen hinüber. »Ich möchte Ihnen für Ihren Dienst bei den Marines danken. Welchen Drink soll ich Ihnen bestellen?«

Tyron nickt, lehnt die Einladung aber ab.

»Ich bestehe darauf«, sagt Allen.

Tyron schaut zu Ricky, dem die Lust auf einen Gratisdrink ins Gesicht geschrieben steht. »Sie können ihm den ...«

»Sie können *mir* den Drink kaufen«, beendet Ricky den Satz für ihn.

»In Ordnung«, sagt Allen mit leichter Missbilligung im Blick. »Was hätten Sie denn gern?«

In Tyrons Tasche vibriert das Handy. Eine SMS von Marlon. *Hast du über morgen nachgedacht?* Er fragt Ricky, ob er Einzelheiten über den Protestmarsch wisse, und fügt an: »Marlon will unbedingt, dass ich hingehe.«

Ricky zieht die Augenbrauen zusammen. »Ich wollte ja nix sagen, aber da du das Thema aufbringst, finde ich, du hättest dich mit dem Kerl nicht so nett unterhalten sollen.«

Tyron runzelt die Stirn. »Mit *wem* hätte ich mich nicht so nett unterhalten sollen?«

»Na mit dem verdammten Killer. Diesem Cop. Was denkst du denn, wen ich meine?«

Tyrons Schultern heben sich, und sein Rücken spannt sich an. Ricky entschuldigt sich nicht für den Spruch, und das untypische Verhalten seines Freundes zeigt Tyron, wie verheerend Keenans Tat und sein Freispruch für die Einwohner dieser Stadt sind.

»Menschen machen Fehler«, sagt er.

»Was?«

»Du weißt nicht, wie es ist, eine Waffe in der Hand zu halten und sie von Rechts wegen benutzen zu dürfen.«

»Du findest es also okay, dass …«

»Hab ich gesagt, dass ich es okay finde? Ich habe nur gesagt, dass Menschen Fehler machen.«

Allen hat eine Bedienung herangewunken und sagt: »Einen Jack mit Cola für mich und was immer die beiden Herren möchten. Einer von ihnen ist Veteran, der hat sich was Besonderes verdient.«

»*Oh*, ein Veteran …«, sagt eine seidige Frauenstimme.

Tyron wendet sich um und erblickt die Meerjungfrau, die ihn vorhin angelächelt hat. Sie hat grüne Augen, die ihn neckisch anschauen. Erneut spürt er das Herzklopfen in seiner Brust.

»Ich nehme einen Dark 'n' Stormy, falls es hier so was gibt«, sagt Ricky.

Sie strahlt ihn an. »Ja, so was gibt's hier. Und Sie?«, fragt sie Tyron.

Er schüttelt den Kopf. »Ich passe.«

»Trinken Sie was«, sagt Allen. »Wir sind hier in Vegas.«

»Und er ist nicht nur ein Veteran, er ist ein Kriegsheld. Erzähl ihr von deinen Orden, Ty.«

»Ein Kriegsheld?« Die Meerjungfrau beißt sich auf die Unterlippe. »Im Namen des Reef stehe ich Ihnen allzeit zur Verfügung, um Ihren Besuch bei uns so angenehm wie möglich zu gestalten.«

»Dann solltest du ihm erst mal einen Kuss geben«, sagt Ricky. »Er ist gerade erst nach Hause gekommen. Welche schönere Begrüßung in Amerika könnte es geben? Und du bist, wenn ich das anfügen darf, das Beste, was unser Land zu bieten hat.«

Die Meerjungfrau überlegt, hebt beide Hände, als würde sie ihre Entscheidung auf einer Waage abwägen. Als Tyron klar wird, dass es tatsächlich geschehen könnte, beginnt er, den Kopf zu schütteln, doch die Meerjungfrau beugt sich bereits zu ihm vor. »Willkommen zu Hause, Soldat.«

Ihre Lippen sind weich und voll, und sie lässt sie lange auf seinen liegen. Tyron öffnet die Augen. Sieht sie an. Einmal, im Irak, erlitt er wegen einer nahen Bombenexplosion eine Gehirnerschütterung. So ähnlich fühlt er sich in diesem Moment.

»Also einen Jack mit Cola und zwei Dark 'n' Stormys?«, fragt sie augenzwinkernd.

»Sicher«, sagt er. In diesem Augenblick hätte er ihr wahrscheinlich auf jede Frage diese Antwort gegeben.

Nachdem sie gegangen ist, sieht er, dass alle Leute am Tisch genauso überwältigt zu sein scheinen wie er selbst. »Das war sexy«, sagt eine Frau, die ihnen gegenübersitzt. Tyron erwidert ihren Blick mit einem dümmlichen Grinsen.

Ricky klopft ihm auf den Rücken und sagt: »Das wird eine geile Nacht.«

Plötzlich hat Tyron das Gefühl, als ob sein Kumpel recht haben könnte. Keine Marines, für die er die Verantwortung trägt. Keine Zivilbevölkerung in seinem Zuständigkeitsbereich. Und eine wunderschöne Frau, die auf ihn zu stehen scheint. Mal eine Nacht über die Stränge zu schlagen wird mich schon nicht umbringen, überlegt er. Es könnte sogar Spaß machen. Und alles dank Antoine. Kaum zu glauben.

Von allen Leuten, die Tyron in seiner Jugend kannte, sich selbst eingeschlossen, hätte er Antoine einen derartigen Aufstieg am allerwenigsten zugetraut. Aber der Kerl hatte immer schon etwas Einzigartiges an sich. Eine Entschlossenheit, an der es dem Rest von ihnen mangelte. Schon bei ihrer ersten Begegnung hatte Tyron dies bemerkt.

Antoine hatte zwei Jahre in verschiedenen staatlichen Kinderheimen und bei diversen Pflegefamilien zugebracht, ehe Tyrons Eltern ihn eines Tages in ihre Obhut nahmen. In den ersten Wochen sprach er kaum ein Wort. Sie waren beide vierzehn, und Tyron hatte die Aufgabe übertragen bekommen, ihn morgens zur Schule mitzunehmen. Selbst dann noch sagte Antoine so gut wie nichts, wenn sie nebeneinander hergingen oder im Schulbus saßen, als wüsste er, dass das Ganze nur vorübergehend war. Vor Antoine hatte Tyron schon einige andere Ziehgeschwister gehabt, Jungen und Mädchen gleichermaßen, die alle schwere Zeiten durchgemacht hatten und innerlich verhärtet waren, aber keiner von ihnen war so still gewesen wie Antoine.

Zu sprechen begann er erst nach dem ersten Vorfall mit der Polizei. Eines nachts wurde er bei einem Einbruch in eine Polizeistation erwischt, was Tyron seinerzeit für das Dümmste hielt, was man überhaupt tun konnte. Die Cops hielten Antoine zwei Tage im Jugendarrest fest, ehe Tyrons Eltern seine Freilassung erwirken konnten. Er hatte nichts gestohlen oder zerstört und wurde deshalb nur wegen Hausfriedensbruch angeklagt. Die Cops schienen der Meinung zu sein, ein Denkzettel würde dem kleinen Latino-Jungen, der jünger aussah, als er war, guttun, aber Antoine schien nicht mal bewusst zu sein, dass ihn eine Strafe erwartete. Für ihn gehörte es zum natürlichen Lauf der Dinge. Als Tyrons Eltern ihn fragten, ob mit ihm alles in Ordnung sei, bedachte er sie mit einem Blick, der sagte: Warum sollte nicht alles in Ordnung sein?

Zu Hause setzten sie sich mit ihm hin und fragten ihn, ob ihn jemand zu dem Einbruch angestiftet hatte. »Die Polizei sagt, du hättest in ihren Akten und Computern gestöbert. Wonach hast du gesucht?«

»Nach nichts«, antwortete er.

»Warum hast du es dann getan?« Schulterzuckend erwiderte er ihren Blick und wartete auf eine Tracht Prügel. »Wir sind nicht böse auf dich, Antoine. Wir sind nicht mal enttäuscht. Wir möchten nur verstehen, warum du es getan hast.«

Antoine war alles andere als begriffsstutzig, dennoch dauerte es eine ganze Weile, bis ihm dämmerte, dass ihm von Terrence und Viola Shaw keine Prügel drohten. Tyron hätte sich über Antoines Befürchtung amüsiert, wenn er seinen neuen Ziehbruder nicht so unheimlich gefunden hätte. An jenem Abend erzählte Antoine den Shaws kein einziges Wort, doch dies sollte sich ändern.

Einige Tage später begann er redseliger zu werden, als wäre er schon immer so gewesen. Zumindest gab er sich so zu Hause bei den Shaws. In der Öffentlichkeit sah es anders aus.

17:52 UHR

Keenan lehnt am Geländer der Galerie, von der man auf das Aquarium herabblickt, und hält das Handy ans Ohr. Die Wirkung des Alkohols ist abgeklungen, und er fühlt sich gereizt, wie meistens, nachdem er getrunken hat. Keine gute Verfassung, wenn man seine Frau anruft, denkt er. Aber später wird er vermutlich keine Zeit dafür haben, also versucht er es jetzt. Er versucht ein besserer Ehemann zu sein. Normalerweise würde er während der Arbeit keine privaten Telefonate führen, doch momentan ist bei ihm nichts normal. Während er dem

Freizeichen lauscht, fragt er sich, wie weit der Sprung bis zum Wasser ist. Es würde schon eines gewaltigen Satzes bedürfen, um den gekachelten Rundweg zu überwinden, der das Aquarium umgibt. Doch er ist sich sicher, dass er es schaffen würde; im Weitsprung war er immer gut gewesen. Und wenn er einmal im Wasser wäre, was würden die Haie dann mit ihm anstellen? Würde seine Verzweiflung sie anziehen? Ihren Appetit anregen?

»Keenan, was gibt's?«

Er registriert die Überraschung in ihrer Stimme. Keine Funkstille, keine lumpige SMS, nein, er führt ein richtiges Telefongespräch mit ihr. Es ist ein Schritt in die richtige Richtung, denkt er. Zumindest hofft er es.

»Ich wollte dir nur sagen, dass es gut läuft.«

»Ja?«

»Yeah.«

»Das ist schön, Keenan. Freut mich für dich.«

»Wie ... wie läuft es zu Hause?«

Es folgt eine kurze Pause, und erneut kann er ihre Überraschung spüren. »Alles bestens«, sagt sie.

»Tyron ist hier.«

Sie schweigt so lange, dass er schon glaubt, sie hätte aufgelegt.

»Babe?«

»Bist du ihm begegnet?«, fragt sie schließlich.

»Er ist seit gestern in der Stadt. Er ist aus den Marines raus. Er ist hier, um sich Antoines Kampf anzuschauen.«

»Also bist du ihm begegnet.«

»Ja. Ihnen beiden.«

»Echt? Du hast dich mit ihnen unterhalten?«

»Ja. Verrückt, oder? Wie in alten Zeiten.« Er sieht einen Hai unter sich vorbeischwimmen, ein flüssiger Schatten im verblassenden Licht. »Genau genommen war es nicht wie in alten Zeiten. Es war anders. Aber trotzdem, die ganze Clique wiedervereint, zum ersten Mal nach über zehn Jahren.«

»Nicht die ganze Clique«, sagt sie.

Er beobachtet, wie der Hai zu einem kleineren Fisch aufschließt, und fragt sich, ob er ihn verschlingen wird. Das würde er sich gern ansehen. Das Unglück. »Wie auch immer, ich wollte nur hallo sagen. Ich komme heute ziemlich spät nach Hause. Du brauchst nicht auf mich zu warten.«

»Ich komme hin.«

Der kleinere Fisch schnellt zur Seite davon, doch der Hai beachtet ihn gar nicht, gleitet einfach weiter durchs Wasser. Unzufrieden fragt Keenan: »Was hast du gesagt, Baby?«

»Dass ich hinkomme. Ich möchte die beiden auch sehen.«

»Was?«

»Ich komme ins Reef.«

»Nein, Baby, lass das.«

»Ich möchte sie sehen, Keenan. Es sind auch meine Freunde.«

»Du wirst sie schon irgendwann sehen. Sie lösen sich ja nicht in Luft auf.«

»Verdammt, Keenan. Ich will nicht zu Hause hocken, während ihr drei Party macht.«

»Mensch, Naomi. Niemand macht hier Party. Ich arbeite und Antoine hat in einigen Stunden seinen Kampf.«

»Und Tyron?«

Keenan seufzt und beugt sich über das Geländer. »Okay, du hast recht. Tyron macht Party. Er ist mit seinem Kumpel Ricky im Casino.«

»Ha. Ricky! Er hat mich bestimmt hundert Mal gefragt, ob ich mit ihm ausgehe.«

»Ich erinnere mich.«

»Wie auch immer. Ich komme hin und werde mit den beiden abhängen. Nach deiner Schicht können wir zusammen chillen. Und vielleicht können wir sogar mit Antoine feiern, falls er gewinnt. Oh, Keenan, ich kann es kaum erwarten, sie alle wiederzusehen.«

Ihre Aufregung missfällt ihm. Der Umstand, dass andere Leute solche Freude bei ihr auszulösen vermögen, während es bei ihnen selbst in letzter Zeit absolut beschissen lief, macht ihn sauer. Für eine Frau hat sie eigentlich eine recht tiefe Stimme, und wenn sie möchte, kann sie ziemlich sexy klingen, aber wenn sie aufgeregt ist, so wie jetzt, schraubt ihre Stimme sich automatisch in die Höhe. Sie so zu hören, löste bei ihm als Jugendlicher immer eine Wahnsinnsfreude aus. Aber jetzt? Jetzt erinnert ihn ihre hohe Stimmlage nur daran, wie sehr sich die Dinge zwischen ihnen verändert haben. Wie sehr er aus ihrem Herzen ausgeschlossen ist und sie aus seinem.

»Naomi, bitte. Ich bin auf der Arbeit. Ich will nicht, dass meine Frau hier auftaucht.«

»Ja, es scheint, als würdest du deine Frau überhaupt nicht mehr wollen.«

»Hör doch auf, ich hab die Schnauze voll von dem Scheiß.«

»Ach, du hast die Schnauze voll von dem Scheiß? Was meinst du wohl, wie *ich* mich fühle, verdammt noch mal? Die Jungs sind für mich wie meine Familie, Keenan. Und ich habe sie seit Jahren nicht gesehen. Ich werde dich schon nicht bei der Arbeit stören; wir sehen uns sowieso erst, wenn du fertig bist.«

Keenans Handy piept, signalisiert einen Anruf. Sein Vater. Er ignoriert es und sagt: »In Ordnung. Wie auch immer, dann komm eben her.«

»Warum muss mit dir alles immer so schwierig sein?«

»Ich sagte doch, du sollst kommen. Fuck, was willst du denn noch?«

Er erwartet eine Schimpftirade; stattdessen schlägt ihm eisiges Schweigen entgegen, was viel besorgniserregender ist, wie er weiß. Schließlich fragt sie: »Hast du Tyrons Nummer?«

»Ich schicke sie dir.«

»Cool. Ich hoffe, die Arbeit läuft weiter gut.«

Und dann legt sie auf, und er denkt: Toll gemacht, Keenan. Sie hat sich wirklich riesig über deinen Anruf gefreut. Er fragt sich, wie es sein kann, dass ihn sein Bauchgefühl dieser Tage in praktisch jeder Situation trügt. Früher war es genau andersherum.

Er simst Naomi Tyrons Nummer, ruft seinen Vater an und schaut auf die Uhr. Er muss sich beeilen, muss schleunigst zur Arbeit zurück.

»Keenan.«

»Hey Dad. Du hast angerufen?«

»Wie ist der Job?«

»Ist in Ordnung, Dad.«

»Wie geht's Monk?«

»Gut. Er vermisst dich.«

Sein Vater schnaubt. »Unsinn. Übrigens habe ich ein bisschen Geld auf deinen Freund gesetzt.«

»Tatsächlich?«

»Ein hübsches Sümmchen. Hätte ich gewusst, dass aus ihm ein Star wird, hätte ich ihn damals bei uns wohnen lassen.«

»Antoine ist kein Star.«

»Oh, er wird aber einer. Hast du ihn schon mal bei einem seiner Kämpfe gesehen?«

Keenan holt tief Luft und schaut zum dämmrigen blaugrauen Himmel auf. Erst Naomi, jetzt sein Vater. Er schüttelt den Kopf. »Nein.«

»Der Junge meint es ernst, glaub mir.«

»Ich muss zurück zur Arbeit, Dad.«

»Bis bald, Sohn.«

Eine Gruppe kichernder junger Frauen schlendert um die Umgrenzung des Aquariums; sie schlürfen Margaritas aus hohen Plastikbechern, jeder der bunt gefärbten Drinks wie zusammengerührt von einem verrückten Wissenschaftler. Ein weiterer Junggesellinnenabschied. Die zukünftige Braut trägt eine weiße Schärpe über ihrem eng anliegenden Kleid. Auf der anderen Seite des Wasserbeckens liegen die Swimmingpools des Resorts – die für die gewöhnlichen Hotelgäste. Ein Stück dahinter befindet sich der Eingang zu den Luxus-Bungalows, die jeder einen eigenen Pool besitzen. Aber die Pools für gewöhnliche Gäste haben etwas, was die der betuchten Leute nicht haben: Sie liegen direkt neben dem Aquarium, von selbigem nur durch eine Glasscheibe getrennt, damit die Gäste neben den Fischen herschwimmen können. Allerdings grenzt nicht jeder Pool an das Aquarium – neben einem Hai zu planschen ist nicht jedermanns Sache.

Die Junggesellinnen schlürfen ihre Drinks und schauen sich das Aquarium an. Eine von ihnen guckt hoch und sieht Keenan zu ihnen hinabblicken. Sie lächelt. Es ist kein flirtendes Lächeln, nur ein glückliches, zufriedenes. Keenan erwidert es kurz, aber dann schaut er weg.

In den sieben Jahren seiner Ehe mit Naomi hatte er nie etwas Festes nebenher. Was natürlich nicht viel besagt, aber immerhin. Es gibt Cops, die sowohl ihre Geliebten als auch ihre Ehefrauen belügen müssen, wenn sie sich mal allein amüsieren wollen. Aber mit Affären hat er nichts am Hut, ganz gleich, wie kurz sie sein mögen. Er versucht ein guter Ehemann zu sein. Selbst wenn es ihm nicht besonders gut gelingt, er gibt sich Mühe.

Diese Junggesellin ist allerdings ziemlich hübsch.

7

18:35 UHR

Terrence Shaw hatte es für eine gute Sache gehalten, wenn ein junger Mensch Boxen lernte, was ein ziemlicher Widerspruch war, weil er auch an Gewaltlosigkeit glaubte und Boxkämpfe verabscheute. »Ein Mensch braucht seinen Kopf«, pflegte er zu sagen. »Bei Boxkämpfen wird unweigerlich das Hirn geschädigt, egal, wie gut man ist.« Aber das Boxen an sich – das Training und die nötige Disziplin, das Selbstbewusstsein, das man dabei entwickelt, die Kraft und Fitness, die man erlangt – hielt er bei der Erziehung eines Jugendlichen für essenziell. Er fand auch Schach gut.

Antoine ruft sich ins Gedächtnis, dass gerade nicht der richtige Augenblick ist, um an seinen Ziehvater zu denken. Jetzt, wo er in der Arena ist, in seinem eigenen Umkleideraum, während bereits die ersten Vorkämpfe laufen. Bald wird er dort draußen sein, vor Tausenden von Leuten und Millionen von Fernsehzuschauern rund um die Welt. Jetzt ist nicht der richtige Zeitpunkt, um in Erinnerungen zu schwelgen.

Andererseits kämpft er heute Abend auch für Terrence Shaw, sagt ihm seine innere Stimme. Und für all die anderen kämpft er auch. Außerdem, was soll man vor dem Aufwärmen anderes tun, als in Erinnerungen zu schwelgen?

Das Warten ist der schlimmste Teil eines Kampfabends. Vor Beginn der Schlacht will Antoine keinen einzigen Gedanken verschwenden, keinen einzigen Atemzug, nicht den geringsten Bruchteil seiner Kraft, und doch will er auch nicht seinen Fokus verlieren. Ist er zu angespannt, riskiert er, seine aufgebaute Konzentration abzunutzen; ist er zu entspannt, fühlt er sich nicht gewappnet für die vor ihm liegende Herausforderung. Also muss er einfach warten und die richtige Balance zwischen den beiden Polen bewahren.

Terrence Shaw war derjenige, der ihn zum Boxen brachte. Der Mann meldete seinen leiblichen Sohn, Tyron, im Rising Star Boxing Club an, als der Junge elf war. Craig Quinn meldete Keenan mit zwölf an. Antoine war vierzehn, als er dazukam. Trotz Terrence Shaws Vorbehalten kämpften die Jungen auch gegeneinander, wenn er beim Training nicht dabei war, und zielten dabei auch auf den Kopf, obwohl ihnen das beim Sparring trotz des Kopfschutzes untersagt war. Antoine wurde ein ums andere Mal auf die Bretter geschickt. Wieder und wieder und wieder. Tyron und Keenan waren einander ebenbürtig, mal gewann der eine, mal der andere; ihre garantierten Siege über Antoine aber genossen sie über alle Maßen. Bei jedem dieser Sparringkämpfe gab er alles, was in ihm steckte. Er legte all seine Kraft in die Schläge, holte alles aus sich heraus, gab nie klein bei. Und verlor trotzdem.

Tony »Warrior« Wilks war der Besitzer und Cheftrainer des Rising Star. Er brachte auch seine Tochter mit, Naomi, genauso, wie er es mit seinen beiden Söhnen gemacht hatte, aus denen Profikämpfer geworden waren und die in Atlanta ein eigenes Box-Gym leiteten. Naomi kam fast jeden Tag in die Halle, trainierte, boxte oder erledigte geschäftliche Dinge für ihren Vater. Obwohl sie im gleichen Alter war wie die Jungen, war sie körperlich deutlich weiterentwickelt. Hätten sie sich nicht so vor Tony gefürchtet, hätten die jungen Männer in dem Gym sich wie die Geier auf sie gestürzt. Und trotz Tonys Anwesenheit schlossen sie Wetten darauf ab, wer von ihnen sie entjungfern würde, und immer versuchten sie sie anzubaggern, ohne dass ihr Vater es mitbekam. Einmal war ein junger Bursche achtlos und kniff ihr unter Warrior Wilks Augen in den Hintern, worauf das Gym den früheren Titelanwärter in voller Aktion erlebte.

Antoine vergaß nie, dass Tony den jungen Mann in das Gym zurückkehren ließ – Monate später, nachdem sein Kieferbruch verheilt war. Der Bursche sah Naomi nie wieder an und wurde einer der besten Kämpfer in Tonys Stall. Nichtsdestotrotz konnte Antoine das Maß an Versöhnlichkeit nicht verstehen.

Tyron und Keenan kämpften nur ungern gegen Naomi. Nicht weil sie ein Mädchen war, sondern weil sie es hassten zu verlieren, denn sie gewann immer.

Damals war Naomi einen Kopf größer als Tyron und Keenan, und Antoine überragte sie um gut zwei Köpfe. Auch war sie schöner als jedes andere Mädchen, das Antoine je gesehen hatte. Oft forderte er sie zum Kampf heraus, nur um in ihrer Nähe zu sein, obwohl sie ihn jedes Mal nach Strich und Faden vermöbelte. Wenn er auf dem Ringboden lag und mit blutiger Nase zu ihr aufschaute, konnte er nicht anders, als sich über ihr Lächeln zu freuen.

Nach dem Training gingen die Jungen und Naomi manchmal in den Mini-Markt um die Ecke und schlenderten dann mit ihren Snacks gemütlich nach Hause, wobei Antoine und Tyron nur selten etwas kauften, weil sie meistens kein Geld in der Tasche hatten. Keenan war derjenige, der ihnen manchmal Wassereis und Süßigkeiten spendierte, was Antoine das Gefühl gab, nicht allein zu sein, sondern dass es Menschen gab, die ihn mochten und sich um ihn kümmerten.

Während dieser Spaziergänge ging es Antoine stets darum, etwas zu Naomi zu sagen, das sie lächeln lassen oder zum Lachen bringen würde. Aber sobald er den Mund aufmachte, herrschte jedes Mal die blanke Leere in seinem Kopf, während Keenan und Tyron plötzlich schlagfertiger denn je waren. Das Einzige, was er in schöner Regelmäßigkeit herausbrachte, waren Floskeln wie »Du hast heute echt gut gekämpft« oder »Du warst total super«; anfangs freute sie sich über die Bemerkungen, aber als er Tag für Tag das Gleiche sagte, sah sie ihn nur noch seltsam an. Doch er meinte es ernst. Jedes Mal, wenn er es sagte, meinte er es ernst.

Nach einer Weile nahm Basketball immer mehr von Naomis Zeit in Anspruch, und sie kam seltener ins Gym. Die Jungen bekamen sie natürlich weiterhin zu sehen, aber bei diesen Gelegenheiten wusste Antoine noch weniger, was er zu ihr sagen sollte. Im Gym aber trainierte er härter denn je.

Aber bevor Naomi vollends auf Basketball umstieg und Keenan beschloss, dass fortan Tennis sein Ding war, und Tyron statt zum Box- lieber zum Leichtathletiktraining zu gehen begann – bevor alledem, während Antoine immer noch verhältnismäßig neu beim Boxen war und sich der Sache noch nicht total verschrieben hatte, war es ihm gelungen, den Namen des Mannes herauszufinden, in dessen Villa er und sein Vater seinerzeit eingebrochen waren. In der Nacht, als sein Vater umgebracht worden war. Der Name des Mannes war Marty Bloom, und er war Casinobesitzer gewesen. Nach seinem Tod hatte seine junge Ehefrau ihn beerbt und das Casino kurz darauf zum Schnäppchenpreis an Norman Bashinsky verkauft. Bashinsky ließ das Casino abreißen und baute auf dem Gelände ein neues. Er nannte es The Reef.

18:37 UHR

Tyron kann sich nicht entsinnen, wann er zuletzt so viele Leute im Innern eines Gebäudes gesehen hat. Ein Traum für jeden Terroristen, denkt er. Aber es gibt auch jede Menge Wachpersonal. Sie scheinen ausreichend kompetent zu sein. Er verzieht das Gesicht. *Ausreichend kompetent?* Was zum Henker denkst du da? Unterschätze nie den Einfallsreichtum von Extremisten.

Dies ist eine andere Wüste, versucht er sich zu beruhigen. Eine andere Wüste.

Ein Teil von ihm genießt es, zum ersten Mal seit Langem angetrunken zu sein, die damit einhergehende Lockerheit, die Leichtigkeit. Ein anderer Teil ist angewidert von sich selbst, weil er seine Sinne betäubt hat – weil er es *aus freien Stücken* getan hat, und das in einer solchen Menschenmenge. Schulter an Schulter schieben die Leute sich langsam Richtung Arena. Ein Traum für einen Terroristen. Er befindet sich in einem Terroristentraum und hat Alkohol im Blut.

»Oh Scheiße, da ist Jennifer Lawrence!«, bricht es aus Ricky heraus. »Ich sagte doch, dass hier jede Menge verdammt heiße Frauen rumlaufen werden!«

Man würde gar keine Bombe brauchen, denkt Tyron. Nicht mal eine Maschinenpistole. In so einer Horde würde schon eine halb automatische Waffe reichen, um ein Dutzend Leute zu killen, ehe das Wachpersonal da ist.

»Ich frag mich, ob sie vorhat, sich heute Abend unters Volk zu mischen.«

Und ich habe weiter getrunken und mir das Hirn vernebelt. Ich werde irgendwas übersehen. Fuck.

»Klar, sie ist Besseres gewohnt. Reiche berühmte Kerle, die klasse aussehen. Aber sind die auch lustiger als ich? Besser im Bett?«

So wachsam Tyron auch zu sein versucht, ständig muss er an die Meerjungfrau denken, Layla, die ihn küsste, als sie den Blackjack-Tisch verließen. Sie gab ihm ihre Nummer und bat ihn, ihr nach dem Kampf eine Nachricht zu schicken. Und plötzlich freut er sich wieder über den Alkohol in seinem Blut, freut sich, dass es etwas in ihm zum Leben erweckt, das all die Jahre verschüttet war, während die Sicherheit seiner Männer und die der leidenden Zivilbevölkerung das Einzige war, woran er denken konnte. Wie schön es doch wäre, mal wieder mit einer Frau zusammen zu sein. Fast zu schön, um wahr zu sein.

»Okay, sie mag lustigere Kerle als mich kennen – in Hollywood tummeln sich jede Menge Komiker. Aber wie gesagt, vielleicht will sie heute Abend ja was Bodenständiges. Vielleicht sagt sie sich: ›Heute will ich mal was ganz anderes, einen Kerl, der den Männern, mit denen ich sonst zusammen bin, in jeder Hinsicht unterlegen ist.‹ So was gibt's, verstehst du? Manchmal passiert so was.«

Tyrons Handy vibriert, und sein Herz kollidiert mit seinem Brustkorb. Layla, die Meerjungfrau? Unmöglich. Sie hat seine Nummer nicht. Er zieht das Handy heraus, während er durch den breiten, rappelvollen Gang voranschreitet. Ein kurzes Stück vor ihnen sind die Rolltreppen, die zur Arena hinaufführen. Er reißt die Augen auf, als er die Nachricht liest.

»Denn Filmstars haben meistens keinen Bock, mit anderen Stars abzuhängen. Ist wahr. Stars wollen immer im Mittelpunkt stehen. Sie müssen immer die Nummer eins im Raum sein. Wenn Stars miteinander abhängen, ist es, als ... es ist, als würden sie miteinander im Wettstreit liegen, verstehst du? Sie wollen wie Idole behandelt werden, nicht wie Rivalen. Deshalb sitzen viele von ihnen auf den gar nicht mal so teuren Plätzen. Weißt du, was ich meine? Also, was denkst du? Hältst du es für möglich?«

Tyron wirft Ricky einen Seitenblick zu, nickt. »Klar doch, könnte sein, dass Jennifer Lawrence dich heute Abend als Fußabtreter benutzt.«

»Mann«, sagt Ricky kopfschüttelnd, als würde er gleich in Tränen ausbrechen, »so was Nettes hat mir noch nie jemand gesagt.«

Tyron bedeutet Ricky, ihm zu folgen, dann drängelt er sich

hinüber zur Wand, raus aus dem Menschenstrom. Als Ricky zu ihm aufschließt, sagt er: »Erinnerst du dich an Naomi? Das Mädchen, das ich und …«

»Klar, Naomi, wer könnte die denn je vergessen? Die Braut, die der Killer-Cop dir ausgespannt hat.«

»Nein, so war es nicht. Sag das nicht. Erzähl nicht so einen Scheiß, hörst du?«

Ricky zuckt teilnahmslos mit den Schultern. Tyron packt Ricky am Shirt. »So war es nicht. Verbreite nicht so einen Unsinn. Und hör auf, Keenan einen Killer zu nennen.«

»Was auch immer. Er ist aber einer.«

Tyron schüttelt Ricky. »Ich sagte, du sollst ihn nicht so nennen. Nicht vor mir.«

Der Sicherheitsdienst hat sie bemerkt. Tyron lässt Ricky los. Der Wachmann behält ihn weiter im Blick, macht aber sonst nichts.

»Mit so viel Wut im Bauch könntest du bestimmt auch J-Laws Bodyguards umnieten. Sind Riesenkerle, aber du schaffst das schon, Ty. Danach trete ich in Aktion.«

Tyron lacht gezwungen, bereut seinen Ausbruch. »Tut mir leid, Mann.«

»Schon gut. Also, was ist mit Naomi?«

»Sie kommt her. Key hat ihr von mir und Antoine erzählt. Die ganze Bande vereint, zum ersten Mal seit dem College. Oder vielleicht noch länger. Sie steht im Stau, wird aber bald hier sein.«

Ein sorgenvoller Ausdruck legt sich über Rickys Gesicht. »Wie geht's dir bei dem Gedanken, sie wiederzusehen?«

Achselzuckend entgegnet Tyron, den Kopf zur Seite geneigt: »Keine Ahnung, Mann. Ist ein verrückter Tag.«

Ricky lacht. »Und bestimmt wird er noch verrückter. Was soll ich machen? Wenn du willst, bleib ich als Verstärkung.«

»Nee, geh ruhig schon rein. Jennifer Lawrence braucht jemanden, der sich an sie ranmacht, richtig?«

»Amen, Bruder. Wir sehen uns drinnen.«

Sie klatschen sich ab und umarmen sich, dann taucht Ricky wieder in den Menschenpulk ein, während Tyron sich in die entgegengesetzte Richtung durch das Gewühl schiebt.

18:44 UHR

Naomi trägt Lippenstift. Einen dunkelroten, fast purpurnen. Sie trägt nie Lippenstift, außer sie geht zu einer Hochzeit oder etwas Ähnlichem. Sie war überrascht, dass es in ihrem mickrigen Schminkkasten überhaupt einen Lippenstift gab, dann fiel ihr ein, dass es ein altes Geschenk war. Ihn aufzutragen, dieser winzige Akt der Eitelkeit, beunruhigt sie. Denn sie hätte es nie getan, wenn sie nicht im Begriff wäre, Tyron wiederzusehen. Sie könnte sich anlügen und sagen, sie hätte den Lippenstift aufgetragen, weil sie zur größten diesjährigen Party am Strip geht und hübsch aussehen möchte, aber hübsch auszusehen hat sie noch nie gekümmert. Bei ihrer Größe sticht sie ohnehin überall heraus, außer auf dem Spielfeld. Sie hat jetzt schon Schuldgefühle, aber warum nur? Weil sie etwas trägt, das die meisten Frauen täglich tragen? Und doch weiß sie, dass sie nicht wie die meisten Frauen ist.

Naomi schaut aus dem Taxifenster und wünschte, der Verkehr würde schneller fließen. Doch es ist Samstagabend, der Abend des großen Kampfes, und sie weiß, dass der Wunsch unerfüllt bleiben wird. Es ist so lange her, was bedeuten da schon zehn oder zwanzig Minuten?

Ihre Hände liegen auf dem Schoß, die Finger eingeklemmt zwischen den Schenkeln, und sie kann Tyron fast riechen. Ja, zwanzig Minuten bedeuten sehr wohl etwas. Er ist wieder da. Zurück von den Marines. Und Antoine ist auch da. Ein Riesenerfolg, so, wie er es immer wollte.

Sie ist die Einzige von ihnen, die ihn im Gefängnis besucht hat. In diesem hellen, trostlosen weißen Besucherraum, in dem es nach Putzmittel roch, fragte sie ihn, warum er sie nie um eine Verabredung gebeten hatte.

Er starrte sie nur kopfschüttelnd an. »Es ist nicht meine Art, eine aussichtslose Sache zu verfolgen.«

»Vielleicht wärst du überrascht gewesen.«

»Nein, ich bin für dich nie infrage gekommen.«

Und er hatte recht damit, er war für sie nie infrage gekommen. Aber sie mochte ihn und war von ihm beeindruckt. Er gab niemals auf. Ganz gleich, wie schwer es für ihn wurde. Deshalb wusste sie, dass er die Haftstrafe überstehen würde.

Das Taxi fährt ein paar Meter und stoppt wieder, noch immer anderthalb Blocks vom Reef entfernt. Und zwar diese monströsen, ewig langen Las Vegas-Blocks. Zu beiden Seiten erheben sich die Casinos wie Berge, einige elegant und schillernd, andere quietschbunt und schrecklich kitschig. Sie fragt sich, ob sie einfach aussteigen und den Rest zu Fuß gehen soll, aber auf dem Las Vegas Boulevard kann man nirgendwo aussteigen außer an den Taxiständen der Casinos, und anderthalb Blocks auf Stöckelschuhen wäre Wahnsinn.

Stöckelschuhe. Eine Einsfünfundachtzig-Frau auf Pfennigabsätzen. Mein Gott, heute legst du es wirklich drauf an.

Aber ist es nicht das, was Frauen tragen sollen, wenn sie einem Mann gefallen möchten? Lippenstift und High Heels und ein dunkles purpurnes Kleid mit langen Beinschlitzen?

Nicht dass sie Tyron ins Bett kriegen will. Sie möchte ihm nur zeigen, ihm bewusst machen, was er damals aufgegeben hat, um in das verdammte Marine Corps einzutreten. »Antoine findet, dass du einen großen Fehler begehst«, hatte sie zu Tyron gesagt, als sie einundzwanzig waren, direkt nach der Olympiaqualifikation.

Tyron lachte abfällig. »Das sagt ausgerechnet Antoine. Andererseits kennt er sich ja damit aus, Fehler zu begehen. Warum gehst du ihn dort immer noch besuchen?«

»Irgendwer muss es ja tun! Verdammt, Ty, wir sind die Einzigen, die er hat. Abgesehen von den Psychos, mit denen er abhängt und die ihn überhaupt erst in den Knast gebracht haben. Und da du und Key ihn nicht besuchen geht, muss ich es halt tun.«

»Was hat er denn über die Marines gesagt?«, fragte Tyron schließlich. »Warum ist es ein Fehler?«

»Er sagte, das amerikanische Militär sei nur ein Werkzeug für die Erschaffung der Bedingungen, unter denen amerikanische Firmen den Globalen Süden ausbeuten können.«

»Den Globalen Süden?«

»Die nicht-weißen Länder der Welt. Und er sagte, das gelte besonders für die Marines, da die immer als Erste entsandt würden. Er sagt, was du tun würdest, wäre, den Neokolonialismus zu fördern. Er sagte, du würdest letztlich nur einer Firmenelite dienen, für deren Erfolg du arme und marginalisierte Menschen bekämpfst.«

Tyron sah aus, als würde er gleich ein Loch in die Wand schlagen. »Ich habe den Kerl so was von satt. Diese Selbstgerechtigkeit, mit der dieser miese kleine Verbrecher über mich urteilt – dieser Penner!«

Sie hatte Tyron nie so wütend erlebt.

»Das einzig Gute am Tod meiner Eltern«, sagte er, »ist, dass sie nicht miterleben mussten, zu was für einen heruntergekommenen Typen sich Antoine entwickelt hat.«

»Leute schließen sich nun mal Gangs an, Ty. Besonders

Leute, die niemanden haben. Es ist ja nicht so, als hätte er jemanden umgebracht.«

»Überraschen würde es mich nicht. Ich habe einige Sachen gehört.«

»Gerüchte.«

»Selbst wenn es Gerüchte sind, weiß ich, dass er bei den meisten Dingern, die er gedreht hat, nicht erwischt wurde. Sonst wäre er deutlich länger eingewandert.«

»Wie auch immer. Mit seiner Meinung über die Marines liegt er nicht verkehrt.«

»Er liegt nicht verkehrt? Bist du verrückt geworden, Frau?«

»Mir scheint, als würde er hinter Gittern nur trainieren und seine Nase in Bücher stecken. Vielleicht ist ja etwas dran an dem, was er sagt.«

»Der steckt seine Nase nicht nur in Bücher und trainiert. Die Knackis werden ihn schon auf Trab halten.«

»Was auch immer! Vergiss ihn. Ich will nicht, dass du gehst. Ist doch egal, dass du die Olympiaquali nicht geschafft hast. In vier Jahren probierst du es noch mal. Mich hat ein Club eingekauft. Ich kann uns finanzieren, bis du Profi geworden bist.«

Er wirkte noch wütender als bisher. »Ich lass mich nicht von dir aushalten«, sagte er, seine Stimme so leise und kalt, dass sie wusste, es war vorbei.

Eine Woche früher, während der Qualifikation, war sie noch voller Hoffnung gewesen. Er musste eine persönliche Bestleistung abliefern, um eine Chance zu haben, sich im Zehnkampf für das Olympiateam zu qualifizieren, aber sie glaubte, dass er es schaffen könnte. Er war so unglaublich motiviert. Olympia, Werbeverträge, Geld, ein bisschen Ruhm, doch all seine Kontrahenten hatten dieselbe Motivation. Aber er hatte eine mehr. Sie. Sie hatte ihm bereits gesagt, dass sie Schluss machen würde, falls er zu den Marines ginge, und er seinerseits hatte gesagt, dass er zum Marine Corps gehen würde, falls er die Olympiaquali nicht schaffen sollte. Sie waren beide Sturköpfe, wenn es darum ging, sich an eine einmal gemachte Aussage zu halten oder einen einmal eingeschlagenen Kurs zu verfolgen. Also konnte es nur ein einziges Ergebnis geben, das sie beide glücklich machen würde.

Sie hatte es immer toll gefunden, Tyron bei den Wettkämpfen zuzuschauen. In dem ärmellosen Trikot, das seine breiten Schultern und einen Großteil seiner muskulösen Brust frei ließ, und in den hautengen Lycra-Shorts, die seine sehnigen, wie gemeißelten Beine perfekt zur Geltung brachten, war er ein echter Hingucker. Er sah so aus wie eine Heldenfigur in den Märchen, die ihre Mutter ihr als Kind so oft erzählt hatte.

Speerwerfen war ihr Lieblingswettkampf. Tyron hatte etwas an sich, wenn er mit dem auf Schulterhöhe gehobenen Speer loslief, schneller und schneller wurde, kurz sprintete und schließlich das vordere Bein in den gummierten Boden stemmte, die vordere Hüfte zurückschwenkte und den Oberkörper vorkippen ließ, die Schönheit des Loslassens, wenn er den Wurfarm in einer fließenden Bewegung nach vorne schnellen ließ und der Speer in einer engen Spirale losflog, in weitem Bogen durch die Luft segelte wie eine Lanze bei einer altertümlichen Schlacht, und es war *sein* Projektil, das weiter flog als alle anderen und den Haupttreffer landete. Bei der Landung weit auf der anderen Seite des Felds, wenn der Speer aufrecht aus dem Rasen ragte, bekam sie immer eine Gänsehaut.

Wenn sie ihm zwei Tage lang bei den Wettkämpfen zugesehen hatte, konnte Naomi an nichts anderes mehr denken, als ihn zu sich ins Zimmer zu holen, ihm die Klamotten vom Leib zu reißen, ihn ohne vorherige Dusche aufs Bett zu werfen und ihn zu reiten. Aber nach zehn Wettkämpfen, nach dem Aufwärmen und Herunterkühlen, das jedes Mal erforderlich war, war Tyron total ausgepumpt. Er hatte kaum die Kraft, um zu essen, seine Energiereserven waren völlig aufgebraucht, das wenige Fett verbrannt, seine Muskeln ohne jeden Treibstoff. Sie musste immer einen, manchmal sogar zwei Tage warten, ehe sie ihn für sich hatte. Selbst dann war er noch müde und benommen, funktionierte aber wieder perfekt, und sie konnte ihn auf sich ziehen und spüren, wie seine Kraft in sie hineinfloss und ihre zurück zu ihm, und beim Höhepunkt dachte sie dann jedes Mal an den Speer, der anmutig und unaufhaltsam durch die Lüfte stach.

Doch an den sonnigen Tagen der Olympiaqualifikation spürte sie während des Speerwerfens kein Begehren in sich. Sie spürte nicht, dass sie kaum an sich halten konnte, während sie Tyron in seinem knallengen Trikot beobachtete. Und sie wusste, dass es ein schlechtes Zeichen war. Für ihn und für ihre Beziehung.

Allerdings gelang ihm seine persönliche Bestleistung. Sie sah, dass er angespannt war, aber er biss sich durch und ging über seine bisherigen Grenzen hinaus. Doch im US-Team jenes Jahres gab es einige echte Superstars – war es im Zehnkampf jemals anders gewesen? Tyron brachte es nicht mal zum Ersatzmann.

Nach dem letzten Wettkampf, dem 1500-Meter-Lauf, wollte sie zu ihm hinunter auf die Laufbahn gehen und ihn in den Arm nehmen, aber sie weinte so heftig, dass sie stattdessen zu den Toiletten eilte und sich dort in eine Kabine einschloss. Sie würde es nie vergessen, dass sie nicht da war, um ihn zu trösten und ihm zu seiner Leistung zu gratulieren, nachdem er sich so angestrengt und sein Ziel dennoch verfehlt hatte. Dadurch machte sie es ihm leichter, seine Entscheidung durchzuziehen, das wusste sie, aber sie konnte die Toilettenkabine einfach nicht verlassen. Sie wollte sich niemandem zeigen, während sie dermaßen heulte, am allerwenigsten ihm.

Naomi wischt sich ein paar Tränen aus den Augen und greift nach ihrer Handtasche, als das Taxi am Eingang des Reef vorfährt.

8

19:17 UHR

Während des Aufwärmens im Umkleideraum konzentriert Antoine sich ausschließlich auf seine Atmung. Die Übungen sind ihm in Fleisch und Blut übergegangen. Er muss nicht bewusst handeln während des Unterarmstützes, des Seilspringens, der Kniebeugen, der Dehnübungen, des Schattenboxens: All das kann er tun, ohne sein Hirn einzuschalten. So kurz vor dem Kampf will er an nichts mehr denken, denn sobald der Gong ertönt …

Er freut sich nicht auf den Zustand extremer Konzentration, in den er sich wird versetzen müssen. Es ist schmerzhaft, schmerzhafter als die Schläge, die er einstecken wird. Für den Augenblick also gilt sein Fokus allein seiner Atmung, nichts anderem.

Es gibt jedoch einen bestimmten Gedanken, dem er nicht entfliehen kann. Du musst gewinnen. Du musst. Heute Abend ist es die einzige Option. Dieser bohrende Gedanke beunruhigt ihn. Seit seiner Freilassung galt sein Fokus immer dem Handeln, der Technik, der Taktik – nicht den Ergebnissen, den Resultaten. Aber heute Abend muss er gewinnen.

Er kann den Gedanken nicht abschütteln. Und wenn sein Fokus dem Ausgang des Kampfes gilt, kann er nicht auf der Technik liegen, was das Entscheidende ist. Die Ausführung. Die Leute machen Sport zu einer komplizierten Sache, aber letztlich kommt es nur darauf an, wer die Sache besser ausführt. Wer am besten abliefert. Das ist alles. Sich aber ausknobeln zu müssen, wie man gegen den Besten der Welt besteht – *das* ist dann allerdings wirklich kompliziert. Den größten Teil seiner

Zeit im Knast hat Antoine damit verbracht, an diesem Problem herumzurätseln. Damit und mit den Jobs, die er gelegentlich für die Latin Knights erledigte.

Seiner Siegesserie seit seiner Freilassung nach zu urteilen, sollte man meinen, dass Antoine das Problem geknackt hätte, aber erst mal muss er gegen einen Kämpfer wie Kolya »Clayface« Konitsyn bestehen, einen Mann, dessen Kinn und Fäuste aus unzerstörbarer Tonerde zu bestehen scheinen. Konitsyn hat noch nie verloren und seine letzten neunzehn Gegner allesamt ausgeknockt. Nicht wenige Leute sehen in ihm die Zukunft dieser Gewichtsklasse. Antoine wurde noch nie ausgeknockt. Selbst nicht, bevor er ins Gefängnis ging.

Während seine Arme und Beine durch diverse Schlagkombinationen mit Alejandro fließen, schaut Antoine an dem alten verwitterten Mann vorbei auf die polierten grauen Wände. Ich habe diesen Laden gebaut, denkt er. Ich habe das Reef erschaffen.

Marty Blooms Kinder schworen, ihr Vater hätte kurz vor seinem Herzversagen ein neues Testament geschrieben und ihnen alle seine Unternehmen vererbt. Blooms Anwälte stützten die Geschichte: Bloom hätte beschlossen, sein Testament zu ändern, nachdem ein von seinen Kindern beauftragter Privatdetektiv berichtet hätte, dass Blooms junge Vorzeigefrau heimlich in enger Bekanntschaft zu Norman Bashinsky stünde, der, wie alle wüssten, versessen darauf sei, sich ein Casino am Strip zuzulegen. Das war lange bevor Bashinskys Casino-Lizenzen in Ostasien ihn auf die *Forbes*-Top-Fünf-Liste katapultierten.

Als es daran ging, ein Gerichtsverfahren anzustrengen, konnten die Bloom-Kinder und der Anwalt das geänderte Testament dann plötzlich nicht vorlegen. *Wirtschaftsspionage! Diebstahl!* echauffierten sie sich, doch es gab keine Beweise für einen Einbruch in Blooms Villa oder in die Kanzlei seines Anwalts. Und die junge Ehefrau wiederum legte mehrere Ausführungen eines Testaments vor, in dem sie zu Blooms Alleinerbin ernannt wurde, alles rechtskräftig unterschrieben vom verstorbenen Casino-Mogul.

Das Verfahren zog sich hin, aber am Ende machte Bashinsky den Blooms ein Friedensangebot, eine komplette Übernahme der Unternehmen – ihm ging es dabei allein um das Land am Strip, und sie wollten bloß Geld sehen und das teure Verfahren beenden. Letztlich waren alle zufrieden.

Nur nicht der Mann, der Bashinsky ein Imperium geschenkt hatte. Seine Leiche wurde von Coyoten zerfleischt.

Die Atmung. Konzentrier' dich auf die Atmung.

19:18 UHR

Falls dieser Ort vorhin ein Terroristentraum war, dann ist er jetzt das reinste Paradies für sie. Überall massenweise Leute, in den Bars, Clubs, Shops, Restaurants, an den Blackjack-Tischen, Einarmigen Banditen, in den Poker- und Baccarazimmern, vor den Aquarien, auf Rolltreppen, in Fahrstühlen, Lobbys, vor den Toiletten, praktisch der gesamte zur Verfügung stehende Raum ist durch Menschen gefüllt. Die meisten von ihnen richten den Blick auf einen der Fernsehbildschirme, die an strategischen Stellen überall im Reef positioniert sind. Die Vorkämpfe sind in vollem Gang, gleich beginnt ein Titelkampf im Fliegengewicht, danach folgt Antoine gegen Konitsyn. Tyron fragt sich, wie er Naomi in dem Gewimmel stylisch gekleideter Leute finden soll. Dann sieht er sie, größer als jede andere Frau, und ihm fällt ein, dass es nie schwer war, Naomi in einer Menschenmenge zu erkennen.

Die älteren Typen im Rising Star Boxing Club hatten immer wieder bewundernde Sprüche über Naomis Aussehen gemacht. »Mädchen, was für eine Mischung hat aus dir so einen Hingucker werden lassen? Mädchen, an deinen Mix könnte ich mich gewöhnen.«

Tyron fängt ihren Blick auf, während er sich durch das Gedränge auf sie zuschiebt. Sie bleibt abrupt stehen, starrt lächelnd in seine Richtung. Er lächelt zurück, überrascht, wie mühelos sie ihn entwaffnet. Während er zu ihr hinüberschaut, sie zum ersten Mal nach so langer Zeit sieht, verschwinden seine Gedanken über Terroristen und Menschenmengen, Bomben und Blut, und er ist nicht mehr in der Wüste.

Sie kommt ihm entgegen, und inmitten der wogenden Menschenmassen treten sie voreinander. In ihren Stöckelschuhen ist sie größer als er, so wie früher, bevor er seine volle Größe von einsneunzig erreicht hatte.

»Du siehst gut aus«, sagt sie.

Er schüttelt den Kopf. »Ich bitte dich ...«

»Was?«

»Du bist diejenige, die aussieht wie eine ...« *Göttin* wäre der passende Begriff, denkt er. Während ihr das schwarze Haar an den Seiten ins Gesicht fällt, ist es hinten kurz geschnitten, sodass man den eleganten Hals sieht. »Du siehst toll aus«, sagt er, nicht gewillt, das Wort »Göttin« für eine Frau zu verwenden, die sich einen anderen Mann nahm, mit dem sie weiterhin verheiratet ist.

Sie tritt einen Schritt auf ihn zu und umarmt ihn, und er schließt die Augen, legt die Arme um ihre Taille und drückt sie fest an sich. Er atmet ihren Duft ein, und plötzlich verspürt er den brennenden Drang, sein Gesicht an ihrem Hals zu vergraben und mit den Lippen ihre Haut zu liebkosen.

»Schön, dich wiederzusehen«, sagt er mit leicht angerauter Stimme, nachdem er sich von ihr gelöst hat.

Sie schaut ihm in die Augen. »Alles in Ordnung?«

»Was soll denn nicht in Ordnung sein?«

»Du siehst beunruhigt aus.«

Er sucht nach einer passenden Erwiderung, aber übergeht die Frage schließlich und deutet mit einer Kopfbewegung auf eine Sportsbar, in der man nicht nur die verschiedensten Sportevents anschauen, sondern auch Wetten platzieren kann. »Willst du etwas trinken?«

Sie nickt und lächelt leicht, sieht ihn immer noch an, als wäre er eine Fata Morgana.

Man kann nirgends sitzen, und auch zum Stehen ist kaum Platz, aber sie kriegen ihre Drinks – sie einen Martini, er noch einen Dark 'n' Stormy – und finden ein Plätzchen an der hinteren Wand in der Nähe eines riesigen Fernsehers. Die Fliegengewichtkämpfer huschen über den Bildschirm wie Figuren in einem Videospiel, so flink und wendig, dass es unnatürlich aussieht, wie ein zu schnell laufender Film.

»Antoine kommt als Nächstes«, sagt sie mit lauter Stimme, um gegen die Top-40-Musik und das Stimmengewirr anzukommen.

»Ich bin nervös wegen seines Kampfes.«

»Ist fast, als würde man gleich selbst da rausgehen, was?«

»Stimmt.« Er betrachtet die schwitzenden hechelnden Kämpfer und spürt, wie sein Blutdruck steigt. Ihn überkommt das Verlangen, an ihrer Stelle zu sein, wieder die Spannung des Kampfes zu erleben. Während der Olympiaqualifikation hatte er geglaubt, er würde niemals wieder so nervös sein, und dann hatte er ein ganz neues Level der Angst und Aufregung kennengelernt, als er zum ersten Mal in eine Schlacht gezogen war. Aber eine Schlacht war der nächsten gefolgt und die Furcht versiegt. Und der Mensch, den er im Spiegel sah, war nicht mehr der Sohn seiner Eltern, sondern Captain Shaw. Und dieser Mensch hat hier nichts zu suchen, in dieser Stadt, in diesem Land, an jedwedem Ort, der kein Kriegsgebiet ist. Was soll ich jetzt anfangen? fragt er sich. Was zum Teufel soll ich jetzt machen?

Tyron zwingt sich zurück in die Gegenwart, wendet sich vom Fernseher ab und Naomi zu. »Antoine ist der Einzige von uns, der noch Wettkämpfe bestreitet. Du und er habt es am weitesten gebracht. Die Einzigen, die Profis wurden.«

Sie denkt über seine Worte nach, und ein Ausdruck des Bedauerns zieht über ihr Gesicht. »Wärst du dabeigeblieben«, sagt sie, »hättest du auch Profi werden können.« Sie zögert, begreift, worauf sie angespielt hat. »Tut mir leid. Ich hätte es nicht aufbringen sollen.«

Er schüttelt leicht den Kopf. »Kein Problem, Naomi. Es ist lange her.« Er schaut wieder zum Bildschirm auf und trinkt einen Schluck. Die Kämpfer sind in ihren Ecken, stürzen Wasser hinunter und verschnaufen. »Die Wahrheit ist, dass ich den Sport nie so geliebt habe wie du und Antoine. Es lag nicht in meiner Persönlichkeit. Diesen Killerinstinkt besaß ich nicht.«

»Nicht?«

»Damals nicht.«

»Und heute besitzt du ihn?«

Ja, heute habe ich den Killerinstinkt, denkt er, während die Gesichter der Toten zu ihm zurückkehren. Er spannt den Kiefer an und fokussiert den Blick wieder auf seine Umgebung. Sieht die Sorge in Naomis Augen.

»Wenn es nötig ist«, sagt er. »Aber es gefällt mir nicht. Ich mag es nicht, andere Menschen zu dominieren. Darum geht es letzlich bei einem Wettkampf.«

»Aber du bist ein Marine.«

»Ich *war* ein Marine.«

»Richtig. Trotzdem. Geht es dabei …«

»Geht es dabei nicht vor allem ums Gewinnen? Den Feind zu besiegen?«

»Ja.«

»Für einige Leute ist es so. Mir ging es darum, meine Männer zu schützen. Zivilisten zu verteidigen. Meine Eltern hielten Sport für förderlich, aber fanden, dass man nicht sein Leben dafür aufgeben sollte. Es gibt auf der Welt zu viel wichtige Arbeit, die verrichtet werden muss. Als sie noch lebten, war ich nicht ihrer Meinung, aber heute bin ich es.«

»Vermisst du sie?«

Es ist anders, einer Frau in die Augen zu schauen, die größer ist als man selbst. Die Augen schimmern wie die Oberflächen tiefer dunkler Seen: Man kann sich leicht in ihnen verlieren, ihnen nur schwer entkommen. Fall nicht hinein, denkt er.

»Nicht so sehr wie früher«, sagt er. »Das Corps hat geholfen. Es ist wie eine zweite Familie.«

Er sieht, wie sie die Lippen zusammenpresst und ihre Mundwinkel herabzusacken beginnen.

»Sorry«, sagt er. »Das hätte ich nicht erwähnen sollen.«

»Es ist die Wahrheit. Warum sollte es dir leidtun? Das Militär gab dir, was du gebraucht hast. Ich nicht, so einfach ist das.« Sie blickt auf ihr Glas, streicht mit dem Fingernagel über den Rand. Sieht ihn wieder an. »Und wie du selbst sagst, es ist lange her.«

Schweigend nippen sie an ihren Drinks und schauen zum Fernseher auf. Einer der Fliegengewichtkämpfer offenbart eine Lücke in seiner Deckung und muss einen gut getimten Schlag ins Gesicht einstecken. Sein Kopf schnellt zurück, doch er kämpft weiter. Die Ambivalenz, die Tyron beim Betrachten der Gewalt verspürt, besorgt ihn. Die kommerzialisierte Brutalität stößt ihn ab und gleichzeitig hat sie eine seltsam beruhigende Wirkung auf ihn.

»Was wirst du jetzt tun?«, fragt sie.

»Antoine hat mir ein Ticket für den Kampf zukommen lassen.«

»Ich meinte, was du mit deinem Leben anfangen willst.«

»Ich weiß. Es sollte ein Scherz sein ... Keine Ahnung, was ich mit meinem Leben anfangen soll«, ruft er über die Musik und die anderen Unterhaltungen hinweg; es ist ihm unangenehm, den Satz dermaßen laut herauszuplerren, selbst wenn niemand hinhört. »Ich habe echt keinen Schimmer.«

»Du hast dich verändert«, sagt sie und sieht ihn eindringlich an. »Etwas an dir ist anders.«

»Inwiefern?«

Sie hält inne, als würde sie sich erst darüber klar werden wollen, was sie genau meint, ehe sie es ausspricht. Er erinnert sich, dass sie auch früher schon derart reflektiert war, doch auch sie hat sich verändert. Es überrascht ihn, wie viel fraulicher sie heute wirkt. Schon als er sie das letzte Mal sah, war sie gewiss kein kleines Mädchen mehr: Mit einsfünfundachtzig und als Basketballprofi war es kaum möglich, in ihr etwas anderes zu sehen als eine voll entwickelte Frau, aber damals war ihr Gesicht runder, weicher, faltenlos. Damals konnte er sie sich nicht in der Mutterrolle vorstellen. Heute hingegen schon. Und irgendwie macht es sie noch attraktiver.

»Du bist dir deiner selbst sicherer«, sagt sie.

Er lacht, was ihn zu der Annahme führt, dass der neue Drink ihm zusetzt, aber diesmal, wo sie bei ihm ist, macht es ihm nichts aus. Terroristen liegen nicht mehr in seinem Verantwortungsbereich. Oder wenigstens stehen sie nun nur an zweiter Stelle hinter seinen persönlichen Wünschen und Bedürfnissen. »Ich bin zweiunddreißig Jahre alt und habe keine Ahnung, was ich mit meinem Leben anstellen soll, und du findest, ich sei mir meiner selbst *sicherer* als früher?«

»Du bist dir bezüglich deiner Unsicherheit sicherer. Früher hättest du so etwas nie zugegeben.«

Er lächelt sie an und sieht, dass sein Drink leer ist. »Noch einen?«

Sie lächelt zögerlich und nickt dann. Er geht zur Bar und stellt sich in die Schlange. Während er wartet, schaut er auf sein Handy und sieht, dass er eine neue SMS erhalten hat. Noch mal von Marlon. *Junger Bruder, komm morgen früh um sechs zu mir. Bitte. Es ist wichtig.*

Ich komme, schreibt Tyron zurück. Er überlegt, ob er im nüchternen Zustand genauso geantwortet hätte, und gelangt zu der Erkenntnis, dass er es getan hätte. Er mag und respektiert Marlon und wird ihm in jeder Hinsicht helfen, solange es nicht einem seiner Prinzipien widerspricht – zum Beispiel sich nicht gegen einen alten Freund zu wenden.

Wo wir gerade dabei sind, denkt er, vergiss nicht, dass Naomi Keenans Frau ist.

In dem purpurnen Kleid, in diesem Stofffetzen, der sich an sie schmiegt, so wie er – Tyron – sich selbst gern an sie schmiegen würde, wie könnte ein Mann da nicht vergessen, dass Naomi tabu ist? Er kommt auf eine saubere Lösung. Wenn er mit den Drinks zu ihr zurückkehrt, wird er das Thema auf Keenan bringen und ihn während ihrer Unterhaltung immer wieder erwähnen.

Doch die »Lösung« hat den gegenteiligen Effekt.

»Ich verlasse ihn«, sagt sie.

»Was?«

»Ich wollte es dir eigentlich nicht so früh sagen, aber wir sind ja keine Fremden. Ich werde Keenan verlassen, Ty.«

Sie lehnt sich zurück, hält den Drink zur Seite und sieht aus wie ein Filmstar, total cool und selbstbewusst, so gelassen, dass sie in seinen Augen entweder einen Witz macht oder dass sie schon vor langer Zeit zu dieser Entscheidung gelangt ist. »Meinst du das ernst?«

»Während des Prozesses bin ich noch bei ihm geblieben, weil ich ihn nicht im Stich lassen wollte. Aber jetzt, nach seinem Freispruch, sieht es anders aus. Ich werde gehen.« Sie wendet sich zur Seite und blickt ins Leere, den Anflug eines traurigen Lächelns auf den Lippen. »Es ist komisch. Hätte man ihn verurteilt und ins Gefängnis geschickt, wäre ich bei ihm geblieben.« Sie wendet sich wieder Tyron zu, und in ihren Augen schimmern Tränen. »Wir sind beide geflohen.«

In dem Moment wird Tyron klar, dass er ihr Verhalten völlig falsch interpretiert hat: Sie hat keinen Witz gemacht und ist lange nicht so selbstbewusst, wie es schien – sie hat ihren Schmerz nur besser verborgen. Er legt die Arme um sie, drückt sie an sich und kann nicht aufhören, sie auf die Wange zu küssen. Als er sich von ihr löst, hält sie ihn weiter fest.

Schließlich lässt sie ihn los und wischt sich mit dem Daumen die Tränen aus den Augen. Es ist die Profisportlerin in ihr, die ihre Selbstbeherrschung zurückerlangt. Sie schaut zum Bildschirm auf. »Der Kampf ist gleich vorbei.«

Tyron hebt den Blick und sieht, dass die letzte Runde läuft. Einer der Boxer hat ein fürchterlich geschwollenes Auge, der andere einen tiefen Cut an der Stirn. Nichts gegen die Wunden, die Tyron eigenhändig verarztet hat.

»Ich weiß, dass Antoine gewinnen wird«, sagt Naomi. »Es ist unglaublich, was er aus sich gemacht hat.«

Sie schaut auf den Bildschirm, doch Tyron beobachtet sie von der Seite. Er zieht das Ticket für den Kampf aus der Tasche und hält es ihr hin. »Hier. Du gehst rein. Du musst zwar neben Ricky sitzen, was er bestimmt toll findet, aber dafür siehst du Antoine live im Ring.«

»Nein. Es ist dein Ticket.«

»Nimm es. Ich will, dass du den Kampf live siehst.«

»Wirklich? Es macht dir nichts aus?«

»Ich habe nur wegen Ricky nach den Tickets gefragt. Und du warst sowieso immer ein besserer Boxer als ich. Nimm es.«

Sie greift nach der Eintrittskarte und grinst ihn an. »Was machst du?«

»Ich schau mir den Kampf hier an und treffe euch hinterher. Geh jetzt. Sonst verpasst du noch Antoines Einmarsch.«

»Danke, Ty.« Sie schaut auf das Ticket in ihrer Hand. »Es ist wirklich schön, dich wiederzusehen.«

Er nickt. »Find ich auch.«

19:27 UHR

Durch von Leuchtstoffröhren erhellte Servicetunnel eilt Keenan vom Hotel zur Arena. Im Gewühl der Leute hatte es eine Schlägerei gegeben, und ein alter Mann war ohnmächtig geworden; in beiden Fällen musste der Sicherheitsdienst einschreiten und Verstärkung herbeirufen. Am Ende des Tunnels findet er eine Treppe und stürmt hinauf, nimmt drei Stufen auf einmal. Er soll sich dem Trupp anschließen, der die Boxer zum Ring und wieder zurück führt. Der nächste Kampf darf nicht ohne ihn beginnen.

Keenan taucht aus dem grauen Unterbauch des Casino Resorts auf und kehrt in Norman Bashinskys sorgfältig designte aquatische Welt zurück. Einige halten den Mann für ein Genie, für einen Visionär, der seiner Zeit voraus ist. Andere wenden ein, er sei ein so ruchloser Geschäftsmann, dass der Rest der Fortune-500-Vorstandsräte dagegen wie eine Schar braver Lämmlein daherkomme. Dass er sie naiv erscheinen lasse statt machiavellistisch. Keenan hat nicht viel über das Thema nachgedacht, aber er weiß noch, dass vor einigen Jahren ein hochrangiger, angeblich korrupter chinesischer Bürokrat in einem Zimmer im Reef Hotel umgebracht worden war. Es war nicht der eigentliche Mord, der Keenan im Gedächtnis geblieben ist, sondern dass, was danach geschah: Kurz darauf erhielt Bashinsky von der chinesischen Regierung Lizenzen für den Bau mehrerer Casinos in Macao. Danach verliebte sich die Wall Street in ihn, und der Aktienkurs des Reef Resorts schnellte in die Höhe, genauso wie Bashinskys persönliches Vermögen.

Keenan passiert einen Checkpoint zum Innenraum der Halle. Ein Wachmann, dem er bereits zu einem früheren Zeitpunkt seiner Schicht begegnet ist, wartet auf ihn vor der Tür zu einem der Umkleideräume. »In ein paar Minuten geht's los«, sagt er zu Keenan.

Keenan nickt. »Wen kriegen wir?«

»Deco. Er bringt gerade sein Aufwärmprogramm zu Ende. Dauert nicht mehr lange.«

Antoine, denkt Keenan, heute wirst du mich einfach nicht los.

Lustig ist aber, dass es andersherum war, als sie Jugendliche waren. Da konnte Keenan Antoine nicht loswerden. Für Keenan war im Rising Star Boxing Club alles perfekt arrangiert: Sein bester Freund war dort, ebenso ein heißes Mädchen, um dessen Gunst sie wetteiferten, und in Tony hatten sie einen guten Trainer. Sie waren tatsächlich aufsteigende Stars, alle drei von ihnen; er selbst, Ty und Naomi waren die besten Sportler an ihren Schulen, die besten jungen Boxer im Gym und untereinander die besten Freunde. Dann war eines Tages dieser kleine, stille Latino aufgekreuzt.

Keenan hatte nichts dagegen, mit Tyron einen Rivalen um Naomis Gunst zu haben. Er lag mit Tyron um alles im Wettstreit, warum also nicht auch um ein Mädchen? Unglückselig war aber leider, dass ihm nicht klar gewesen war, dass Tyron nicht genauso empfand wie er selbst. Hätte er es damals gewusst, wäre die Distanz zwischen ihnen vermutlich nicht so gewachsen.

Aber während Keenan Tyron als Rivalen um Naomis Gunst akzeptierte, musste Antoine nur einen kurzen Blick auf sie werfen, und sofort wollte er ihm die Fresse polieren. Dann stiegen sie zum Sparring in den Ring, und er prügelte Antoine die Scheiße aus dem Leib, bis er der Meinung war, die Sache wieder geradegerückt zu haben. Aber jedes Mal rappelte Antoine sich einfach wieder auf, schlüpfte durch die Ringseile und war derselbe wie immer, nur blutig und voller blauer Flecken. Schlimmer noch war, wenn Tony Wilks Antoine hinterher lobpreiste, weil er so hart an sich arbeite oder weil er so mutig sei und so viel Härte zeige. Die Art und Weise, wie dann Antoines Augen erstrahlten, als hätte er zum ersten Mal im Leben ein Kompliment erhalten, brachte Keenan dazu, ihn gleich noch einmal verdreschen zu wollen.

Keenan musste sich nicht nur beim Boxen mit Antoine herumplagen. Wohin er auch ging – zum Basketball, Football oder zum Leichtathletiktraining – Antoine war immer schon dort. Gott sei Dank spielte Tyron kein Tennis, denn sonst hätte Terrence Shaw das Ziehkind auch dorthin geschickt.

Natürlich wurde Antoine ihm mit der Zeit sympathischer. Dabei half, dass Naomi keinerlei Interesse an dem Jungen zeigte, und es war nützlich, einen Dritten im Bunde zu haben – einen Vierten, wenn Naomi dabei war. Außerdem wurde Antoine praktisch in allem besser, sodass die drei Jungen nicht nur im Ring dominierten, sondern auch beim Football, beim Basketball und in der 4x400-Meter-Staffel. Und niemand, der bei Sinnen war, wagte es, sich mit ihnen anzulegen, wenn sie zusammen waren. Es gab auch amüsante Dinge an Antoine, zum Beispiel wenn Keenan Süßigkeiten und Wassereis für alle kaufte. Antoine sah dann so gerührt aus, als ob Keenan ihm ein großartiges Geschenk gemacht hätte. In diesen Momenten fühlte Keenan sich edelmütig und war stolz darauf, jemandem etwas Gutes zu tun, der im Leben weniger Glück hatte als er.

Aber als der Zeitpunkt kam, sich zwischen Edelmut und der Möglichkeit, Antoine loszuwerden, zu entscheiden, wählte Keenan Letzteres. Einen Monat vor Terrence und Viola Shaws Ermordung geschah etwas Sonderbares beim Boxtraining. Erstens, Keenans Vater begleitete ihn in das Gym, statt ihn nur an der Tür abzuliefern – und sogar das kam nur noch selten vor, da Keenan inzwischen selbst Auto fuhr. Dann passte er Terrence Shaw ab, als der Tyron und Antoine zum Gym brachte, und zog sich mit ihm in eine Ecke der Boxhalle zurück. Tyron und Antoine blieben für eine Aufwärmrunde draußen. Keenan, der früher erschienen war, bandagierte sich drinnen bereits die Hände. Die erhobene Stimme seines Vaters brachte ihn dazu, sich den beiden unauffällig zu nähern. Die Männer kamen gut miteinander aus, doch ihre Beziehung ging nicht hinaus über die von Vätern, deren Söhne Freunde waren. Soweit Keenan wusste, war dies ihr erstes privates Gespräch überhaupt.

Halb privat. Craig Quinn bemerkte seinen herumscharwenzelnden Sohn und blaffte: »So trainierst du also? Beweg deinen Hintern, Keenan!« Der Teenager huschte davon. Craig Quinn war ein Mann, dem man besser gehorchte, wenn er wütend war.

Aber Keenan hatte bereits genug gehört, was ihn überraschte und neugierig machte.

»Schau, ich finde, was du tust, ist ehrenhaft. Keine Frage. Mehr noch, im Grunde bin ich deiner Meinung. Es kann nicht sein, dass es bei uns den lukrativsten Strip in ganz Amerika gibt und der Rest der Stadt scheißarm ist, ich hab's geschnallt.

Aber was ich dir zu sagen versuche, ist, dass es keine Rolle spielt, ob du recht hast. Du pinkelst den falschen Leuten ans Bein, verdammt noch mal.«

Terrence Shaw: »Wer sind die Leute, denen ich ans Bein pinkele?«

»Herrgott noch mal, ich hab's doch schon gesagt, es sind die *falschen* Leute. Eigentlich sollte ich gar nicht mit dir reden, sonst nehmen sie als Nächstes noch mich ins Visier.«

Terrence Shaw: »Haben sie dich geschickt, um mich einzuschüchtern?«

»Mich geschickt, um dich einzuschüchtern? Das hier nennst du eine Einschüchterung?«

Rote Flecken zeigten sich auf Craig Quinns Gesicht; ein Cop, einsneunzig, so wie Keenan jetzt, ein großer Mann mit aufbrausendem Wesen, der sich kaum anders beschreiben ließ als einschüchternd. Doch Terrence Shaw war nicht eingeschüchtert. Obwohl kein kleiner Mann, war er nicht so groß und breit, wie Tyron einst werden würde – oder es sogar schon war – und doch wirkte er nicht im Geringsten verängstigt.

»Wenn du das hier für eine Einschüchterung hältst, hast du wirklich keine Vorstellung davon, mit welchen Leuten du dich anlegst. Eigentlich könnte es mir egal sein, Terrence, aber es geht nicht nur um dich. Du und deine Frau steht hinter dieser Bewegung. Glaub nicht, dass sie davor zurückschrecken würden, eine …« Keenans Vater versuchte die Stimme zu senken, war aber dermaßen in Fahrt, dass sie lauter herauskam als erwartet. »*Eine Frau zu erledigen.* Selbst das könnte mir schnurz sein, doch ich mag deinen Sohn. Er ist ein guter Junge. Ich will nicht, dass aus ihm ein verdammtes Waisenkind wird.«

Terrence schaute für einen Moment in Craigs Gesicht, dann sagte er leise und bedächtig: »Craig, Veränderungen müssen her. Unbedingt. Die Menschen sind zu arm und leiden zu viel.

Und diejenigen, die sich für sie einsetzen, dürfen keine Furcht haben.«

»Herrgott noch mal, Terrence!« An dieser Stelle blickte Craig um sich und sah, dass Keenan heranspaziert war und lauschte.

Momente später, auf der anderen Seite der Halle, packte Craig Quinn seinen Sohn am Schlafittchen und stieß ihn an die Wand. Er drückte ihm fast den Zeigefinger ins Auge und sagte: »Vergiss, was du gerade gehört hast. Vergiss es. Du hast es nie gehört. Das heißt, du darfst es nicht wiederholen. Vor allem nicht vor deinen Scheißfreunden. Wenn du ihnen ein einziges Wort verrätst, Junge, kriegst du von mir die Abreibung deines Lebens, das schwöre ich dir.«

Keenan war froh, dass das Gym fast leer war, als all dies geschah. Als Tyron und Antoine nach ihrem Lauf hereinkamen, fragten sie ihn, warum sein Gesicht so rot sei. Er hatte zu großen Schiss, um seinen Vater gegen sich aufzubringen, und selbst wenn er keine Angst gehabt hätte, wäre es ihm peinlich gewesen zu erklären, was geschehen war. Soweit er es beurteilen konnte, erwähnte Terrence Shaw das Gespräch auch nie gegenüber seinem Sohn.

Keenan hatte sich gezwungen, den Vorfall zu vergessen. Genau genommen hatte er die Sache dermaßen gründlich vergessen, dass er sich selbst dann nicht daran erinnerte, als er hörte, dass Terrence und Viola Shaw bei einer Gang-Schießerei getötet wurden und dass der oder die Täter entkommen waren. Erst als er bei der Beerdigung sah, wie die beiden Särge in den Boden herabgelassen wurden, fiel ihm das Gespräch zwischen seinem Vater und Terrence Shaw wieder ein.

Die Einzelheiten der Schießerei waren verschwommen. Man nahm an, dass es ein verunglücktes Drive-by-Shooting gewesen war, bei dem es versehentlich die Shaws getroffen hatte. Die Augenzeugen hatten nur ein davonbrausendes Auto gesehen, nachdem die Schüsse gefallen waren. Alle sagten – besonders Craig Quinn –, dass die Shaws in einer rauen Gegend gelebt hätten, in der solche Dinge eben geschahen. Nach Keenans Einwand, dass die Shaws die beliebtesten Leute im Viertel gewesen wären, brüllte sein Vater ihm ins Gesicht: »Glaubst du, die Gangbanger geben einen Scheiß darauf, wen sie abknallen? Die sind high bis in die Haarspitzen. Wach auf, Junge.«

Keenan wusste nicht, wer hinter dem Doppelmord steckte, doch er hielt es für besser, Tyron nichts davon zu erzählen, was er im Gym mitangehört hatte. Tyron war verzweifelt genug, auch ohne ein Rätsel lösen zu müssen. Was Antoine betraf, fand Keenan, dass es ihn nichts anging, selbst wenn er Shaws Ziehkind war. Er war kein leiblicher Sohn.

Aber Antoine weinte wie ein leiblicher Sohn. So wie alle anderen auch. Keenan konnte kaum glauben, wie viele Leute bei der Beisetzung waren und wie viele Tränen vergossen wurden. Seine eigenen Tränen versetzten ihn in Erstaunen. So inbrünstig hatte er zuletzt als kleiner Junge geweint. Bis zu diesem Moment war ihm nicht klar gewesen, wie gern er die Shaws gehabt hatte.

Auf Keenans Bitte hin boten die Quinns Tyron an, bei ihnen zu wohnen. Tyron war dankbar für das Angebot, aber lehnte ab und zog mit Antoine zu seiner Cousine Tara und deren Mutter Patricia. Doch letztlich fehlten den Frauen der Platz und die Mittel, um die beiden Jungen durchzubringen, und Tyron wurde schnell klar, dass er den Quinns näherstand als seinen eigenen Angehörigen. Zudem hatten die Quinns ein viel größeres, komfortableres Haus, das näher an Tyrons Highschool lag. Obendrein besaß Keenan ein eigenes Auto, und sie konnten zusammen zur Schule und zum Training fahren und dabei unterm selben Dach wohnen. Alles zusamengenommen war es so: Zu den Quinns zu ziehen würde es Tyron erlauben, sich weniger auf seine grundlegenden Bedürfnisse konzentrieren zu müssen, sondern sich vor allem um seine Prioritäten kümmern zu können – Sport und Schule.

Aber in Wahrheit war all dies nur Schönfärberei für den Umstand, dass die Quinns Tyron anhimmelten, angefangen bei Keenans Mutter, den Schwestern bis hin zu seinem älteren Bruder und Keenans bärbeißigem Vater. Und gerade jetzt, in der Zeit nach der Beisetzung seiner Eltern, brauchte Tyron die Quinns. Er änderte seine Meinung, und alle waren damit einverstanden. Die einzige Frage war, was aus Antoine werden sollte.

»Es liegt bei dir, Junge, ob er bei uns einziehen soll oder nicht«, hatte Keenans Vater gesagt.

Es war eine riesige Entscheidung, die Keenan da aufgebürdet wurde. »Willst du denn, dass er zu uns zieht, Dad?«

»Natürlich nicht. Sehe ich aus wie die Einwanderungsbehörde? Glaubst du, ich öffne jedem Mexikaner, der kein Zuhause hat, meine Tür? Herrgott, Keenan. Ich mag den Jungen sowieso nicht, selbst wenn er kein Mexikaner wäre. Er ist mir zu durchtrieben. Wie sein Vater.«

»Du kanntest seinen Vater?«

Craig nickte. »Ein richtiges Stück Scheiße. Berufskrimineller. Der Apfel fällt nicht weit vom Stamm.«

»Also kann er nicht bei uns einziehen?«

»Doch. Er kann hier einziehen. Bloß weil ich es nicht will, heißt es nicht, dass ich es verbiete. Aus irgendeinem Grund hat deine Mutter ein Faible für ihn. Aber es ist deine Entscheidung. Er ist dein Freund.«

Edelmütig sein oder Antoine loswerden? Nach außen hin schien Keenan viel länger mit sich zu ringen, als es tatsächlich der Fall war. Die Vorstellung, Wand an Wand mit jemandem zu wohnen, der ihn so schnell auf die Palme brachte, genügte, um zu einem Entschluss zu gelangen.

Ohne ihren Neffen dabeizuhaben, wollte Patricia Antoine nicht bei sich aufnehmen. Er schien darauf zu hoffen, dass Tony Wilks ihn zu sich nehmen würde, aber der Boxtrainer erklärte, die Hälfte seiner Kämpfer hätte schwierige Familienverhältnisse und es sei ihm nicht möglich, ihnen allen einen sicheren Hafen zu gewähren, deshalb biete er es, der Fairness halber, keinem von ihnen an. Keenan nahm an, dass es stimmte, aber dass Tony auch die Vorstellung nicht behagte, einen Jugendlichen, fast einen jungen Mann, zu sich ins Haus zu holen, der fortan mit seiner aufblühenden Tochter zusammenleben würde. Was zu kurz gedacht war. Außer Tony selbst gab es vermutlich niemanden Besseren als Antoine, um Naomis Tugend zu verteidigen.

Während Tyron also zu der großen irisch-italienischen Familie zog, wurde Antoine abermals unter staatliche Vormundschaft gestellt. Was ihm nicht schmeckte. Er trainierte weiterhin im Rising Star Boxing Club, wodurch ihn Keenan, Tyron und Naomi regelmäßig zu sehen bekamen, doch überall sonst verschwand er von der Landkarte. Er verschwand aus der Schule, aus der sozialen Einrichtung für Minderjährige, wo er hätte wohnen sollen, selbst aus den offiziellen Registern verschwand er – es gab Gerüchte, denen zufolge alle Akten, die es über ihn gab, nicht mehr auffindbar seien. Falls ein Cop oder Sozialarbeiter im Gym auftauchte und nach Antoine fragte, während der da war, passten die anderen Kämpfer den Besucher ab und quatschen ihm ein Ohr ab, während Antoine sich eilig durch die Hintertür verzog.

Tony ließ ihn nun kostenlos trainieren, wahrscheilich aus Schuldgefühlen, weil er einen Jungen, der zwei Mal zur Waise geworden war, nicht bei sich aufgenommen hatte, aber es war ihm auch dienlich, Antoine dort zu haben. Mit sechzehn, fast siebzehn war Antoine der härteste Arbeiter im Gym –

vielleicht, wie Tony einmal sagte, der härteste Arbeiter, den er je gesehen hatte. Und aus dem Umstand, dass er trotzdem noch immer nicht zu den Besten zählte, nicht mal annähernd, konnten die anderen dennoch eine wichtige Lektion lernen: »Dieser Bursche wird nie um einen Titel kämpfen, und seht, wie hart er trotzdem trainiert. Ihr wollt Champions werden? Ihr glaubt, ihr hättet eine gute Einstellung? Hah! Jetzt schaltet mal ein paar Gänge hoch!«

Natürlich lag Tony falsch. Antoine war der Einzige aus dem Rising Star, der sich in Titelregionen hocharbeitete, alle anderen endeten als Amateure oder Profis auf niedrigem Niveau.

Tony versorgte Antoine auch mit Lebensmitteln. Ob ebenfalls wegen seines schlechten Gewissens oder weil er einfach großzügig war, vermochte Keenan nicht zu beurteilen, aber es war gut, dass Tony es tat. Antoine war schon immer ein magerer Junge gewesen, aber in jenen Tagen wurde er dünn wie nie. Falls ihn jemand fragte, wo er wohne, antwortete er immer nur: »Was geht dich das an?« Falls eine Nachfrage folgte, fügte er an: »Der Zeitpunkt, sich über mich Gedanken zu machen, ist vorüber. Lass mich in Ruhe.« Wenn man dann noch mal nachhakte, hatte man eine Schlägerei am Hals. Antoine mochte nicht der beste Boxer im Gym gewesen sein, aber er war viel, viel besser als früher und seine Fäuste prasselten unentwegt auf einen ein.

Antoine brauchte ihnen gar nicht zu erzählen, wo er wohnte, sie wussten es auch so. Seine abgerissene Kleidung sprach eine deutliche Sprache: Er verbrachte die Nächte zunehmend auf der Straße. Keenan sagte ihm, dass es die Entscheidung seiner Eltern gewesen sei, ihn nicht bei ihm einziehen zu lassen, worauf Antoine nur seinen starren Blick auf ihn richtete. Er sagte kein einziges Wort, und Keenan fragte sich, ob Antoine die Wahrheit kannte.

19:45 UHR

Die Anzahl der Celebritys im Publikum ist beeindruckend, sogar für jemanden, der selbst ein halber Promi ist. Beziehungsweise der *früher* ein halber Promi war, ruft Naomi sich ins Gedächtnis.

Sie steigt die steilen Stufen hinauf zum Oberrang der Arena. Selbst hier oben sieht man zahllose Reiche und Schöne unter den Leuten – unzählige falsche Brüste und solariumgebräunte Haut, maßgeschneiderte Sakkos und Designerkleider. Die Hauptveranstaltung Gibbons-Suarez ist nur noch einen Vorkampf entfernt, und der Alkohol fließt in Strömen; die steigende Spannung ist wie eine Blase, die immer neue Luft ansaugt.

»Naomi! Naomi!«, ruft Ricky herunter und zwängt sich zwischen zwei mittelalten Männern in Blazern und zerrissenen Jeans durch. Er tritt heran, um sie zu umarmen, sie streckt ihm aber nur die Hand entgegen. Er ergreift sie, unsicher.

»Ist ewig her, seit wir uns das letzte Mal gesehen haben, Naomi«, plappert er. »Viel zu lange. Mensch, wie geht's dir?« Ehe sie antworten kann, fügt er an: »Ty hat mir gesimst, dass du sein Ticket hast, und ich hab dich hochkommen sehen. Du siehst toll aus. Noch toller als früher. Also supertoll sozusagen.«

Verblüfft von seiner Energie und Aufregung, sucht Naomi nach einer passenden Erwiderung, doch er zieht sie an der Hand mit nach oben zu ihren Plätzen. Normalerweise machen die Leute ihr bereitwillig Platz, besonders wenn sie High Heels trägt, hier in ihrer Reihe aber starren alle nur missmutig auf, ziehen unwillig die Knie ein, und sie weiß wieder, warum sie diesen Teil von Vegas lieber meidet. Ricky lässt sich auf seinen Platz fallen, sie setzt sich auf ihren. Sie haben einen ausgezeichneten Blick: die gesamte, komplett ausverkaufte Arena breitet sich unter ihnen aus.

Von so weit oben sieht der Ring winzig aus. Es ist seltsam, Teil des Publikums zu sein. Für sie ist es besonders nervenaufreibend, denn sie will Antoine unbedingt gewinnen sehen. Er würde es verdienen, einen Mega-Erfolg zu erzielen, ein echter Star zu werden, nachdem er so viel Arbeit ins Boxen investiert hat – und nach all dem Scheiß, den er durchmachen musste.

Naomi kann nicht fassen, wie nervös sie ist. Sie wünschte, sie könnte sich in den Bauch greifen und all die Schmetterlinge zerquetschen, die darin flattern. Es ist ein unbehagliches, ihr unbekanntes Gefühl, denn ihrer selbst wegen wurde sie nie nervös. Vor keinem einzigen Spiel. Selbst nicht vor den WNBA-Finals. Tyron war da anders gewesen, Keenan auch. Und wie ist es jetzt für Antoine? Er hat nie über seine Gefühle gesprochen. Aber seiner Mimik und Körpersprache nach zu urteilen, hat er fast immer unter Strom gestanden, die Stirn gefurcht, die dunklen Augen immerfort suchend. Als wäre er ohne Unterlass im Wettkampf. Immer kampfbereit. Knallhart. Abgeklärt.

Einmal aber – wirklich nur dieses eine Mal – erlebte sie eine andere Seite an ihm. Eine höchst sonderbare Begebenheit.

Es war mehr als ein Jahr nach der Ermordung von Tyrons Eltern, kurz vor dem Ende der Highschool. Tyron wohnte inzwischen bei den Quinns, und Antoine trieb sich weiß Gott wo herum. Naomi, Tyron und Keenan waren nur noch ab und zu im Gym, bevorzugten inzwischen andere Sportarten. Antoine aber war immer dort, trainierte wie besessen.

Es war ein Samstag. Naomi erschien in der Halle, weil ihr Vater sie von dort aus zu einem Spiel fahren wollte. Sie sah Antoine an dem kleinen runden Tisch neben dem Empfangstresen sitzen, in eine Boxzeitschrift vertieft. Er grüßte sie mit seinem typischen reservierten Nicken und einem leisen »Hey Naomi« – doch hinter seinen Augen schimmerte noch etwas anderes, als ob er mehr sagen wollte. Sie kannte das Schimmern schon, es war immer da, wenn sie miteinander sprachen, und sie hatte es aufgegeben, darauf zu warten, dass er endlich sagte, was ihn so beschäftigte.

Nach einigen höflichen Floskeln widmete er sich wieder seiner Zeitschrift, *The Ring*, und sie setzte sich zu ihm an den Tisch, um auf ihren Vater zu warten. Nach einer Weile spürte sie eine Veränderung bei ihm, sie bemerkte die Gänsehaut an seinen Unterarmen und sah, wie gebannt er auf die Zeitschrift in seiner Hand starrte. Dann erhob er sich langsam, den Blick weiter fest auf den Artikel gerichtet. Sie stand auch auf und fragte sich, was er wohl las, das ihn dermaßen hypnotisierte. Schließlich hob er den Blick und schien sich zu erinnern, wo er war. Unvermittelt lächelte er sie an, nahm ihr Gesicht in die Hände und gab ihr einen Kuss auf den Mund, danach schaute er ihr in die Augen und sagte ihr mit seinem Blick alles, was er ihr immer hatte sagen wollen: Ich liebe dich, ich weiß, dass du mich nicht liebst, aber sei's drum, ab jetzt kümmere ich mich um wichtigere Dinge. Anschließend eilte er mit der Zeitschrift in der Hand aus dem Gym, und sie stand nur verdattert da, erstaunt darüber, wie schön sich der Kuss angefühlt hatte.

Als sie wieder zu Sinnen kam, nahm Naomi das zweite Exemplar der aktuellen *The Ring*-Ausgabe vom Tisch und blätterte es durch, bis sie den Artikel fand, den Antoine gelesen hatte: eine überschwängliche Story über das kürzlich eröffnete Reef Resort and Casino am Strip und den ersten großen Boxkampf in der ultramodernen Arena. Sie las den Artikel drei Mal und hatte dennoch nicht die geringste Ahnung, warum er bei Antoine diese sonderbare Reaktion ausgelöst hatte.

In dem Artikel stand, wer gewonnen und wer verloren hatte, die Zuschauerreaktionen wurden beschrieben, außerdem gab es zwei Absätze über den Casino-Besitzer und eine ausführliche Beschreibung der Arena und des Reef Resort mit seiner aquatischen Themenwelt. Besonders fiel ihr das Bild von Haien und Stachelrochen auf, die unter den Füßen der Hotelgäste hinwegschwammen. Überall gab es bunt leuchtende Fische, man bräuchte nicht mehr nach Australien zu reisen, hieß es in dem Artikel, wo Las Vegas doch jetzt sein eigenes Great Barrier Reef besäße. Das Ganze war die Vision des neuen Casino-Magnaten, Norman Bashinsky, der sich, wie es weiter hieß, rund um die Uhr von Bodyguards bewachen lasse. Am Abend des ersten Kampfes im Reef aber hatte Bashinsky alle Vorsicht in den Wind geschrieben und seine Bodyguards stehen gelassen, um dem Gewinner des Fights persönlich zu gratulieren. »Ich mag Sieger«, zitierte ihn der Artikel. »Mit solchen Leuten umgebe ich mich gern. Wer gut genug ist, in meiner Arena einen Boxkampf zu gewinnen, der verdient es, von mir die Hand geschüttelt zu bekommen.« Die Tradition des Händedrucks für den Sieger hatte gerade erst begonnen, doch Bashinsky beabsichtigte, sie so lange fortzuführen, wie das Reef in seinem Besitz war. »Und die einzige Möglichkeit, mir das beste Resort am Strip abspenstig zu machen, ist, es mir aus den kalten toten Händen zu reißen. Aber selbst dann werde ich nicht loslassen!«

Naomi fand, dass Bashinsky ein bisschen durchgeknallt klang, aber das galt für all diese Casino-Mogule. Das Reef hingegen klang aufregend. Aber was – *was* – hatte zu Antoines merkwürdiger Reaktion geführt?

Sie legte *das Boxmagazin* weg und setzte sich wieder. Dachte an den Kuss. Antoine hatte das wohl schon lange tun wollen. Wie verändert er gewirkt hatte.

Naomi fragte sich, ob Antoine noch Jungfrau war. Das tat sie bereits seit einer ganzen Weile. Natürlich mochte dem nicht so sein. Selbst vor dem Tod der Shaws war er immer mal wieder für ein, zwei Tage von der Bildfläche verschwunden. Und nun war er ganz auf sich allein gestellt; wer wusste schon, was bei ihm so alles lief? Vielleicht gab es irgendwo dort draußen ein Mädchen, dem er all seine Geheimnisse erzählen konnte, die hinter seinen Augen schimmerten. Aber Naomi bezweifelte es. Sie nahm an, dass der Kuss das Einzige war, was er bisher in dieser Hinsicht erlebt hatte, der eine große Moment der Befreiung. Sie hatte es ihm angesehen. Hatte gespürt, wie es von seinen Lippen in ihre übergeströmt war.

Ricky sagt etwas zu ihr, das sie, gefangen in ihren Gedanken, nur halb mitbekommt. »Wie bitte?«

»Ich habe gefragt, was du heutzutage treibst?«

»Ich bin Coach.« Sie will sich nicht groß darüber auslassen, sieht aber, dass er mehr erwartet. »Ich bin Assistenztrainer beim Männer- und beim Frauenteam der UNLV, trainiere ein AAU-Mädchenteam, ein Highschool-Mädchenteam, veranstalte Trainingscamps für jüngere Kinder und arbeite nebenher als Personal Trainer.«

»Whoa«, sagt er. »Du liebst es zu trainieren. Das muss man wohl, wenn man etwas so oft macht.«

Ihre Augen blicken auf den leeren Ring und den Tunnelausgang, der darauf zuführt, und es ärgert sie, dass sie fortschauen muss, um Ricky zu antworten. Soweit sie es beurteilen kann, hat er sich seit der Highschool nicht groß verändert.

»Ja, klar liebe ich es. Mein Dad ist auch Trainer. Meine Brüder ebenso. Es liegt uns im Blut.«

»Aber selbst spielen tust du nicht mehr?«

Am Ring geraten die Dinge in Bewegung, verschiedene Offizielle mobilisieren sich. Die Schmetterlinge in ihr flattern wie verrückt. Es ist sieben Jahre her, seit sie Antoine das letzte Mal sah. Sieben Jahre, seit sie ihm eröffnet hatte, sich mit Keenan verlobt zu haben. Sieben Jahre, seit er sie aufgefordert hatte, ihn nicht mehr im Gefängnis zu besuchen.

»Nein, spielen tue ich nicht mehr. Ich habe vor einigen Jahren aufgehört«, erwidert sie.

»Stimmt. Hab ich von irgendwem gehört. Wahrscheinlich von Tara. Warum hast du denn aufgehört?«

Frustriert wendet sie sich ihm zu, will ihm eine clevere Lüge auftischen oder die Frage übergehen, aber sie sagt ihm instinktiv die Wahrheit, was sie nur noch mehr frustriert. »Während meiner Laufbahn war ich immer nur Ersatzspieler. Es war klar, dass ich es nie in die Startaufstellung schaffen würde. Im Frauensport ist nicht viel zu verdienen, zumindest für die meisten, und trotzdem muss man schuften ohne Ende, außerdem wollte ich versuchen, ein Baby zu kriegen ... Was ist mit dir, was treibst du so?«

»Naomi, du weißt doch, ich hab immer zehn Sachen gleichzeitig am Laufen. Du und Tara, ihr seid jetzt beste Freundinnen, richtig?«

»Ja, kann man so sehen.«

Er nickt wissend. »Was denkst du über sie?«

»Was ich über Tara denke?« Ist der Kerl noch ganz dicht?

»Yeah. Meinst du, sie ...« Er stupst Naomi an die Schulter, »sie sucht einen neuen Lover?«

Naomi starrt ihn an. »Ist die Frage ernst gemeint?«

»Natürlich.«

»Denkst du dabei an dich?«

»Hey, nicht so abfällig, bitte.«

»Tut mir leid.« Sie kann es sich nicht verkneifen zu kichern. »Hast du Taras letzten Freund kennengelernt?«

»Ich bin ihm ein paar Mal begegnet. Warum?«

Sie sieht ihn von der Seite an. »Er ist in jeder Hinsicht das genaue Gegenteil von dir.«

»Okay. Okay. Aber es hat nicht funktioniert mit den beiden. Es ging in die Brüche, Naomi. *Okay?* Du versuchst mich runterzuziehen, aber du machst mich damit nur zuversichtlicher. Ganz genau, du steigerst meine Zuversicht.«

»Oh, tatsächlich? Da bin ich aber froh, wirklich froh.«

»Du sagst es doch selbst, er ist das genaue Gegenteil von mir, und sie steht nicht mehr auf ihn. Es könnte also sein, dass ich derjenige bin, auf den sie wartet.«

Bislang hatte sie sich ganz gut im Griff, aber jetzt prustet sie los. »Niemand wartet auf dich, Ricky.«

Er verzieht den Mund und schüttelt den Kopf. »Du bist so was von eiskalt.«

»Tut mir leid, Ricky. Wirklich. Es tut mir leid. Ich weiß, du bist ein guter Typ. Ein feiner Kerl. Und weißt du, ich glaube, du hast mich … überzeugt. Ich glaube, Tara würde gerne mit dir aus… sorry, das kann ich nicht aussprechen, ohne dass ich lache. Du bist einfach nicht ihr Typ, Ricky! Du bist wirklich ein netter Kerl, aber eben nicht ihr Typ. Ich weiß nicht, was du von mir hören willst.«

Er versinkt in Schweigen, und sie richtet ihr Augenmerk wieder auf den Ring. Der Ringsprecher steigt zwischen den Seilen hindurch, ein Mikrofon in der Hand.

»Könntest du bei ihr ein gutes Wort für mich einlegen?«

Entgeistert wendet sie sich Ricky zu.

»Bitte«, fügt er an.

»Komm mir nicht mit deinem Hundeblick, okay? Magst du Tara denn überhaupt, oder ist sie nur ein weiterer Name auf deiner Abschleppliste?«

»Schließt das eine denn das andere automatisch aus?«

»Genau das habe ich mir gedacht.«

»Nein, im Ernst, ich mag sie. Ich mag sie sogar sehr. Soll ich dir meine Seele offenbaren? Dir meine verletzliche Seite zeigen? Ja, ich möchte mit ihr zusammen sein. Ich möchte …«

Die Lichter gehen aus. Ein Spotlight fällt auf den Tunnelausgang. Es ist so weit, denkt sie. Trotz ihrer flatternden Nerven lächelt sie.

»Ich möchte eine Bezieh…«

»Nicht jetzt, Ricky. Antoine kommt.«

19:56 UHR

»Es ist so weit«, sagt die Kampf-Managerin und steckt den Kopf in die Tür des Umkleideraums. Sie trägt ein Headset und hält ein Tablet. Antoine schaut zu ihr auf. *Es ist so weit.*

Er wendet sich von der Tür ab und breitet die Arme aus, als würde er gekreuzigt. Alejandro legt ihm die schimmernde schwarze Boxrobe um. Auf dem Rücken prangt der Kopf eines Coyoten, das Maul aufgerissen, die Fänge gefletscht. Die Kapuze der Robe hängt Antoine tief ins Gesicht, lässt jenseits ihres Schattens nur die Kinnpartie erkennen.

Mit Handschuhen klopft er die Fäuste von Alejandro, Carlos und seinem Cutman, Simón, ab. Sie nicken ihm zu, ihre Gesichter grimmig, ihre Mienen ernst, aber ihre Augen sind erfüllt von Hingabe und Glaube. Er schaut zur Tür hinaus, wo er Keenan mit seinem lächerlichen angeklebten Bart stehen sieht. Keenan nickt ihm zu, lächelt aufmunternd, aber Antoine grüßt in diesem Moment niemanden – schon gar nicht Keenan.

Draußen, umringt von Wachleuten und Geleitvolk, schreitet Antoine mit federnden, entschlossenen Schritten durch den Tunnelgang der Reef Arena. Selbst hier unten, hinter den Kulissen, sind die Wände meerblau und lagunentürkis, sturmgrau und seegrasgrün gestrichen, die Farben fließen wellenförmig ineinander. Dazu hängen Ölgemälde der Kämpfer, die in dieser Arena zu Ruhm gelangt sind, an den Wänden, durch stilisierte Pinselstriche untsterblich gewordene Champions. Hopkins,

Ward, Mayweather, Suarez, Gibbons. Antoine verschwendet keinen Blick auf die Gemälde. Wer oder was vor ihm war, kümmert ihn nicht. Für Antoine Deco beginnt und endet die Geschichte des Boxens mit dem heutigen Kampf.

Der Tunnel beschreibt eine Biegung, und weiter vorn sieht er die Öffnung in die Arena. Sie ist schwarz, gesprenkelt mit Blitzlichtern, funkelnde Sterne in den Weiten des Alls. Nach all seinen Erfolgen in der jüngeren Zeit ist dies bislang Antoines größte Bühne.

Er tritt aus dem Tunnel in das gewaltige höhlenartige Rund. Tosender Jubel schlägt ihm entgegen. Ihm, einem Vorkämpfer, einem unterschätzten Underdog – doch er stammt von hier, deshalb kriegt er die volle Unterstützung des Publikums. Im Licht des einzelnen Scheinwerfers, das ihn umgleißt, erkennt er die Zuschauer in der abgedunkelten Arena nur als Schemen. Doch er spürt sie. Ihre Energie, die Energie Tausender, und er fühlt sich, als könnte er Flammen schlagen. Die Musik setzt ein, ein Reggeaton-Track seines Teams. Er kann sie kaum hören über dem Lärmen der Leute.

Jetzt ist er im Ring. Er erinnert sich nicht, durch die Seile gestiegen zu sein, was ihn beunruhigt. Bleib bei dir, Antoine, sagt die Stimme in ihm. Die ganze Welt mag zuschauen, aber es ändert nichts daran, was du tun musst. Bleib bei dir.

Hierfür bist du nicht hergekommen, denkt er. Es ist nur ein weiterer Schritt nach vorn. Bleib fokussiert. Tu, was du tun musst. Liefere.

Er lehnt sich in seine Ringecke, die Arme auf den Seilen ausgebreitet, schnaubt verächtlich, voller Selbstvertrauen.

9

20:05 UHR

Tyron findet Antoines Einzug in die Arena gut, aber der von Konitsyn ist besser. Ja, in dem ärmellosen Umhang, mit den bronzefarbenen, wie gemeißelten Armen voller schwarzer Tattoos sieht Antoine wie ein athletischer Sensenmann aus, aber Kolya »Clayface« Konitsyn sieht aus wie ein Champion.

Seine Entourage besteht aus annähernd zwanzig Leuten. Dazu gehören ein weltberühmter Rapper und ein weltberühmter Schauspieler, des Weiteren zwei weltberühmte Trainer und einer der größten Promoter im Sportbusiness. Die slawisch aussehenden Männer zu beiden Seiten von Konitsyn sind Riesen, bärtige Monster, die finster ins Publikum und in die TV-Kameras schauen, jedem drohen, der es wagt, ihren Champion anzugehen. Die gesamte Entourage trägt graue T-Shirts mit dem *Clayface*-Aufdruck in großen rostroten Buchstaben, darunter ein Bild des Batmanschurken, der sie auf den Namen brachte: ein hinterlistiges Geschöpf mit Händen, die sich in Vorschlaghämmer verwandelt haben, mit seelenlosen weißen Augen und einem streitsüchtigen breiten Grinsen.

Konitsyn wirkt wie poliert, er glänzt beinahe. Sein Körper ist vollständig rasiert, einschließlich seines berühmten unzerstörbaren Kinns. Sein glattes, akkurat zur Seite gescheiteltes Haar ist altmodisch geschnitten, nicht zu lang, nicht zu kurz. Seine großen Augen strahlen Freundlichkeit und Selbstgewissheit aus. Seine Haut spannt sich straff über perfekt definierte Muskeln und seilartige Sehnen. Am Bauch ist kein Gramm Fett, die Bauchmuskeln sind dennoch breit und dick, der Motor für die Bewegungsfähigkeit seines Oberkörpers. Er ist bekannt für seine Knockouts – neunzehn nacheinander, heute soll der zwanzigste folgen. Er hat noch nie verloren. Er lächelt in die Kamera wie ein Politiker im Wahlkampf, und es ist schwer vorstellbar, dass jemand mit einem derartigen Selbstbewusstsein je verlieren könnte.

Antoine wirkt bedrohlich, ja, aber Clayface sieht *respekteinflößend* aus.

Von den Fernsehkommentatoren erfährt Tyron Einzelheiten über den bevorstehenden Kampf. Da ein einheimischer Boxer daran teilnimmt und anschließend der Superfight Gibbons-Suarez folgt, wurde die Musik in der Bar abgeschaltet und der Fernsehton aufgedreht.

»Fest steht, dass niemand gern gegen ihn kämpft«, sagt einer der Kommentatoren über Clayface. »Wir wissen inzwischen, dass zwei Boxer, die im Ranking höher stehen als Dex Deco, das Angebot erhielten, am größten Event unseres Sports teilzunehmen, und beide lehnten ab. Trotz der hohen Börse, die sich heute verdienen lässt, war keiner der beiden bereit, die Schmerztraumata zu erleiden, die Konitsyn seinen Gegnern zufügt. Umso mehr Ehre gebührt Deco dafür, sich dieser Gefahr auszusetzen und dadurch die Chance auf einen potenziellen Titelkampf zu erhalten. Aber dazu muss er erst mal den Sturm überstehen, der über ihn kommen wird. Und dieser Sturm wird gewaltig.«

»Das sehe ich genauso«, sagt der andere Kommentator mit schroffer Stakkatostimme. »Ich mag Antoine Deco. Ich mag ihn sogar sehr. Er ist ein großartiger Boxer. Er hat Speed, großartige Hände, eine großartige Verteidigung. Nach seiner Zeit im Gefängnis hat er sich mit harter Arbeit quasi neu erfunden. Aber bislang war niemand in der Lage, Konitsyns schierer Power standzuhalten, und ich sehe nicht, dass sich heute etwas daran ändert, so gut Deco auch sein mag.«

Tyron ballt eine Hand zur Faust. Er ist zutiefst erstaunt, dass Antoine es so weit geschafft hat, dass er in diese Regionen aufgestiegen ist, dass er unter den gleißenden Scheinwerfern steht, im Blitzlichtgewitter, etwas, wovon sie als Jugendliche alle geträumt haben. Er kann es noch immer nicht glauben, wie weit Antoine es gebracht hat.

Andererseits, sieh dir Naomi an und was sie alles erreicht hat. Oder nimm Keenan und schau, wie tief er gefallen ist. Es war ein langer Weg für jeden von uns, überlegt er. Ein langer Weg. Aber wohin wird er uns führen?

Tyron glaubt nicht, dass Antoine gewinnen wird. Wie soll jemand, den er regelmäßig auf die Bretter geschickt hat, einen Titelaspiranten besiegen? Es scheint unmöglich. Er fragt sich sogar, ob Antoine den Kampf überleben wird, nachdem er nach und nach weitere Einzelheiten über Konitsyn erfährt. Es scheint, als ob jeder Mittelgewichtler dem Usbeken aus dem Weg gehen würde, einschließlich der Titelträger innerhalb der Gewichtsklasse. Deshalb muss Konitsyn es erst noch bis ganz an die Spitze schaffen. Antoine ist der Einzige, der die Gelegenheit ergriffen hat, gegen diese Knockout-Maschine anzutreten.

Tyron möchte nicht, dass sein früherer Ziehbruder zu Klump geprügelt wird. Er hat weiß Gott genügend entstellte Leiber gesehen. Dennoch überascht ihn dieser Rest von brüderlicher Sorge, die in ihm schlummert. Jahrelang hatte er geglaubt, dass wenn er das nächste Mal Antoines Namen hörte, er von dessen Tod erfahren würde, und Tyron hatte dies vor langer Zeit akzeptiert. Und was geschieht stattdessen? Er sieht Antoine im Fernsehen, gegen alle Wahrscheinlichkeit eine Erfolgsgeschichte. Tyron fragt sich, was Terrence und Viola dazu gesagt hätten.

Sie wären stolz auf ihren Ziehsohn, glaubt er. Aber sie würden sich große Sorgen machen, genauso wie Tyron.

Die Kommentatoren verstummen, als die sonore Stimme des Ringsprechers durch die schicke Sportsbar schallt. »Als Nächstes folgt ein Mittelgewichtskampf zwischen zweien der am schnellsten aufgestiegenden Stars ihrer Gewichtsklasse. Unser erster Kämpfer in der roten Ecke trägt Schwarz und Gold und wiegt offiziell gewogene zweiundsiebzig Kilo. Seine Kampfbilanz: fünfundzwanzig Siege, fünfzehn davon durch k. o., bei nur drei Niederlagen. Aus Las Vegas, Nevada, mit vierzehn Siegen in Folge, Antoine ›Dex‹ Deco!«

Sowohl in der Bar als auch in der Arena brechen die Leute in frenetischen Jubel aus. Antoine hebt keinen Handschuh. Nickt nicht. Er steht einfach nur in seiner Ecke und starrt zu Konitsyn hinüber.

Antoine mag selbstbewusst wirken, doch sein Gegner wurde für diesen Moment geboren. Er stammt aus einer Boxerfamilie, war von Beginn an ein Star. Wurde akribisch aufgebaut, gehegt und gepflegt, perfekt trainiert, um der Beste zu werden.

»Und sein Gegner in der blauen Ecke trägt Weiß, und auch er bringt offiziell gewogene zweiundsiebzig Kilo auf die Waage. Seine Kampfbilanz: siebenundzwanzig Siege, vierundzwanzig durch k. o., keine Niederlage. Aus Taschkent, Usbekistan, mit neunzehn Knockouts in Folge: Nikolai ›Kolya‹ ›Clayface‹ Konitsyn!«

Tyron ist sich nicht sicher, ob das Heimpublikum tatsächlich hinter Antoine stehen wird. Der Jubel für Konitsyn ist mindestens so laut wie bei ihm; die Leute wissen, wer auf dem Weg zum Megastarruhm ist, und jetzt gilt es, auf den Zug aufzuspringen.

Der Ringrichter ruft die Kämpfer zu sich in die Mitte. Während er noch einmal die Regeln wiederholt, versuchen sie, einander niederzustarren. Clayfaces Freundlichkeit ist verschwunden. Seine Augen blicken stumpf, er sieht aus wie ein Auftragsmörder. Beide sind ein Meter achtundsiebzig, beide wurden mit zweiundsiebzig Kilo eingewogen, obwohl sie jetzt schwerer sind, und ihre Reichweite ist in etwa gleich. Abgesehen vom unterschiedlichen Farbton ihrer Haut und Antoines Gang- und Knasttattoos ähneln ihre Körper einander, obwohl Antoines Beine etwas dicker sind und Clayface obenrum massiger ist. Bei Antoine sieht man mehr Venen, die sich unter der Haut verästeln. Was ihre Gesichter betrifft, ist Antoines länger, hagerer, von dunklen Bartstoppeln bedeckt, die Stirn tief, das glänzende schwarze Haar zurückgekämmt. Clayface, frisch rasiert, hat eine hohe Stirn und einen schmalen bogenförmigen Mund. Beide haben breite Nasen, die mehr als nur ein paar Mal geplättet wurden, aber nicht verunstaltet aussehen. Ein unsichtbarer Strahl scheint ihre Blicke miteinander zu verschweißen, ein Aufeinandertreffen zweier Todesdrohungen. Jeder der beiden sieht aus, als hätte er schon einmal jemanden umgebracht, und je länger Tyron ihnen zuschaut, desto wahrscheinlicher scheint es. Er kann sich nicht vorstellen, dass diese beiden Männer jemals zu einer Zusammenarbeit fähig wären, aber als der Ringrichter ihnen aufträgt, die Boxhandschuhe gegeneinander zu stoßen, tun sie es – ein schneller Stoß nach vorn, ihre Blicke unbeugsam aufeinander gerichtet.

Dann stehen sie wieder in ihren Ecken, und Tyron merkt, dass sein Mund staubtrocken ist. Die Glocke ertönt.

20:20 UHR

Naomi beugt sich vor, die Finger in die Oberschenkel gekrallt, und wünschte, näher dran zu sein. Nicht dass schon viel passiert wäre. Seit zwei Runden treibt Konitsyn Antoine mit geduldigen, durchdachten Schritten durch den Ring, immer im selben Rhythmus – Vorderfuß vor, Hinterfuß heran, Vorderfuß vor, Hinterfuß heran –, während Antoine das Gegenteil ist, er hüpft zurück, schnellt vor, lässt einige Schläge los, reißt die Deckung hoch, weicht wieder zurück. Aber bei aller Aktivität, die Antoine an den Tag legt – er ist noch nicht richtig angekommen im Kampf – er ist zu vorsichtig, um dicht heranzugehen, was Naomi verstehen kann. Selbst aus dieser Entfernung erkennt sie, wie explosiv Konitsyn zuschlagen kann. Nicht mit seinen lockeren Jabs oder den Finten, mit denen er eine Kombination vorbereitet. Sondern wenn er wirklich zuschlägt, so plötzlich und wuchtig, dann ist es wie eine Naturgewalt. Jedes Mal, wenn er es tut, stockt ihr der Atem. Aber Antoines Ausweichmanöver sind ebenso animalisch und wahnsinnig schnell. Bis er bei einem Angriff einmal nicht schnell genug ist.

Es geschieht in der dritten Runde. Konitsyn erwischt Antoine mit einem rechten Haken am Kinn. Ein Streifhieb nur, doch es genügt, um Antoine taumelnd zurückweichen und die Zuschauer aufbrüllen zu lassen und halb von ihren Sitzen zu reißen, es genügt, um Naomi erschrocken zusammenzucken zu lassen, als wäre sie selbst getroffen worden. Konitsyn schießt heran, um die Sache zu beenden. Er kommt von der Seite, um Antoine in die Ecke zu drängen, und deckt ihn mit einem Sperrfeuer aus Schlägen ein. Sie sind bemerkenswert akurat. Immer scheinen seine Fäuste die einzige Lücke in Antoines Deckung zu finden. Körper. Gesicht. Körper. Alles saubere Treffer. Aber dann explodiert Antoine und landet einen Uppercut an Konitsyns Unterkiefer. Der Hals des Usbeken biegt sich nach hinten; sein Kinn schießt himmelwärts.

Die Leute springen vollends auf und schreien. Und niemand ist lauter als Naomi. »Ja! Jaaaaaa!«, brüllt sie. »Whoaaa! Antoine!«

Jetzt rückt er vor, Konitsyn weicht zurück. Der Favorit ist nicht so beweglich wie Antoine, und doch gibt es kaum ein Durchkommen zwischen seinen gehobenen Handschuhen. Antoine feuert ein paar teuflisch schnelle Kombinationen ab, dreht seinen ganzen Körper in die Schläge, aber nur wenige finden ihr Ziel. Dann geht Konitsyn in den Gegenangriff über, die Fäuste fliegen hin und her, beide Kämpfer in der Offensive. Das Publikum grölt wie aufgedreht, und nach zehn Sekunden furiosen Boxens ertönt die Ringglocke.

20:23 UHR

Die Glocke ertönt. Antoine weicht zurück und wendet sich halb seiner Ecke zu, behält aber seinen Gegner im Blick. Der Usbeke nickt ihm knapp zu, eine Anerkennung für den letzten Schlagabtausch.

Spar dir dein Lob, denkt Antoine. Du kennst mich nicht.

Er setzt sich in seine Ecke, versucht nicht zu hecheln. Sein Gegner ist schnell. Das wusste er schon vor dem Kampf, aber er hatte gehofft, dass es anders kommen würde. Und Konitsyn kann zuschlagen. Vor dem Fight konnten die Leute über nichts anderes reden als über das Feuer in seinen Fäusten. Und sie hatten recht: Dieser Haken hat Schaden angerichtet. Und einige der Jabs in der Ringecke auch. Es ist nicht gut, jetzt schon benommen zu sein, überlegt Antoine.

Er blinzelt ein paar Mal, hofft, dadurch seine Sicht aufzuklaren. Simón kippt ihm Wasser über den Kopf, während Alejandro ihm Vaseline ins Gesicht schmiert. Das Herumhantieren an ihm belebt ihn ein wenig. Auch spürt er, wie der Sauerstoff in seine Lunge zurückkehrt und sich in seine Schultern ausbreitet. Aber der Schleier über seinem Blick kommt zu früh, das Brennen in der Brust, die Milchsäure in seinen Gliedern. Das Tempo ist viel höher als in jedem seiner bisherigen Kämpfe.

Alles geht rasend schnell. Angriff, Verteidigung, alles. Antoine braucht etwas anderes. Etwas, das ihn separiert. Ansonsten ist sein Gegner zu stark. Seine Technik zu gut. Körpertreffer zeigen kaum Wirkung bei all den Schichten aus steinharten Muskeln. Und dazwischen steckt er kräftig ein. Bleibt ihm genug Zeit, um den Kerl weichzuklopfen, fragt er sich. Ich muss es versuchen, egal wie es ausgeht. Ich muss mehr Investieren. Massiv mehr.

Ich muss öfter auf den Kopf des Kerls zielen, überlegt er. Dann erst auf den Körper. Den Uppercut hat er gespürt. Er wusste nicht, dass ich so zuschlagen kann.

Dies ist Antoines Obsession beim Boxen: seine Schlagkraft zu steigern. Zwischen seinen Kämpfen hob er sich jedes Mal auf ein neues Level. Versuchte sich jedes Joule an Kraft abzupressen, das in ihm steckt. Er kann härter denn je zuschlagen, ist jetzt ein echter Powerpuncher, zusätzlich zu seinen Nehmerqualitäten. Aber selbst das wird nicht reichen, überlegt er. Sein Gegner ist zu gut.

Du musst seine Beine müde machen. Ihn in Bewegung halten. Darfst ihn nicht zur Ruhe kommen lassen. Kopf, Körper, Beine, mach ihn nach und nach fertig. Vergiss, wie es steht, mach den *pendejo* einfach fertig.

Er runzelt die Stirn, kann sich den Rest des Kampfes ausmalen. Es wird nicht reichen. Ich muss es früher tun, überlegt er. Der geheime Nektar. Ich muss ihn sofort schlucken. Kann nicht bis zur sechsten Runde warten.

Normalerweise besteht Antoines Strategie darin, bis zur Mitte eines Kampfes abzuwarten, bevor er die Erinnerung an die Ermordung seines Vaters in sich heraufbeschwört. Oder genauer gesagt, die Erinnerung an sein Versagen, weil er seinen Vater nicht vor dem Tod bewahrt hat. Die Erinnerung an seine Feigheit. Es ist, wie lebendig verbrannt zu werden.

Wenn seine Gegner anfangen, müde zu werden, wird er zum Dämon. Wenn sie anfangen, langsamer zu werden, ist er schneller denn je. Wenn ihr Wille schwankt, giert er nach Blut.

Stimmt, er hasst sich an den Tagen, nachdem er die Grube seiner Selbstverachtung geöffnet hat. Und das Feuer, das sie in ihm entzündet, verbrennt jeden Tropfen Benzin in seinem Körper, sodass es oft Wochen dauert, bis er sich davon erholt hat. Aber es ist eine Separation – der Heilige Gral im Sport. Diese Erinnerung, der Brunnen seiner Wut, ist das, was ihn von seinen Widersachern separiert.

Lange kann ich es aber nicht durchhalten, überlegt er, als der Ringrichter die Pause beendet und Antoine aufspringt.

Sein Gegner schreitet heran, die Handschuhe gehoben, kalte Entschlossenheit in den blassen geisterhaften Augen.

Wenn du dich aufbrauchst, dann ist es eben so. Der Zeitpunkt ist jetzt. Es ist sinnlos zu warten, bis du ausgeknockt wirst.

Antoine weicht einem Schlag aus, schnellt nach vorn, schießt einen Jab und eine rechte Gerade ab. Springt zurück und tänzelt zur Seite.

Feigling, denkt Antoine. Du hast deinen Vater sterben lassen.

20:26 UHR

Obwohl er die Arme dicht an den Leib gepresst hält, rempeln die Leute um Tyron herum ihn ständig an. Antoines Kampf lockt immer neue Besucher in die bereits rappelvolle Bar, in der alle gebannt zu den Bildschirmen aufschauen.

Tempo und Intensität des Kampfes haben zugenommen, und das spürt das Publikum. Die Kommentatoren haben die ersten drei Runden für Clayface gewertet, doch das Blatt hat sich gewendet. Antoine ist jetzt der Aggressor, Clayface in der Defensive. Verdammt, ist der schnell, denkt Tyron. Aber was ihn noch mehr beeindruckt als die Schnelligkeit und Brutalität von Antoines Attacken ist der Zorn in seinen Augen. Da ist es endlich, denkt Tyron, das, was die ganze Zeit in seinem Ziehbruder lauerte. *Da ist es.*

Ich hätte ihn im Gefängnis besuchen sollen. Der Gedanke kommt aus dem Nichts. Er denkt kurz darüber nach. Nein, damals war es schon zu spät.

Während Antoine wie von Sinnen auf Clayface einprügelt, ihn am Auge und an der Schläfe erwischt, fragt Tyron sich, wann er Antoine hätte retten können vor dem, was aus ihm geworden ist. Es muss eine Möglichkeit gegeben haben.

Am Ende der fünften Runde humpelt Clayface verstört in seine Ecke. Sein Spitzname bleibt weiterhin passend, wenngleich sich die Bedeutung geändert hat. Er ist nichts mehr, das im Feuer geformt wurde, hart und felsartig, sondern etwas Weiches, Verformbares, erschaffen von den ihm entgegenschlagenden Kräften. Im linken Auge des Usbeken ist eine Ader geplatzt, und das sich ausbreitende Rot nimmt sichtbar mehr Platz ein als das Weiß, während das Gewebe um die Augenhöhle geschwollen ist.

In dem Moment wird Tyron klar, was er damals hätte anders machen können. Er hätte das Angebot der Quinns ablehnen sollen. Er hätte Antoines Bruder bleiben können. Es überrascht ihn, dass er so selten darüber nachgedacht hat. Selbst damals, während es geschah, führte er sich nicht vor Augen, welche Folgen seine Entscheidung für seinen Ziehbruder haben würden. Aber ich war noch ein Junge, überlegt Tyron. Ich war noch nicht so weit, mich um jemand anderes kümmern zu können.

Als der Kampf weitergeht, erkennt man augenblicklich, dass Antoines Energielevel rapide gesunken ist. Es ist nicht mehr dieselbe Aggressivität, nicht mehr dieselbe Intensität, in seinen

Bewegungen liegt nicht mehr dieselbe Schnelligkeit. Clayface bekommt es früher mit als die Kommentatoren, doch auch sie sehen, was los ist, als Antoine sich plötzlich einen Körpertreffer nach dem anderen einfängt.

»Wie es scheint, hat das Blatt sich abermals gewendet. Die ersten drei Runden gingen an Clayface. Runde vier und fünf zweifellos an Deco, und nun spricht in Runde sechs wieder alles für Clayface«, sagt der ältere der beiden Kommentatoren. »Es ist unwahrscheinlich, dass Deco die Runde noch für sich entscheiden kann, aber nach dem bisherigen Kampfverlauf würde es mich nicht überraschen.«

»Deco hat uns allen gezeigt, was er zu leisten vermag. Aber Clayface ist trotzdem der stärkere Kämpfer. Er hielt Antoines Ansturm stand und ist jetzt wieder am Drücker«, sagt der jüngere Kommentator mit seiner Stakkatostimme. »Ahh, das war ein guter Jab in die Nieren. Wie wir sehen, versucht Deco seinen Kopf zu decken, um keinen K.O.-Schlag zu kassieren, deshalb geht Clayface auf den Körper. Er ist nicht nur eine Knockout-Maschine, er ist ein smarter Boxer.«

»Deco versucht außerhalb von Clayfaces Reichweite zu bleiben, aber der Favorit weiß, wie man den Ring klein macht, und das tut er hier bis zur Perfektion. Deco scheint einfach nicht mehr die Power der letzten beiden Runden zu haben.«

»Ganz richtig. Es hat ihn viel Energie gekostet, die Kontrolle über den Kampf zu gewinnen, aber nun setzt die Müdigkeit ein. Ich kenne solche Situationen, und sie sind nicht schön. Besonders nicht, wenn man es mit der Knockout-Power eines Clayface zu tun hat.«

Tyron blendet ihre Stimmen aus. Komm schon, Antoine. Komm schon.

Ihre Viererclique mag es nicht mehr geben. Sie mögen sich seit ihrer Kindheit komplett aus den Augen verloren haben. Sie mögen nicht mehr das Recht haben, von einer Verbundenheit untereinander zu sprechen. Aber sie haben jahrelang miteinander trainiert, und das hier ist es. Die größte Bühne, die je einer von ihnen hatte. Sie dürfen jetzt nicht versagen.

»Komm schon«, knurrt Tyron laut. »Du hast es in dir, Mann. Gib nicht auf. Du schaffst es.«

20:34 UHR

Eine behandschuhte Faust trifft Antoine unterhalb der Rippe und presst ihm die Luft aus der Lunge. Es überrascht ihn, dass ihm dabei keine Organe aus dem Mund speien. Der Usbeke springt heran, um ihm den Rest zu geben. Antoine erkennt die Gelegenheit zum Konter, doch sein Körper lässt ihn im Stich – er kann nur noch in den Clinch gehen, sich verzweifelt an seinen Gegner klammern. Dabei verzieht Antoine keine Miene, lässt sich die Schmerzen im Bauch nicht anmerken.

Es wird vorübergehen, sagt er sich, so wie er es immer tut, wenn er sich mit körperlichen Schmerzen konfrontiert sieht. Doch dies hat er in den letzten fünfeinhalb Runden zu oft gedacht, und die Schmerzen akkumulieren sich. Jetzt foltern ihn seine Rippen.

Konitsyn versucht sich loszureißen. Antoine klammert sich fester an ihn, weiß, dass es das Ende bedeutet, falls er ihn loslässt. Er fühlt sich wie ein Ertrinkender, weil er keine Luft in die Lunge bekommt. Der Ringrichter zieht sie auseinander, und Konitsyn schnellt heran und versucht ihm einen Schwinger ans Kinn zu setzen. Antoine reißt die Deckung hoch, und der Schlag wischt an seinen Handschuhen vorbei. Die Glocke ertönt.

Diesmal nickt der Usbeke ihm nicht zu. Er funkelt ihn an, wütend, weil die Glocke ihn vor der sicheren Niederlage bewahrt hat. Mit seinen geschwollenen, blutunterlaufenen Augen sieht Antoines Gegner grässlich aus. Furchterregend.

Antoine starrt zurück, doch es schockiert ihn, dass er am liebsten fortschauen würde. Er hat sich in einem Kampf noch nie gefürchtet. Höchstens davor zu verlieren, aber wahrhaftige Angst empfand er nie. Er hatte nie Angst um sich selbst oder vor dem Schmerz. Die Furcht, die er in diesem Moment verspürt, ekelt ihn an und erfüllt ihn mit Sorge.

Er geht in seine Ecke, während Konitsyn stehenbleibt und ihn niederstarrt. Schließlich schubst der Ringrichter Konitsyn in Richtung seiner eigenen Ecke, und der Usbeke trottet widerwillig zurück.

Zusammengesackt auf seinem Hocker, fragt sich Antoine, was er jetzt tun soll, während Simón sein Bestes gibt, um ihn wiederzubeleben. Der Nektar hat nicht funktioniert. Er hat die Bestie verwundet, statt sie zu töten, und nun ist Antoine körperlich und mental am Ende. Was nun? Es muss einen Weg geben. Es gibt immer einen Weg. Aber ihm sind die Ideen ausgegangen. Oder vielleicht stecken noch ein paar in ihm, aber sein Hirn ist zu benebelt, um nach ihnen auf die Suche zu gehen.

Antoine blinzelt. Alejandro hockt vor ihm, schnippt vor seinen Augen mit den Fingern. Im Gegensatz zu den meisten Trainern spricht Alejandro während eines Kampfes kaum zu ihm. Beide sind sie der Meinung, dass Antoine wissen sollte, was zu tun ist, und nicht durch irgendwelche Sprüche abgelenkt werden soll. Nur wenn Antoine vom Plan abweicht, ein Detail vergisst oder seine Entschlossenheit nachlässt, schreitet der alte Mann ein und übernimmt das Kommando. Die Seltenheit seiner Worte lässt sie in Antoines Ohren umso lauter klingen.

»*Sobrino*«, sagt er, denn er nennt Antoine seinen Neffen. »Du brauchst noch eine Runde, mehr nicht. Er ist müde, ich sehe es. Er ist zu wütend, um es zu bemerken, aber ich sehe es.

Du hast ihm wehgetan und seinen Zorn geweckt, das war gut. Er wird dich die ganze Runde über jagen. Und du, *sobrino*, lässt ihn machen. Falls sich die Gelegenheit ergibt, dann konterst du, aber ansonsten soll er sich auspowern, dir unentwegt nachstellen. Ruh dich so lange es geht aus. Und in Runde acht schlägst du zu.«

Antoines Blick verschweißt sich mit dem des alten Mannes. Es ist wichtig, jemanden zu haben, der an einen glaubt. Es in dessen Augen zu sehen.

Antoine nickt. Der alte Mann lächelt. Er gibt Antoine einen sanften Klaps auf die Wange.

»Fünf Prozent besser«, sagt Alejandro. *»No más.«*

Antoine schließt das Gebiss um den Mundschutz, den Simón ihm hinhält.

Die Glocke ertönt.

20:37 UHR

»Du packst es, Antoine!«, brüllt Naomi. Sie ist sich der reichen Schnösel um sie herum bewusst, die sie abfällig beäugen. Selbst Ricky scheint ein Stück von ihr fortzurutschen. Sollen sie sie doch verurteilen. Falls es irgendeine Möglichkeit gibt, ihrem Jungen zu helfen, den Kampf zu gewinnen, wird sie sie ergreifen. »Antoine, du packst es!« Und dann, halb um diejenigen, die sie angaffen, zu schockieren, und halb weil die Worte in ihr brodeln und heraus müssen, brüllt sie aus voller Kehle: »Hau den Wichser um!«

Andere vor ihr – vielleicht angestachelt von ihrer Wildheit – beginnen, Antoines Namen zu rufen, brüllen Worte der Ermutigung. Sie will unbedingt, dass die Rufe der Leute die unteren Zuschauerreihen animieren, damit ihre Botschaft sich womöglich den langen Weg zum Ring bahnt, wo Antoine um sein Leben kämpft.

Die Arena ist riesig. Ohne Himmel darüber, kommt sie ihr vor wie eine gewaltige unterirdische Höhle, tief verborgen in einem gigantischen Berg. Kein Tag, keine Nacht, nur die wogenden Massen, die lautstark nach Gewalt lechzen in ihrer abgeschotteten Gruft. In der Luft der Geruch von Blut. Kein Wind hier, um ihn fortzuwehen; er durchtränkt ihren Atem.

Wir sind ein Mob, denkt sie. Ein vom Rest der Welt abgeschnittener Mob, trunken von Brutalität. Denn es ist in der Tat ein brutaler Kampf. Selbst im Rückzug zielt Antoine fortwährend auf Konitsyns Kopf, bringt mit seinen Schlägen dessen Hirn auf Kollisionskurs mit der Innenwand seines Schädelknochens. An der rechten Schläfe des Mannes prangt eine feuerrote Beule, groß wie ein Golfball, Resultat eines unabsichtlichen Kopfstoßes. Naomi erkennt es in grausiger Klarheit auf dem riesigen Bildschirm über dem Ring. Antoine blutet aus einem Cut über dem linken Auge und aus einem weiteren an der Unterlippe.

Und dazu der Schweiß, der in Sturzbächen an den beiden Boxern herabströmt und aufspritzt, wenn eine Faust ihr Ziel findet. All das ist Nahrung für den Mob. Alkoholisiert, wie die Leute sind, stehen sie kurz vor dem Überkochen.

Naomi kann dies spüren, während die siebte Runde in die achte übergeht und Antoine noch einmal aufzudrehen versucht. Doch sie hat die Wertungen mitgezählt, und es steht ohne Frage fünf zu zwei, ohne Niederschläge oder Strafpunkte. Selbst falls Antoine die drei letzten Runden gewänne, könnte er bestenfalls einen Gleichstand erreichen. Und die achte Runde ist die erste, die unentschieden endet; die Fäuste fliegen in beide Richtungen und dazwischen gibt es lange Phasen der Inaktivität, in der die Kämpfer ihre Wunden zu lecken scheinen. Antoine braucht einen K. O., denkt sie. Es ist seine einzige Möglichkeit, um zu gewinnen. Auch er muss dies wissen. Aber es gibt nur noch zwei Runden, und sein Gegner sieht unbezwingbar aus.

Die neunte Runde. Antoine greift an und Konitsyn ebenfalls. Es ist, als wollten sie dem anderen jede der gängigen Erkrankungsformen des Gehirns in den Schädel prügeln: Parkinson, Demenz, etc. Hier geht es nicht mehr ums Gewinnen. Hier geht es darum, wer den anderen als erster ins Grab bringen kann. Die Zuschauer lieben es, sind völlig aus dem Häuschen. Die Glocke ertönt, und die gezeichneten Kämpfer taumeln in ihre Ecken und setzen sich; keiner der beiden wirkt, als würde er je wieder aufstehen. Und Naomi wird klar, wie sie ihm helfen kann.

»An-*toine*. An-*toine*. An-*toine*«, beginnt sie zu rufen und erhebt sich von ihrem Platz. Sie schaut zu Ricky. Packt seine Arme und beginnt, sie rhythmisch auf und ab zu bewegen, bedeutet ihm, ihrem Beispiel zu folgen. »An-*toine*. An-*toine*.«

Es bedarf nur eines verführerischen Lächelns, um den geilen Bock dazu zu bringen, auf und ab zu springen und aus voller Kehle mitzubrüllen. Während sie ihren Schlachtruf ausstößt, blickt sie auf die Schnösel um sie herum und bedeutet ihnen, es ihr gleichzutun. Zuckerbrot oder Peitsche, kokettes Lächeln oder finsterer Blick, sexy Frau oder hoch aufgeschossene Basketballspielerin, sie weiß genau, was sie benutzen muss, wer sie bei jedem einzelnen Zuschauer sein muss, um die Wildheit zu wecken, die in ihnen allen steckt.

»An-*toine!* An-*toine!* An-*toine!*«

Ihr ganzer Block brüllt jetzt wie aus einer Kehle. Doch es genügt nicht. Sie schreit den Zuschauern unterhalb von ihr zu, die noch auf ihren Plätzen sitzen. »Hebt eure Ärsche! Es ist euer Junge, er stammt von hier! Er braucht uns!« Sie wedelt mit ihren langen Armen. »An-*toine!* An-*toine!* An-*toine!*«

Die Leute unter ihr blicken furchtsam und verwundert zu ihr hoch, dann ergreift auch sie die Begeisterung und sie lassen sich mitreißen von den ohrenbetäubenden Anfeuerungsrufen.

»An-*toine!* An-*toine!* An-*toine!*«

Die Kameras bemerken sie. Plötzlich sieht man sie auf dem riesigen Bildschirm, sieht, wie sie bei jeder Silbe die Fäuste in die Luft stößt. Die Kraft der Anfeuerungsrufe verdoppelt und verdreifacht sich.

Dies ist die einzigartige Fähigkeit des Ersatzspielers im Basketball, sein Geschenk ans Team, die Zuschauer aufzuwecken, auf dem Feld ein Feuer zu schüren, eine Fackel in die Arena zu tragen. Naomi ist nie ein All-Star gewesen, aber in dieser Disziplin war sie überragend.

»An-*toine!* An-*toine!* An-*toine!*«

20:47 UHR

Er kehrt zurück in die Welt. Wo er war, weiß er nicht. Wo er jetzt ist, ist auch ein Mysterium. Ein seltsamer, verschwommener Ort. An dem es fürchterlich laut ist.

Er hat ein Klingeln in den Ohren. Nein, das Klingeln ist außerhalb seines Kopfes. Ja, in seinen Ohren klingelt es, aber dahinter ertönt etwas, das sich wie Glockenschläge anhört. Ein Mann mit zerschlagenem Gesicht und blutunterlaufenen Augen starrt ihn entgeistert an. Antoine fällt ein, wo er ist. Wer er ist.

Der Ringrichter blafft ihn an, in seine Ecke zu gehen, und seine Leute rufen ihm das Gleiche zu. Mit wilden Handbewegungen signalisieren sie ihm herüberzukommen. Es scheint ein sehr weiter Weg zu sein und eine außerordentlich schwierige Aufgabe, über den Ringboden zu gehen. Er macht einen Schritt und hat das Gefühl, gleich zusammenzubrechen. Er konzentriert sich, macht den nächsten Schritt. Als er die Ecke erreicht, fragt er Alejandro, ob er niedergeschlagen worden sei. »Nein, *sobrino*. Du warst stark. Du warst sehr stark.«

»Welche Runde ist es?«

Der alte Mann macht große Augen.

Um die Blutung zu stillen, schiebt Simón ihm mit Adrenalin-Hydrochlorid getränkte Wattestäbchen in die Nasenlöcher, sodass er durch den Mund atmen muss. Schmerz schießt durch seine Rippen.

Er sieht Alejandro an, während Simón seine diversen Cuts behandelt.

»Jetzt kommt Runde zehn«, sagt der alte Mann. »Die letzte Runde. Du musst ihn ausknocken. Nach Punkten kannst du nicht mehr gewinnen.«

Antoine weiß, dass es wichtig ist zu gewinnen. Aber er kann sich nicht erinnern, warum. Alles, was vor dem Kampf war, liegt in einer fernen, unwiederbringlichen Vergangenheit.

Er schüttelt den Kopf. »Ich …«, beginnt er zu sagen, doch Alejandro unterbricht ihn.

»Hör dir das an, *sobrino*.«

Was soll er sich anhören? Das Gebrüll der Leute? Es ist ein bloßes Hintergrundgeräusch zu dem, was im Ring geschieht. Was jenseits der Seile passiert, kümmert ihn nicht. Aber Alejandro besteht darauf, also hört er hin.

Antoines Gesicht erschlafft. Er schiebt Simóns Hand weg und steht auf. Blickt ins Publikum.

»An-*toine!* An-*toine!* An-*toine!*«

Die ganze Arena brüllt. Ihre Stimmen zu einer einzigen vereint. Ohrenbetäubend. Er dreht sich im Kreis, blickt hinauf zu den Oberrängen; auch von dort schallt ihm aus Tausenden von Kehlen sein Name entgegen. Er senkt den Blick zu den Plätzen direkt am Ring. Überall das gleiche Bild. Reihe um Reihe ekstatischer Leute, die seinen Namen brüllen, die die Fäuste in die Luft stoßen und mit den Füßen trampeln. Wie ist das möglich?

Er schaut zu Alejandro und Carlos. Sie zucken mit den Schultern und schütteln den Kopf, ihre Gesichter ungläubig in einer Art, die er bei keinem der beiden stoischen Männer je gesehen hat.

»An-*toine!* An-*toine!* An-*toine!*«

Er spürt ein Kribbeln auf der Haut, das sich in ein Brennen verwandelt. Es ist wie der geheime Nektar der Runden vier und fünf, doch es ist so vieles mehr. Er ist wieder hellwach. In einer Weise, die er noch vor wenigen Augenblicken nicht für möglich gehalten hätte.

»An-*toine!* An-*toine!* An-*toine!*«

Er dreht sich zu seinem Gegner um, sieht, wie dieser auf die Zuschauermassen starrt, die sie umgeben. Auch sein Gesicht ist erschlafft vor Ehrfurcht. Doch ihm gibt es keinen Auftrieb, weckt in ihm keine neuen Kräfte. Es erschüttert ihn.

Die Glocke läutet, und Antoine stürzt sich in die Schlacht.

20:48 UHR

Tyron merkt, dass er synchron mit Antoines rasenden Schlägen eigene Mini-Boxhiebe in die Luft stößt. Ein Lächeln zupft an seinen Mundwinkeln, wartet darauf, dass dieser Mann auf dem Bildschirm zu Boden geht. Aber noch steht Clayface, und wie die Kommentatoren den Fernsehzuschauern immer wieder ins Gedächtnis rufen, wird er den Kampf gewinnen, falls er diese Runde übersteht.

Am unteren Bildschirmrand sieht man die verbleibende Zeit – 2:27 –, und die gesamte überfüllte Bar schaut atemlos zu, wie die Uhr heruntertickt. Clayface ist ein anderer Boxer als am Anfang des Kampfes. Er verteidigt nur noch, geift nicht mehr an, keucht wie ein streunender Hund, der durch die Straßen gejagt wird. Antoine hat ihn aufgerieben.

Und doch will Clayface den Kampf immer noch gewinnen, selbst wenn er es aufgegeben hat, Antoine ausknocken zu wollen. Er weicht zurück, hebt die Deckung, klammert sich an Antoine, wenn der ihm nahe ist. Die Zeit verrinnt. Noch weniger als zwei Minuten.

Antoine hat weiterhin die Zuschauer hinter sich. Zwar rufen sie nicht mehr seinen Namen, aber bei jedem Treffer, den er landet, jubeln sie und schreien auf. Die Kommentatoren hängen ihre Fahne in den Wind, nennen den Favoriten plötzlich »Konitsyn«, obwohl sie während des gesamten Kampfes von »Clayface« sprachen, und sprechen von Antoine als »Dex«, obwohl sie ihn davor meistens »Deco« nannten.

Du schaffst das, Alter, denkt Tyron. Ziel auf den Körper. Nutze die Lücken, die er dir bietet.

Antoine scheint Tyron zu hören. Er feuert einen schneidenden linken Haken in Konitsyns Rippen ab, legt sein ganzes Gewicht in den Schlag, sodass seine Füße fast vom Boden abheben. Konitsyn zuckt zusammen und reißt die Hände herunter, um seine Seite zu schützen. Und in diesem Moment lässt Antoine einen brachialen Jab auf den Schädel zuschnellen. Schweiß spritzt auf. Konitsyns Kopf kippt zurück. Er taumelt wie betrunken. Tyron brüllt: »Yeah! Genau so!«

Doch niemand hört ihn. Alle kreischen.

20:50 UHR

Antoine senkt die Arme, lockt den benommenen Kerl. Noch ein letzter Angriff steckt in dem Büffel, ehe er erlegt werden kann.

Es sieht fast so aus, als ob der Mann rote Katarakte hätte, so glasig und blutunterlaufen sind seine Augen. Die blaue Schwellung rund um das linke Auge hat das Auge selbst beinahe verschluckt. Und die Beule an der rechten Schläfe wird weiterhin größer und größer. Der Mann schießt einen müden Jab ab. Antoine duckt sich und landet zwei Körpertreffer. Lässt den Konter seines Kontrahenten ins Leere laufen, bringt einen blitzschnellen Haken an die Kopfseite durch, springt zurück.

Er hört Alejandro rufen, dass ihm weniger als eine Minute bleibe, aber er kann nicht mehr in Panik geraten. Etwas geschah mit ihm, als die Zuschauer ihn wiederbelebt haben. Dieses formlose Nichts, in das sein Geist abgetaucht war, war eine Art Tod. Und er ist aus dem Totenreich zurückgekehrt.

Konitsyn schwankt. Er macht einen Schritt zurück, kann kaum noch die Handschuhe hochhalten. Er hat neunzehn Gegner in Folge ausgeknockt: Es ist Jahre her, seit er das letzte Mal eine zehnte Runde boxen musste.

Antoine schießt nach vorn, täuscht einen linken Jab an und schiebt einen wuchtigen rechten Haken hinterher. Volltreffer. Dann folgen Kombinationen, unablässige Kombinationen, wie am Sandsack, während er einigen schlappen Schwingern ausweicht, den letzten Atemzügen eines Sterbenden.

Antoines Kontrahent taumelt, die Augen leer. Seine Knie knicken ein, er beginnt hinabzusinken. Antoine kann ihn von selbst zu Boden gehen lassen oder ihm einen weiteren Schlag verpassen. Er darf nicht riskieren, dass der Mann noch einmal aufsteht. Die Glocke würde ihn retten.

Bevor der Ringrichter ihn stoppen kann, holt Antoine ein letztes Mal aus. Sein Handschuh kracht gegen den hinabsinkenden Schädel seines Gegners. Der Usbeke wirbelt herum und schlägt mit einem dumpfen Aufprall am Boden auf. Seine Augen sind geschlossen. Er liegt reglos da wie eine Leiche.

Über Konitsyn gebeugt, beginnt der Ringrichter, ihn auszuzählen, aber es ist wahrscheinlicher, dass Konitsyn tot ist, als dass er innerhalb von zehn Sekunden noch einmal auf die Beine kommt.

Konitsyns Team wirft Antoine wüste Verwünschungen an den Kopf, doch er ignoriert sie. Wendet sich seiner Ecke zu und sieht strahlende Gesichter, diese sonst so ungerührten Männer glücklich und stolz.

Er steht da, am Rand des Rings, die Fäuste an den Seiten herabhängend, die Muskeln angespannt, in ihm das aufwallende Triumphgefühl, während er darauf wartet, dass der Ringrichter fertig wird.

Wer hätte das gedacht, denkt er bei sich. Wer hätte gedacht … dass du das Ding tatsächlich gewinnst.

Dann ist es so weit. Der Ringrichter hat heruntergezählt, richtet sich zu voller Größe auf und signalisiert den Punktezählern, dass der Kampf vorbei ist. Antoine krümmt sich, schlägt die Fäuste vor das Gesicht, stößt einen erstickten Siegesschrei aus. Die Menge explodiert. Antoine richtet sich auf, entspannt sich endlich, springt auf die Seile, badet im Jubel der Massen. Sein Team eilt herbei, und er fällt in ihre Arme zurück.

Niemand glaubte, dass du es schaffst, Antoine. Du hast allen bewiesen, dass sie falschlagen. Es ist der glücklichste Gedanke, den er je hatte: *Du hast allen bewiesen, dass sie falschlagen.*

20:51 UHR

In ihrer Aufregung hebt Naomi Ricky hoch. Sie kann gar nicht mehr aufhören zu lachen. Eitel wie er ist, streicht Ricky schnell sein Hemd glatt, nachdem sie ihn wieder heruntergelassen hat, und sie klatscht ringsum die reichen Schnösel ab, die Trainerin in ihr kommt zum Vorschein.

Weit unten wird Antoine von seinem Team belagert, von Offiziellen, von Repräsentanten des Casinos, Reportern, Kameramännern. Alle stehen sie dicht gedrängt im Ring, dazu ein paar Leute aus Konitsyns Entourage, Wachmänner und Sanitäter. Was Clayface betrifft, der hat sich noch nicht gerührt, doch die Ringärzte versuchen ihn wiederzubeleben, halten seine Lider geöffnet, leuchten ihm mit ihren kleinen Taschenlampen in die Augen.

Naomis Lächeln will nicht mehr verschwinden. Antoine wird einen Titelkampf bekommen. Vielleicht wird er Weltmeister. Millionär. Der kleine Junge, den sie regelmäßig auf die Bretter schickte. Tränen schimmern in ihren Augen.

»Wir sehen uns später«, sagt sie zu Ricky und »Entschuldigung« zu den Schnöseln, an denen sie sich vorbeizwängt. Sie steigt die steilen Stufen der runden Arena hinunter, klatscht dabei die Leute ab.

20:54 UHR

Während die Barbesucher ringsum das gerade Mitangesehene bejubeln – oder zu den Toiletten eilen, nachdem die Action fürs Erste vorbei ist –, schüttelt Tyron nur ungläubig den Kopf, ein entgeistertes Lächeln auf den Lippen. Auch die Kommentatoren sind fassungslos. »Als Konitsyn k.o. ging und den Ringboden erschütterte, wurde damit auch die gesamte Gewichtsklasse erschüttert. Was für eine herausragende Leistung von Antoine ›Dex‹ Deco. Mit Sicherheit ein Kampf, an den man sich noch lange erinnern wird. Und genau, der Hauptkampf zwischen Suarez und Gibbons kommt erst noch. Was für ein großartiger Boxabend für alle Anhänger dieses fantastischen Sports.«

»Und eins kann ich jetzt schon sagen, Joe, die beiden Kämpfer von eben werden schon sehr bald ihre eigenen Hauptkämpfe haben. Und warum nicht *gegeneinander?* Nach dem, was wir gerade gesehen haben, wäre ein Rückkampf eine fantastische Sache.«

Auf dem Bildschirm tritt ein dritter Kommentator auf den Plan und dreht Antoine zur nächsten Kamera. Er setzt an, in sein Mikrofon zu sprechen, aber selbst dieser Mann, der seinen Lebensunterhalt mit dem gesprochenen Wort verdient, ringt um die richtige Formulierung. Schließlich zuckt er die Achseln und sagt lachend: »Antoine … wie haben Sie das hinbekommen?«

Antoine sieht den Interviewer an und schaut dann in die Kamera. Sein Gesicht ist schwer gezeichnet, blutet, er atmet stoßweise. Nun ohne Boxhandschuhe, wischt er sich mit dem Handrücken Schweiß von der Stirn. Wegen seiner trotzigen Miene glaubt Tyron schon, dass nun eine ähnliche Schmährede folgen wird, wie er sie ihm am Nachmitag gehalten hat. Aber dann werden Antoines geschwollene Augen weich. »Ich weiß nicht«, sagt er mit gepresster Stimme. »Keine Ahnung, warum die Leute plötzlich meinen Namen gerufen haben. Aber es hat mir wahnsinnig geholfen.«

Als sie die Worte hören, brechen die Leute abermals in Jubel aus, ein Echo des Donners während der letzten Runde. »Glauben Sie, Sie sind bereit für einen Titelkampf?«, fragt der Interviewer.

Antoine sieht ihn mürrisch an. »Ich bin für *jeden* Kampf bereit.«

Tyron lacht leise. Da ist sie wieder, denkt er. Antoines gute alte Feindseligkeit. Schön, dass du dich nicht zu sehr verändert hast, Bruder.

10

21:00 UHR

Antoine macht einen Faustcheck mit Konitsyn, nachdem der wieder zu sich gekommen ist. Er nickt Antoine zum zweiten Mal an diesem Abend zu, und diesmal nickt auch Antoine.

Als er den Ring verlassen hat und sich auf den Weg zum Arenatunnel macht, weicht Antoines Hochgefühl einer nervösen Unruhe. Was wäre, wenn? Die Frage wiederholt sich in seinem Kopf wie in einer Endlosschleife. Was, wenn er tatsächlich Antoine Deco *sein* würde, ein professioneller Boxer? Noch ist es nicht zu spät dafür. Er könnte die Sache abblasen. Ab morgen würden die Millionenangebote bei ihm eintrudeln. Er könnte tun und lassen, was er wollte. Er könnte eine Ehefrau haben. Kinder. Nichts davon schien bisher eine Option für ihn zu sein.

Auf beiden Seiten des Durchgangs beugen sich Leute aus dem Publikum über das Geländer und recken ihm die Arme entgegen in der Hoffnung, dass er sie abklatscht. Er tut es nicht. Aber die Dankbarkeit und den Stolz, die ihre Anerkennung in ihm weckt, kann er nicht völlig unterdrücken. Es ist beunruhigend, dieser plötzliche Wandel in ihm. Das Leben hat ihn auf vieles vorbereitet, aber nicht darauf, erfolgreich zu sein und gemocht zu werden.

Antoine sieht eine sehr große und sehr schöne Frau in einem purpurnen Kleid, die sich weiter über das Geländer beugt als alle anderen. Sie ruft immer wieder seinen Namen, versucht seine Aufmerksamkeit zu erregen. Zuerst kann er es kaum glauben. Denkt, dass er wegen der vielen Schläge halluziniert. Aber es gibt keinen Zweifel. Es ist Naomi.

Er löst sich von seinen Begleitern. Geht direkt auf sie zu. Sie umarmt ihn und drückt ihn trotz des glänzenden Schweißes, der an ihm klebt, fest an sich. Andere klopfen ihm auf die Schulter, auf den Rücken. Er ignoriert die Leute und spürt, wie sich ihr Körper an seinem anfühlt.

»Antoine, du warst unglaublich. So was habe ich noch nie gesehen«, sagt sie ihm ins Ohr. »Ich bin so stolz auf dich.«

Er tritt zurück und sieht sie an. »Was tust du hier?«

»Ty hat mir sein Ticket gegeben. Ich kann nicht glauben, dass du *gewonnen* hast.« Sie strahlt ihn übers ganze Gesicht an. »Ich wusste, dass du gewinnen würdest, und gleichzeitig konnte ich es nicht glauben.«

Carlos tippt ihm auf die Schulter und bedeutet ihm, weiterzugehen.

Er umarmt sie erneut und sagt ihr ins Ohr: »Ich bin froh, dass du es gesehen hast. Und froh, *dich* gesehen zu haben. Dank dir.«

Er lässt sie los und schaut nicht mehr zurück.

Im Außenbereich der Arena steht Keenan auf seinem Posten vor dem Umkleideraum. Du schon wieder, denkt Antoine.

Seinem Team nickt er zu, und sie gehen weiter durch den breiten Tunnelgang; sie wissen, wo sie sich hinbegeben müssen und was zu tun ist. Die Casino-Helfer und das Sicherheitspersonal ziehen ebenfalls weiter, um die nächsten Kämpfer, Gibbons und Suarez – die eigentlichen Attraktionen des Abends –, in die Arena zu führen, sodass nur er selbst und Keenan zurückbleiben.

»Gut gemacht«, sagt Keenan.

Antoine nickt ihm zu und geht in seine Umkleide.

Er verzichtet auf die Dusche, rubbelt sich stattdessen mit einem Handtuch trocken und zieht frische Klamotten an: graue

Laufschuhe, atmungsaktive Sportsocken, eine locker sitzende schwarze Cargohose, ein schwarzes T-Shirt und eine dünne graue Aufwärmjacke aus Nylon. Seine Boxausrüstung lässt er am Boden liegen, aber den Rest seiner Sachen stopft er in einen kleinen Rucksack. Dann setzt er sich auf den Trainertisch und wartet.

Die Wirkung des Adrenalins lässt nach, und sein Kopf beginnt zu pochen. Jeder Atemzug schmerzt. Seine Gliedmaßen sind bleischwer, und er hat einen Bärenhunger. Er schlingt einige Energieriegel und Power-Gels hinunter und schüttet Wasser in sich hinein wie ein Verdurstender.

Er schaut auf die Uhr. Viertel nach neun.

Inzwischen muss der Hauptkampf begonnen haben. Doch er kann nichts hören, da der Raum schallisoliert ist. Popstars benutzen diese Räume auch; sie haben es wohl gern still, bevor sie auf die Bühne gehen.

Er öffnet und schließt die Hände. Auch dies tut weh. Seine steifen Finger fühlen sich an, als ob er Arthritis hätte. Seine Knöchel sind geschwollen und aufgeschürft.

Warum musste Naomi hier sein? Warum musste sie so toll aussehen und sich so großartig verhalten? Warum sind plötzlich alle so nett zu ihm, nur weil er einen Boxkampf gewonnen hat?

Warum müssen ihm gerade jetzt – *während* er wartet – Zweifel kommen?

Es klopft an der Tür. Sie geht auf, bevor er etwas sagen kann. Die erste Person, die hereinkommt, ist ein stämmiger Mann, der etwa Antoines Größe hat. Er hat einen grauen Bürstenschnitt und ein aggressiv wirkendes Gesicht. Er nickt Antoine zu und tritt dann zur Seite, um einen anderen Mann durchzulassen. Äußerlich bleibt Antoine teilnahmslos. Aber seine Kopfschmerzen sind schlagartig vergessen, ebenso die Steifheit in seinen Muskeln, sein Blick schärft sich.

Antoine weiß, dass der Mann in seinen Achtzigern ist, doch die umfangreichen chirurgischen Eingriffe verleihen seinem Gesicht ein unbestimmbares Alter. Seine braunen Augen blicken wachsam, sein dünnes welliges Haar ist dunkelblond gefärbt, die Farbe, die es hatte, als er ein junger Mann war. Er ist sehr klein, kleiner noch als früher, macht aber eine gute Figur in seinem dunkelgrauen Anzug. Antoine hat diesen Mann jahrelang auf unzähligen Fotos betrachtet und ihn bei zwei Gelegenheiten aus der Ferne gesehen, aber dies ist seine erste direkte Begegnung mit ihm. Antoine merkt, dass er weiche Knie bekommt, und unterdrückt den Drang zu schlucken, obwohl sein Mund plötzlich voller Speichel ist.

»Antoine«, sagt der Mann mit nasaler, im Alter rau gewordener Stimme. Er reicht ihm die Hand. »Ich bin Norman Bashinsky. Freut mich, dich kennenzulernen.«

Antoine presst die Lippen zusammen, verzieht sie zu einem verkniffenen Lächeln. Ihm zittert die Hand, deshalb ballt er sie kurz zur Faust, ehe er sie um die pergamentartige Haut des alten Mannes legt. Während des Händedrucks schaudert Antoine, und Bashinsky lächelt ihn gönnerhaft an. »Du brauchst nicht nervös zu sein«, sagt er. »Betrachte mich einfach als einen deiner Fans.«

Antoine nickt schnell einige Male und zieht die Hand aus Bashinskys Griff zurück.

»Das ist mein Sicherheitschef, Raymond Monk.« Bashinsky deutet auf den anderen Mann. »Er möchte dir auch gern die Hand geben. Das war wirklich eine Wahnsinnsshow, die du uns geliefert hast, Junge.«

Monks Händedruck ist viel zu fest, als versuchte er etwas zu beweisen. »So einen Kampf habe ich schon seit Jahren nicht mehr gesehen«, sagt er zu Antoine. »Du bist ein großartiger Boxer.«

Wieder nickt Antoine und lächelt verkniffen, fragt sich, wie wohl seine Stimme klingen würde, falls er spräche.

Bashinksy blickt durch den Umkleideraum auf die leeren Stühle. »Deine Leute hatten es aber eilig wegzukommen.«

»Ich …« Antoine versagt die Stimme. Er schluckt, klingt aber trotzdem heiser und belegt, als er schließlich herausbringt: »Ich feiere später mit ihnen.«

Bashinsky lacht leise. »Ich weiß genau, was du meinst. Wenn ich einen großen Tag habe, genieße ich es auch erst mal allein und …«

Antoine springt vom Trainertisch und schlägt einen rechten Jab auf Monks Kehle. Unter seinen Knöcheln spürt er, wie der Adamsapfel des Mannes zerplatzt. Im nächsten Moment setzt er einen linken Haken an Bashinskys Schläfe, legt alle ihm gegebene Kraft in den Schlag; seine Faust hinterlässt eine Mulde im Schädel des alten Mannes. Bevor Bashinskys Körper auf dem Boden aufschlägt, hat Antoine sich schon auf Monk gestürzt und legt ihm die Hände um den Hals.

Monk greift kraftlos nach ihm, doch Antoine drückt mit den Knien dessen Arme herunter und gräbt seine kräftigen Daumen in die Luftröhre des Mannes. Seine Griffstärke ist etwas, an dem Antoine viele Jahre gearbeitet hat. Doch im Grunde bedarf es keiner großen Anstrengung, um einem Menschen das Leben aus dem Leib zu pressen. Schwierig ist es hingegen, den Griff beizubehalten, wenn die Halsader zu pochen beginnt. Es fühlt sich eklig an. Wie eine in Schwingung versetzte Harfensaite. Bei jedem Pochen will man angewidert die Hände losreißen. Man braucht Übung, um die dicken Venen und Arterien zusammengepresst zu halten, wenn das Opfer nach Luft ringt. Nach Leben. Alle Geschöpfe kämpfen, wenn man ihnen den Tod aufzwingt.

Antoine begann mit Katzen. Er hätte ihnen das Genick brechen können, doch er erwürgte sie, weil er dieses Pochen spüren wollte. Er wollte zusehen, wie ihre Augen hervortraten – so wie gerade Monks Augäpfel aus den Höhlen hervortreten –, ohne loszulassen oder sich zu übergeben. Wie sie sich währenddessen hin und her warfen und mit ihren Hinterpfoten seine Unterarme zerkratzten. Sich selbst bluten zu sehen verschaffte ihm etwas Erleichterung, war eine Art Sühne für diese unseligen Vorbereitungsarbeiten. Das Blut erinnerte ihn daran, dass er kein Psychopath war. Ein Psychopath kennt nicht den Unterschied zwischen richtig und falsch, wohingegen er sehr wohl wusste, dass das, was er tat, absolut falsch war. Sein eigener Körper gab sich alle Mühe, um sich seinen Anweisungen zu widersetzen. Nein, Antoine war kein Psychopath. Er war jemand, der die Fähigkeit besaß, seine persönlichen Grenzen zu überwinden. Jeder Instinkt, der in ihm erwachte, jede Herausforderung, wie unüberwindbar sie auch scheinen mochte, unterlag seiner bedingungslosen Entschlossenheit.

Jetzt sind Monks Augen so riesig, das Weiß in ihnen dermaßen überschwemmt vom Blut aus den aufgeplatzten Äderchen, dass Antoine sich fragt, ob dem Mann vielleicht wirklich die Augen aus dem Gesicht springen könnten. Das oder einfach explodieren. Stattdessen enden die Verrenkungen des Mannes abrupt, sein gewölbter Rückem senkt sich zu Boden, und seine blaue Zunge rutscht ihm seitlich aus dem Mund.

Antoine ist sicher, Bashinsky mit dem einen Schlag getötet zu haben, dennoch setzt er sich auf den alten Mann und schlingt seine dicken Finger um dessen Hals. Er spürt kein Pulsieren. Anders als bei den Pitbulls und Schäferhunden, die er erwürgt hat. Wenn sie in ihren letzten Zuckungen lagen, konnten sie ihn schwerer verletzen als die Katzen, weshalb er unter ihnen auf dem Boden liegen musste, sie in den Schwitzkasten nehmen und mit den Beinen umklammern musste, das Gesicht von ihren schnappenden Mäulern abgewandt. Sein Initiationsmord für die Latin Knights war eine Strangulierung gewesen. Sie diente zwei Zwecken: Es war sein erster Mensch, und es war eine brutalere Exekution, als die Gang erwartet hatte. Neue Mitglieder benutzten nomalerweise eine Pistole und hatten eine zittrige Hand. Durch die Strangulierung erhielt Antoine von Anfang an Respekt, den er dann im Knast dadurch zementierte, dass er sich freiwillig für jeden Auftrag meldete, den die Knights erledigt wissen wollten. Nach dem ersten Job nannten sie ihn »Würger«, und im Gefängnis genoss er einen Ruf wie Donnerhall, weil er keine Stichwaffen benutzte, sondern mit bloßen Händen tötete. Und weil er besser boxte als jeder andere Häftling.

Antoine erhebt sich und nimmt sich einen Moment Zeit, um die beiden Leichen zu betrachten. Das ging schnell, denkt er. Er nimmt seinen Rucksack und streift ihn über seine Schultern. Dann verlässt er den Raum.

21:23 UHR

Hinter Keenan geht die Tür auf. Er dreht sich um und sieht, wie Antoine sie eilig zuzieht. »Die beiden unterhalten sich«, sagt Antoine. »Sie wollen nicht gestört werden.«

»Alles klar«, sagt Keenan. »Hast dich aber schnell umgezogen.«

»Ich will zur Aftershow-Party. Wir sehen uns.«

Antoine setzt sich mit zügigen Schritten in Bewegung. Keenan findet es eigenartig, dass sein früherer Kumpel sich so beeilt, nachdem er gerade zehn Runden gelitten und den größten Erfolg seiner Karriere errungen hat. Keenan hätte erwartet, dass Antoine ruhig, relaxt und zufrieden ist, aber davon ist nichts zu erkennen an dessen forschem Gang. Er nimmt an, es ist Antoines Erfolgsgeheimnis, diese Intensität, die er selbst jetzt noch an den Tag legt, der Grund, warum er einen Weltklasseboxer wie Konitsyn besiegen konnte.

Hinter der ersten Biegung verschwindet Antoine aus seinem Blickfeld, und Keenan fragt sich, ob er hätte mitgehen sollen. Ihm war aufgetragen worden, vor der Umkleide Wache zu schieben, solange Antoine drinnen ist; andere Leute sollten ihn abholen. Aber Antoine ist so plötzlich verschwunden, dass Keenan nicht eingefallen ist, ihn darauf anzusprechen.

Wie auch immer, ist ja nicht so, dass Antoine nicht auf sich aufpassen könnte. Und Monk und Bashinsky sind ja noch da; Keenan will sie nicht unbewacht zurücklassen. Komisch, dass sie ein Gespräch in Antoines Umkleide führen, aber wenn plötzlich ein Thema aufkommt, muss man es eben bereden, ganz gleich, wo man gerade ist, sagt sich Keenan.

Er wartet, denkt, wie langweilig sein neuer Job doch ist. Er vermisst die Polizei. In letzter Zeit versucht er sich nicht ständig zu wünschen, diesen einen Moment rückgängig machen zu können. Es ist sinnlos, es andauernd zu bereuen, aber – *verdammt* –, könnte er diesen Moment doch nur ungeschehen machen! Nun ist sein Leben geteilt zwischen vorher und hinterher. Wegen dieses einen Moments werde ich nie wieder glücklich sein, denkt er. Er rügt sich. Hör auf herumzuheulen, du Jammerlappen. Aber dieser Junge, der kann nun nicht mehr herumheulen, selbst wenn er es wollte. Denn dank dir ist er tot.

Die beiden unterhalten sich aber lange, denkt Keenan. Normalerweise würde er so wichtige Leute nicht stören, aber ihn erfasst eine unerklärliche Unruhe. Er klopft an die Tür. Wartet. Es gibt keine Antwort. Er klopft erneut. Keine Antwort. Er drückt die Klinke hinunter und öffnet die Tür gerade so weit, dass er den Kopf hineinstecken kann.

Keenan stößt die Tür weit auf und reißt die Pistole aus dem

Holster. Geht zwischen den beiden Leichen hindurch und wirft die Tür zum Duschraum auf. Niemand drin. Er schaut auf die Leichen. Spart es sich, den Puls zu prüfen; er hat in seinem Leben mehr als einen Toten gesehen. Er rennt los.

Seine Reef-Kappe fällt herunter, während er durch den Tunnelgang sprintet. Keine Spur von Antoine. Keenan hört nicht auf zu rennen. Die Gänge sind gespenstisch still. Alle sind in der Arena, um den beiden Megastars zuzuschauen, Gibbons und Suarez.

Monk war ein Freund meines Vaters, denkt Keenan, während seine Beine pumpen. Ich kannte ihn seit meiner Kindheit. Was zum Teufel hast du getan, Antoine? Keenan muss ihn schnappen.

Weiter vorn stehen zwei Arena-Mitarbeiter. Sie lehnen an der Wand, als Keenan sie atemlos anblafft: »Habt ihr Antoine Deco gesehen? Den Boxer? Antoine Deco? Er hat gerade einen Kampf gewonnen. Ist er hier langgekommen?«

Der Mann und die Frau starren ihn entgeistert an, und erst als er Ersteren am Arm packt, deutet die Frau den Gang hinunter und sagt: »Er ist zum Parkhaus gegangen.«

Keenan ist seit Jahren nicht so schnell gerannt. Er folgt den Schildern, die zum Parkhaus weisen.

Was zum Henker ist los? Das darf doch nicht wahr sein! Monk und Bashinsky *tot?* Was ist nur in Antoine gefahren? Er hat gerade den größten Kampf seines Lebens gewonnen.

Keenan tritt die schwere Tür auf, die zu einer hohen Fußgängerbrücke zwischen der Arena und einem mehrstöckigen Parkhaus führt. Der Abend ist kühl. Eine frische Brise hat die letzten Reste der Tageshitze fortgeblasen. Die Pistole in beiden Händen, die Arme ausgestreckt, überquert er die Brücke. Er sieht auf beiden Seiten hinunter, aber auf dem Asphalt herrscht keinerlei Aktivität. Er betritt das Parkhaus.

Waffe und Blick in steter Bewegung, schaut er auf die Autos ringsum. Niemand zu sehen. Er lauscht. Glaubt, auf einer der unteren Ebenen Schritte zu hören. Er stürmt die geschwungene Fahrbahn zu P2 hinunter, und dort sieht er zwischen den Autos, noch immer mit schnellen Schritten gehend: Antoine.

Keenan zieht das Tempo an und hat Antoine fast schon erreicht, als der plötzlich herumfährt. Keenan bleibt schliddernd stehen und hebt die Waffe. »Antoine! Hände hoch! Keine Bewegung!«

Antoines geschwollenes Gesicht zeigt keine Reaktion. Er hebt die Hände auf Schulterhöhe, die Handflächen nach außen.

Die Waffe auf den Solarplexus seines Gegenübers gerichtet, geht Keenan auf ihn zu, bis sie weniger als drei Meter auseinander stehen. Jetzt erst merkt Keenan, wie sehr seine Lunge und Kehle brennen. Mit heiserer Stimme sagt er: »Was ist in dich gefahren, Antoine? Du hast die beiden Kerle *umgebracht?*«

Antoine betrachtet ihn, sein Blick undurchdringlich, sein Körper völlig reglos.

»Verrat mir, was hier gespielt wird.«

Antoine starrt ihn weiter an, nimmt langsam die Hände herunter, blinzelt und sagt: »Die beiden haben meinen Vater getötet.«

Verwirrt verzieht Keenan das Gesicht. »Wer?«

»Monk und Bashinsky. Und noch ein Dritter. Die Shaws haben sie auch auf dem Gewissen.«

Keenan senkt die Waffe. »Was?«

»Bashinsky hatte eine Gruppe korrupter Cops, die über zwanzig Jahre für ihn arbeiteten. Sie haben für ihn allen möglichen Scheiß erledigt, auch Morde. Mein Vater und die Shaws wurden von diesen Männern auf Bashinskys Befehl hin getötet.«

Keenans Welt überschlägt sich. Er schluckt, versucht Speichel in seinen trockenen Mund zu kriegen. Antoine hat sich nicht gerührt. »Woher weißt du das alles?«

Antoine lächelt knapp. »Das ist mein Leben«, sagt er, seine Stimme nun nicht mehr tonlos. »Darum hat sich alles bei mir gedreht, schon damals, als wir Kinder waren. Der Rest war nur Fassade.« Nun lächelt er richtig, aber es gilt nicht Keenan, sondern ihm selbst. »Mein wahres Leben.«

Keenan dreht sich der Magen um, als er die Beseeltheit auf dem Gesicht des Mannes sieht, der soeben einen Doppelmord begangen hat. Er hebt die Waffe wieder. »Leg dich auf den Boden, Antoine.«

Antoine sieht ihn an, das Lächeln ist erloschen. »Mit bloßen Händen kannst du mich nicht aufhalten«, sagt er. »Was bedeutet, dass du den nächsten unbewaffneten Menschen wirst erschießen müssen. Bist du bereit dazu?«

Schweiß tropft Keenan aus der Braue ins linke Auge. Es beginnt zu brennen und er kneift es schnell zu. Er schwitzt am ganzen Körper. Seine Hände sind schweißnass. »Leg dich auf den Boden.«

Antoine deutet mit dem Kinn in die Richtung hinter Keenan. »Ich glaube, mein Kollege dahinten hat damit ein Problem.«

Keenan schluckt den Köder nicht. Mit einer Kopfbewegung bedeutet er Antoine, sich hinzulegen.

Hinter ihm ertönt ein leiser Pfiff. *»Gringo.«*

Keenan schaut zurück und sieht einen jungen drahtigen Latino mit schwarzen Tattoos, die ihm aus den Hemdärmeln auf die Hände ragen – die wiederum eine große graue Pistole halten, deren Mündung kaum dreißig Zentimeter von Keenans Hinterkopf entfernt ist.

Keenan atmet seufzend aus. Fällt mit der entweichenden Luft in sich zusammen. Gegen die beiden hat er keine Chance. Aber er hat zu viele Male versagt, um erneut zu versagen.

Er fühlt sich hundeelend. Da kommt ihm ein Gedanke. Auf diese Weise zu sterben wäre gar nicht so schlecht. Alle würden gewinnen.

Er reißt die Waffe herum, als der drahtige Mann ihm mit dem Pistolenknauf auf den …

11

22:38 UHR

Vor einem der Nachtclubs des Reef gibt es ein großes Aquarium, in dem kleine Haie lautlos durchs Wasser gleiten; mit ihren leeren, starren Augen und den leicht geöffneten bewegungslosen Mäulern sehen sie aus, als würden sie mechanisch betrieben. Naomi sieht Tyron vor der Wand aus Glas stehen – oder vielmehr aus Plastik-Polymer, das gläsern wirkt, aber viel härter ist, wie Naomi bei einem früheren Besuch von einem Reef-Führer erfahren hat. Tyron zuckt zusammen, als sie seinen Namen ruft.

»Alles gut?«, fragt sie, nachdem sie sich umarmt haben, um Antoines Sieg zu feiern.

»Ja, alles gut«, entgegnet er. Er schaut auf die Zeitanzeige seines Handys. »Wie war der Kampf? Ich meine, der Hauptkampf?«

»Du hast ihn nicht gesehen?«

»War mir zu voll in der Bar. Und nach dem, was Antoine geboten hat, musste ich mir keinen weiteren Kampf mehr anschauen.«

»Echt jetzt. Antoine war unglaublich, oder?«

Tyron nickt. »Grandios. Hätte ich nie gedacht.«

»Ich schon. Ich wusste, dass er es schaffen kann. Aber beim Hauptkampf hast du nichts verpasst. Gibbons hat nach Punkten gewonnen, aber aufregend war es nicht. Antoines Kampf war das eigentliche Ereignis.«

»Wo ist Ricky?«

Sie lacht. »Er hat Leute getroffen und ist mit ihnen losgezogen. Er meinte, er müsse netzwerken.«

»Netzwerken?«

»Was immer er damit meint«, sagt sie kopfschüttelnd. »Ich will nicht voreilig sein, aber irgendwie … Irgendwie kommt es mir vor, als würden wir jetzt alle wieder zusammenfinden … ich meine, nach Antoines Sieg … du wieder in der Stadt … und Keenan nicht im Gefängnis. Ich bin so glücklch. Ich habe euch alle so vermisst.«

Tyrons Züge sind unbewegt, aber in seinem Blick kann sie Sorge und Zweifel erkennen. »Das hoffe ich doch«, sagt er schließlich. Plötzlich, vielleicht aufgrund ihrer Worte, sieht er sie verlegen an und sagt: »Gleich kommt eine Frau, um mich zu treffen. Sie müsste jeden Moment hier sein.«

»Eine Frau?«

»Ja, eine *Frau*.«

Sie lacht erneut. »Bist du deshalb so komisch? Ich bin verheiratet, Ty. Du kannst machen, was du willst.«

Er zuckt mit den Schultern. »Ich dachte, du willst dich scheiden lassen.«

»Aber heute Abend bin ich noch verheiratet. Hab Spaß, Ty. Ich möchte, dass du dich amüsierst.« Sie lächelt, aber mehr in sich selbst hinein als ihn an. Auftrag erfolgreich ausgeführt, denkt sie bei sich. Er wäre nicht so verlegen wegen dieser Frau, wenn ich nicht irgendetwas in ihm ausgelöst hätte. »Also, wer ist sie?«

»Eine Bedienung aus dem Casino.«

»Sieh an. Hast wohl bei den Marines einiges aufgeschnappt, was?«

Er schüttelt den Kopf und lächelt verlegen, und sie freut sich, wieder dieses Lächeln bei ihm zu sehen. Es hat sie immer erstaunt, wie bescheiden Tyron war, wo es doch so vieles gab, weswegen er hochmütig sein könnte.

Sie ertappt sich dabei, viel zu glücklich zu sein. Viel zu glücklich. Denn was geschieht nach solchen Momenten des Glücks? Es folgt der Absturz. Man fällt in ein Loch. Es ist immer das Gleiche. Sie versucht cool zu bleiben – aber es will ihr nicht gelingen. Nach dem Kampf verspürt sie ein Hochgefühl, dass sie seit ihrem Rücktritt als Basketball-Profi nicht mehr verspürt hat. Ihr scheint, als würde sie aus diesem Gefühl nie wieder erwachen. Alles um sie herum ist wunderbar und hell und amüsant und einfach nur toll: Die Haie, die vor ihnen träge ihre Bahnen ziehen; die schick gekleideten Leute, die vor dem Nachtclub Schlange stehen; die Spieler, Boxfans und Touristen, die in einem endlosen Strom an ihnen vorbeischlendern.

»Was habt ihr vor?«, fragt sie.

»Wovon sprichst du?«

»Na, du und deine neue Freundin, was habt ihr vor?«

»Komm schon«, entgegnet er und kann es sich nicht verkneifen zu lächeln. »Ich weiß nicht, was wir tun werden, aber du kannst ruhig … du bist herzlich dazu eingeladen …«

»Im Ernst? Deine Verlobte wird nichts dagegen haben, wenn ich mich an euch ranhänge?«

»Ich hab vergessen, wie frech du sein kannst.«

»Ich hoffe nur, dass deine Frau brav und züchtig ist, so wie es sich für eine gute Gattin gehört.«

»Hey!« Eine hohe Frauenstimme.

Naomi wendet sich um und erblickt eine junge Frau mit grünen Augen und langen braunen, blond gesträhnten Haaren. Sie trägt High Heels und ein kurzes waldgrünes Kleid, das so dünn und eng ist, dass man es scheinbar von ihr abpellen könnte wie Zellophanpapier. Naomi verspürt ein Ziehen in der Magengrube.

»Hey, Layla«, sagt er.

Er beugt sich zu ihr vor und umarmt sie, und die Frau küsst ihn auf die Wange, erwischt dabei aber halb seine Lippen.

»Layla, das ist Naomi, eine meiner engsten Freundinnen von früher …« Er blickt auf Naomi und fügt an: »Sie ist es auch heute noch.«

Die Frau nickt Naomi zu und fragt: »Okay, was wollen wir machen?«

»Ihr macht einfach euer Ding«, sagt Naomi. »Ich möchte nicht stören.«

»Bitte, du kommst schön mit, Babe.« Layla deutet auf den Nachtclub neben ihnen. »Lasst uns dort reingehen. Ich kenne den Laden. Wir werden uns prima amüsieren.«

Naomi und Tyron wechseln einen Blick. Tyron zuckt mit den Schultern, Naomi grinst. Sie wollte ausgehen und Spaß haben, und wie es aussieht, wird sie den auch kriegen. Sie checkt ihr Handy auf Nachrichten, aber es gibt keine. Keenan wird wohl noch arbeiten. Sie nickt, und Layla führt sie zum Eingang des Clubs.

»Anschmiegsames Ding, die Kleine«, sagt Naomi leise zu Tyron, während Layla jedem der Türsteher einen Wangenschmatzer verpasst.

»Jetzt verstehst du, warum sie mir gefällt.«

Naomi schmunzelt, und Tyron tut es ihr nach.

Einer der muskelbepackten Türsteher, der Naomi und Tyron um Haupteslänge überragt, zieht für die drei die rote Absperrkordel beiseite, damit sie in den Club gehen können. Auf der Türschwelle schaut Naomi schuldbewusst zu den wartenden Leuten zurück.

12

23:12 UHR

Wie Klingen schneiden die Neonlichter durch die Dunkelheit, verschmolzen mit dem Rhythmus der pumpenden Musik. Zum ersten Mal im Leben begreift Tyron, was es mit der Anziehungskraft von Nachtclubs auf sich hat. Eine Bar in diesem Maßstab hat er noch nie erlebt, und er fragt sich, wo und wie das alles mit dem Rest des Casinos in Verbindung steht. Selbst er, der sich bei den Marines seines Orientierungssinns rühmte, ist kurz davor, sich in den labyrinthartigen Gängen und Pavillons zu verlieren. Besonders mit so viel Alkohol im Schädel.

Er hat beschlossen, sich vorerst keine Gedanken mehr über Terroristen zu machen. Am besten nie wieder. Ab jetzt sollen sich andere Leute darum kümmern. Denn warum hätte er in seine Heimat zurückkehren sollen, wenn er sich hier genauso verhält wie drüben? Alle anderen haben gemeckert, weil sie beim Einlass in den Club so gründlich gefilzt wurden, ihn aber hat die Gründlichkeit der Türsteher beeindruckt. An einem Ort, der für jeden Terroristen ein Traum ist, darf man kein Risiko eingehen.

Er schüttelt den Gedanken ab. Fuck, es ist an der Zeit, endlich zu leben. Du bist kein Sportler mehr, bist kein Soldat mehr, du bist ... Beinahe hätte er gedacht, *du bist ein Niemand*, doch er kriegt sich im letzten Moment wieder ein. Du bist zweiunddreißig Jahre alt, du musst anfangen zu leben. Ganz gleich, was du heute bist.

Der Club ist riesig und anfangs überwältigend. Es gibt Nischen, Tische, Bars, eine riesengroße Tanzfläche, eine untere Ebene und eine obere – und all das ist nur der Innenraum.

Der hintere Teil des Clubs öffnet sich zu einem weitläufigen Außenbereich mit Swimmingpools, Fontänen, Umkleidehäuschen, weiteren Bars und einer zweiten Tanzfläche, die durch eine breite schwarze Bühne mit der im Innern verbunden ist. Auf ihr hantiert ein blond gefärbter DJ an seinen Mischpulten herum, während mehrere Gruppen von Leuten am Bühnenrand chillen.

Layla brüllt ihm ins Ohr: »Wegen des Kampfes treten heute ein paar echte Berühmtheiten auf. Es wird noch viel wilder. Komm, wir holen uns ein paar Shots.«

Draußen, an einer Bar hinter den glitzernden Fontänen und Pools, wo die Musik nicht ganz so laut ist und man sich nicht gegenseitig ins Ohr brüllen muss, um sich verständlich zu machen, schenkt Laylas Barkeeper-Kumpel ihnen drei Tequilas ein, jeder mit einer halben Zitronenscheibe garniert. Tyron schaut auf das kleine runde Glas und die klare Flüssigkeit darin, sein Blick wandert weiter zu Naomi und Layla neben ihm.

Er greift nach seinem Glas, so wie die beiden Frauen auch, hält aber mitten in der Bewegung inne. Eine innere Stimme mahnt ihn: Dein Verantwortungsbewusstsein darf sich nicht einfach in Luft auflösen, nur weil du nicht mehr im Corps bist. Außerdem bist du morgen früh um sechs mit Marlon verabredet.

Die Zitrone in der linken Hand, das Glas in der rechten, warten Naomi und Layla auf ihn.

Er entgegnet der Stimme: Wenn nicht jetzt, wann denn dann?

Er nimmt seinen Drink, was den beiden Frauen ein Lächeln entlockt. »Auf Antoine«, sagt Naomi. Er nickt ihr zu, dann lassen die drei die Gläser aneinander klirren.

Während der Tequila seine Kehle hinabrinnt, kommt ihm die Antwort auf seinen ursprünglichen Einwand: Keine Sorge. Dein Verantwortungsbewusstsein wird sich nicht in Luft auflösen. Das wird niemals geschehen. Es gibt zu vieles zu tun. Es gibt immer zu vieles zu tun.

Naomi schüttelt sich unter der Schärfe der distillierten Flüssigkeit, macht ein lustiges Gesicht, und Tyron fühlt sich an ihr gemeinames Leben auf dem College erinnert. Dieses Gesicht hatte sie jedes Mal, wenn sie mit ihm Alkohol trank. Sie hatten sich nicht oft betrunken, normalerweise nur am Ende einer Saison, aber jene Nächte hatten sich ihm unauslöschlich ins Gedächtnis eingebrannt – vor allem das, was sie anschließend im Bett miteinander getrieben hatten. Damals sah ihre Miene genauso aus wie jetzt. Ihm war bisher nicht klar gewesen, wie sehr er dieses Mienenspiel mochte.

Seine Kehle und seine Brust brennen vom Alkohol. Dein Verantwortungsbewusstsein hat dich in ein Weichei verwandelt, denkt er. Du darfst dir ruhig ein paar Drinks genehmigen.

Layla lässt ihren Kumpel drei weitere Tequilas aufreihen. »Noch eine Runde, dann gehen wir tanzen«, sagt sie mit funkelnden Augen.

Er sieht Naomi an, und sie halten den Blick länger, als sie sollten. Diesmal gilt ihr Trinkspruch dem Umstand, dass die alte Clique wiedervereint ist, dann legt sie den Arm um Laylas Schultern und fügt an: »Und auf unser neuestes Mitglied.«

Layla lacht, sie stoßen an und stürzen den Drink hinunter. Tyron schaut zum bunt angestrahlten Reef Resort auf, das sich rings um sie erhebt, und zum samtschwarzen Himmel darüber, wo man wegen der vielen Lichter keinen einzigen Stern sieht. In Vegas funkeln die Sterne hier unten, überlegt er, und wir alle dürfen uns in ihrem Glanz sonnen und dürfen uns selbst wie ein Star fühlen.

Als er hier aufwuchs, war der Strip nur etwas für Touristen. Niemand, den er kannte, konnte sich dessen Attraktionen leisten. Er fragte sich immer, warum Leute so viel Geld dafür ausgaben, um diese Stadt zu besuchen, denn alles, was er von Vegas kannte, waren die heruntergekommenen Ecken und deren arme Einwohner. Es war die Welt, in der seine Eltern ihn großgezogen hatten – endloses Spendensammeln und Essenverteilen. Nun aber versteht er, warum Touristen es hier so toll finden. Die geschmeidigen Körper zweier schöner Frauen vor ihm auf der Tanzfläche, den Puls der Musik im Blut, die Nachtluft kühl auf seiner erhitzten Haut, begreift er, dass der Strip ein Transportmittel in eine andere Welt sein soll. Eine Welt brodelnder Sexualität und endloser Möglichkeiten. Eine Welt ganz anders als die, die er in Vegas kannte.

Obwohl er die Fassade durchschaut, lässt er sich von ihr gefangen nehmen. Er lächelt die beiden jungen Frauen an, und sie lächeln zurück, während sie ihre Körper an seinem reiben.

00:00 – 12:00 UHR

1

00:24 UHR

»Quinn, ich weiß nicht, ob Sie mit Absicht so einen Mist bauen oder ob Sie einfach nur inkompetent sind. Ich blicke nicht durch. Haben Sie eine Antwort für mich? Vielleicht sind Sie ja der größte Pechvogel auf Erden, immer zur falschen Zeit am falschen Ort, aber verdammt noch mal, Quinn, ich würde meinen, dass gerade *Sie* mittlerweile wissen sollten, wann Sie schießen *müssen* und wann nicht. Selbst Ihre Inkompetenz ist nicht stimmig.«

»Tut mir leid, Sir.«

»Hören Sie auf damit! Ich will keine Entschuldigungen hören, Quinn! Herrgott noch mal. Ich werde Ihnen etwas erklären, und ich werde ganz langsam reden, damit selbst Sie mit Ihrem erbensgroßen Hirn es kapieren. Wenn ein unbewaffneter schwarzer Jugendlicher wegrennt, schießen Sie *nicht* auf ihn. Wenn es sich um jemanden handelt, der gerade einen Doppelmord begangen hat, dann schießen Sie *auf jeden Fall* auf ihn. Verstanden?«

»Sir, ich kannte den Täter seit meiner Kindheit. Wir waren Freunde. Ich hatte ihn gestellt und wusste nicht, dass sich von hinten ein Komplize anschlei…«

»Ohne Scheiß, Sie wussten es nicht. Was für eine Überraschung. Thompkins, gehen Sie zu den Reportern und erzählen Sie denen, dass Quinn etwas nicht gewusst hat. Mann o Mann, Quinn. Unfassbar. Ist Ihnen klar, dass Bashinsky der fünftreichste Mann der Welt war? Der ganzen Welt, Quinn. Er war um die vierzig Milliarden Dollar schwer. Er finanzierte Politiker. Er finanzierte Bauprojekte rund um den Globus. In seinen Resorts brachte er Regierungsvertreter mit der Wirtschaftselite zusammen. Verdammt, er beeinflusste sogar die Außenpolitik. Er war eine große Nummer. Eine *richtig* große Nummer. Sein Tod gleicht einem Erdbeben. Und was haben Sie getan, während er erwürgt wurde? Sich die Eier geschaukelt, oder was?«

»Sir, die Forensiker glauben, dass der Schlag an den Kopf Bashinsky getötet hat, nicht die Strangulierung. Die kam erst danach.«

»Halten Sie die Klappe, Thompkins!«

»Jawohl, Sir.«

Undersheriff Jake Fischer öffnet den Mund, um seine Schimpftirade fortzusetzen, aber Thompkins' Einwurf hat ihn endgültig an den Rand eines Schlaganfalls gebracht. Der große rotgesichtige Mann schnaubt wie eine Comicfigur, was Keenan durchaus lustig finden würde, wenn er selbst nicht das Ziel von Fischers Wut wäre.

Die Beule an Keenans Hinterkopf ist faustgroß, pocht wie wild. Auch ist ihm weiterhin speiübel, aber wenigstens ist das Schwindelgefühl abgeklungen. Die Sanitäter sagten, er habe eine Gehirnerschütterung und müsse sich ärztlich untersuchen lassen, sobald er den Tatort verlassen darf, doch das wird noch eine Weile dauern.

»Der Undersheriff hat recht«, meldet Detective Clyde Miles sich zu Wort, während Fischer versucht, wieder zu Atem zu kommen. »Bashinskys Tod ist eine große Sache. Bald werden die Feds hier aufschlagen.«

»Genau deshalb müssen wir hier alles geregelt bekommen, ehe sie eintreffen«, sagt Fischer, wieder halbwegs ruhig.

Miles sieht Keenan an. »Auch Monks Tod ist eine große Sache. Er war einer von uns, auch wenn er nicht mehr bei der Polizei angestellt war.«

»Scheiß auf Monk«, sagt Fischer. »Es gab kaum einen korrupteren Cop als ihn.«

Miles' Blick springt kurz zu Fischer, dann sieht er weg, als ob nichts gewesen wäre.

Anti-Korruption ist die Plattform, auf der Fischer seine Karriere als Undersherrif aufgebaut hat, was man in Polizeikreisen ziemlich heuchlerisch findet, weil es gewisse Geschichten über Fischer aus jungen Jahren gibt. Natürlich würde niemand Fischer direkt darauf ansprechen – mit einem Mann in seiner Position will man es sich nicht verscherzen. Fischer war derjenige, der am härtesten mit Keenan ins Gericht ging, nachdem der Reggie Harrison erschossen hatte. Nach Keenans Ausscheiden bei der Polizei verkündete Fischer lauthals, dass es ein derart unerhörtes Fehlverhalten bei der Las Vegas Metropolitan Police nie wieder geben würde. Miles hingegen setzte sich für Keenan ein und kämpfte dafür, dass der seinen Job behalten durfte.

Der Undersheriff streicht sich über die Reste seiner dünnen Haare. »Was haben Sie gemacht, Quinn, während Ihr lieber Jugendfreund einen Cop und den fünftreichsten Mann der Welt killte?«

»Sir, mein Auftrag war, vor der Umkleide Wache zu halten, damit niemand Deco belästigte. Ich dachte nicht, dass …«

»*Sie dachten nicht?* Ich bin froh, dass Sie es endlich selbst sagen. Nein, Sie haben an nichts gedacht. So wie immer. Ganz wie Ihr Vater. Der hat auch nie weiter gedacht, als er spucken konnte.«

Keenan starrt Fischer an. Miles auch. Fischer erwidert Keenans Blick, arrogant und herausfordernd. Er wartet nur auf ein Widerwort von Keenan.

»Mit Verlaub, Sir, der Umkleideraum ist schallisoliert. Ich habe nichts gehört. Wie hätte ich denn darauf kommen sollen, dass Antoine nach dem größten Sieg seines Lebens alles wegwirft, indem er zwei Menschen umbringt? Hätten *Sie* so etwas erwartet?«

Fischer setzt zu einer Erwiderung an, doch Keenan kommt ihm zuvor.

»Und Bashinsky war in Begleitung von Monk, und der war bewafftnet. Deco war unbewaffnet. Ich würde meinen, dass Monk sich und seinen Boss gegen einen Unbewaffneten hätte verteidigen können, aber selbst er kam nicht darauf, dass Deco eine Gefahr darstellen könnte.«

»Was genau ist passiert?«, fragt Miles. »Wann wurde Ihnen bewusst, dass etwas nicht stimmt?«

Keenan schaut um sich. Sie stehen vor dem Umkleideraum, genau dort, wo er stand, als Antoine die beiden Morde beging. Die Polizei hat diesen Bereich der Arena vollständig abgesperrt. Niemand außer ihnen, den Tatortermittlern, einer Hand voll Angestellter und einigen hochrangigen Führungskräften des Reef Resorts, weiß, was geschehen ist. Und natürlich Antoine, wo immer der jetzt stecken mag.

Während die Tatortermittler im Umkleideraum ihrer Arbeit nachgehen, stehen in diesem Abschnitt des Tunnelgangs nur Keenan, Fischer, Miles und Fischers Untergebener, Thompkins, der als Einziger von ihnen trotz der späten Stunde frisch rasiert ist – ein schmaler Mittdreißiger mit randloser Brille, auch der Einzige von ihnen, der unter einsachtzig ist. Die beiden anderen Männer sind fast so groß wie Keenan mit seinen einsneunzig. Clyde Miles hat ein runzeliges sonnenverbranntes Gesicht, lockiges grau meliertes Haar und sieht aus, als wäre er soeben aus dem Wilden Westen eingeritten. Die Fältchen um Augen und Mund und in den eingefallenen Wangen sehen aus wie mit dem Messer eingeritzt. Sein Mund ist klein und die Lippen schmal, als ob seine Gene gewusst hätten, dass er sie –

die Lippen – nicht oft öffnen würde. Auch Jake Fischers Gene schienen seine charakterliche Disposition gekannt zu haben; seine Lippen sind rot und fleischig und immer in Bewegung.

»Ich stand genau an dieser Stelle hier, und Antoine öffnete hinter mir die Tür«, sagt Keenan. »Als ich mich umdrehte, hatte er sie schon geschlossen. Er sagte, Bashinsky und Monk würden noch drinbleiben, um irgendetwas zu besprechen, und dass sie in Ruhe gelassen werden wollten. Dann ist er losgegangen. Es kam mir seltsam vor und ich hatte ein komisches Gefühl, aber wie gesagt, ich hatte keinen Grund zu der Annahme, dass Antoine irgendetwas verbrochen haben könnte. Ich war mir nicht sicher, ob ich ihn begleiten oder hier stehenbleiben sollte, aber meine Anweisung lautete, die Tür zu bewachen, also blieb ich an meinem Posten. Ich ging davon aus, dass Monk mir falls nötig einen neuen Auftrag erteilen würde, sobald er herauskam.«

»Warum haben Sie nicht sofort nach den beiden geschaut?«, fragt Fischer.

»Wie Sie bereits sagten, ging es um den fünftreichsten Mann der Welt, der ein privates Gespräch führte. Ich wollte ihn nicht stören.«

»Und warum sind Sie dann schließlich doch reingegangen?«, fragt Miles.

»Ich weiß nicht. Ich hatte ein seltsames Gefühl. Antoine hatte es so eilig wegzukommen. Es dauerte einige Augenblicke, bis mir bewusst wurde, wie schnell er verschwunden war, und als die beiden dann immer noch nicht rauskamen, hatte ich plötzlich das Gefühl, nach ihnen schauen zu müssen.«

Noch einmal Miles: »Wie viel Zeit war da inzwichen verstrichen?«

»Ich würde sagen, höchstens drei Minuten.«

»Und drinnen?«

»Ich sah die Leichen. Zog meine Waffe. Schaute im Duschraum nach. Dann bin ich Antoine hinterhergerannt und habe ihn im Parkhaus gestellt.«

»Dort haben Sie dann mit ihm gesprochen?«

»Richtig.«

Keenan fällt das Gespräch ein. Er ist dankbar, dass er sich trotz seiner Gehirnerschütterung daran erinnert, denn es ging dabei um Dinge von allerhöchster Wichtigkeit. Bislang konnte er über das, was Antoine ihm erzählt hat, nicht im Einzelnen nachdenken, weil Fischer, dieser Wichtigtuer, ihn ja erst mal zutexten musste, doch ihm ist klar, dass es um zutiefst verstörende Geheimnisse ging. Um Geheimnisse, die für seine Vergangenheit essenziell sind. Und für Tyrons Vergangenheit auch. Und offenkundig auch für Antoines Vergangenheit. Ihre ganze Clique scheint irgendwie in Antoines Racheplan verwickelt zu sein.

Keenan hat bereits in Erwägung gezogen, dass Antoine ihn angelogen haben könnte, aber diese Möglichkeit hat er verworfen – obwohl es kaum den Moralvorstellungen eines Mannes, der gerade einen kaltblütigen Doppelmord begangen hat, widersprechen würde zu lügen. Antoine hatte keinen Grund dazu. Außerdem war er nie ein Lügner gewesen, auch wenn er offenkundig ein Geheimnis zu wahren wusste, und die Erleichterung und Erlösung auf seinem Gesicht und in seiner Stimme lassen sich nicht vortäuschen. Und es gibt einen weiteren Faktor, der Keenan an die Wahrhaftigkeit von Antoines Worten glauben lässt: Alles, was Antoine sagte, klang plausibel. Während er ihm zuhörte, hatte eine innere Stimme zu Keenan gesprochen: Du hast es immer vermutet, und nun bestätigt Antoine es. Er erklärt dir, wie alles miteinander zusammenhängt.

»Was hat Deco gesagt?«, fragt Miles.

Keenan schaut zwischen Fischer und Miles hin und her, überlegt, wie viel er ihnen verraten soll. Nach Antoines Offenbarung hält er bereits jetzt jeden bei der Metro für verdächtig.

»Kommen Sie, Quinn«, sagt Fischer. »Spucken Sie es aus.«

Keenan beobachtet ihre Reaktionen. »Er sagte, Bashinsky hätte seit zwanzig Jahren eine Gruppe korrupter Polizisten gehabt, die für ihn Mordaufträge und andere Sachen erledigt haben. Er sagte, Bashinsky und Monk und ein dritter Mann hätten seinen Vater umgebracht.« Keenan holt Luft vor der letzten Offenbarung, dass Bashinsky und dessen korrupte Cops auch hinter der Ermordung der Shaws gestanden hätten, aber dann hält er diese Information zurück. Die Shaws ins Spiel zu bringen scheint ihm in diesem Moment irrelevant. Außerdem könnte das, was er damals im Gym belauscht hatte, als sein Vater Terrence Shaw vor weiteren politischen Aktivitäten gewarnt hatte, seinen Dad in Verdacht bringen. Keenan will gar nicht daran denken, was sein alter Herr mit alledem zu tun haben könnte.

Auf keinem der Gesichter zeigt sich eine Reaktion. Die Männer sehen ihn nur an.

»Wie kommt Deco auf diese Dinge?«, fragt Miles.

»Das habe ich ihn auch gefragt«, antwortet Keenan. »Ich fragte ihn: ›Woher weißt du das alles?‹«

Keenan hält inne, erinnert sich an Antoines seligen Gesichtsausdruck bei seiner Antwort.

»Er sagte: ›Das ist mein Leben. Mein wahres Leben.‹ Es war unheimlich.« Keenan leckt sich mit der Zunge über die obere Zahnreihe, denkt nach. »Aber es ergibt einen Sinn. Er war immer seltsam drauf, verstehen Sie? Er war kein normaler Junge. Da war etwas Verborgenes in ihm, das ihn verzehrte. Man sah es ihm an. Und das war es: Er hat versucht, den Mord an seinen Vater aufzuklären. Er ist immer wieder verschwunden, manchmal tagelang. Und er hat Ärger mit der Polizei bekommen.« Keenan sieht Miles und Fischer bedeutungsvoll an. »Er wurde bei einem Einbruch in eine Polizeistation erwischt. Das war kurz nachdem ich ihn kennenlernte. Mein Kumpel Tyron erzählte mir davon. Antoine wurde nur wegen Hausfriedensbruch angeklagt, weil er nichts gestohlen, sondern nur in den Akten gestöbert hat.« Als er sich an diese Einzelheit erinnert, ringt Keenan fast nach Luft, während Miles und Fischer sich besorgt ansehen. »Er hat seine heutige Tat lange geplant«, sagt Keenan. »Sehr lange.«

»Zweifellos«, sagt Miles und lehnt sich mit verschränkten Armen an die Wand. »Er muss gewusst haben, dass Bashinsky jeden Sieger persönlich in der Umkleide besucht hat. Eine Wahnsinnsmotivation, um gegen Konitsyn zu gewinnen.«

Keenan wendet sich Miles zu, sieht ihn scharf an, begreift, dass der Mann recht hat. Deshalb hat Antoine nie das Boxen aufgegeben. Die Aussicht auf eine Begegnung mit Bashinsky hat ihn motiviert, es bis an die Spitze zu schaffen. Es war sein Antrieb gegen Clayface. Keenan fragt sich, seit wann Antoine von Bashinskys Brauch wusste. Antoine hat von Anfang an wie besessen trainiert, aber da konnte er von dem Brauch noch nichts gehört haben. Wäre er auch ohne dieses Wissen ein so guter Boxer geworden?

Drei Schritte hinter ihnen, links von Fischer, sagt Thompkins: »Meine Herren, ich glaube, das, was Detective Miles anführt, ist überaus treffend. Ich habe gelesen, dass die innere Motivation ein maßgeblicher Faktor für außerordentliche Leistungen ist. Es scheint, dass Decos Traum, einige Minuten mit Bashinsky allein zu sein, ihm die Kraft gab, es an die Spitze des Boxsports zu schaffen.«

Fischer senkt den Kopf und zwickt sich in die Nasenwurzel. »Thompkins, halten Sie einfach die Klappe.«

»Jawohl, Sir.«

Thompkins steht stramm, als würde er das Weiße Haus bewachen, und Keenan muss beinahe lächeln. Gerüchten zufolge soll der Stanford-Absolvent die Arbeit bei der Polizei nur als Sprungbrett für eine Politikerkarriere betrachten. Trotzdem, obwohl er wie ein nerdiger Schleimer rüberkommt, hat er tatsächlich einige Zeit in einem SWAT-Team verbracht. Keine schlechte Leistung, denkt Keenan.

»Mir ist scheißegal, warum oder wieso dieser Psycho die Morde verübt hat«, sagt Fischer. »Wir müssen ihn schnappen, und zwar schnell.« Er verzieht das Gesicht und tritt auf Keenan zu, bohrt ihm den Finger in die Brust. »Ist Ihnen klar, wie übel das aussieht? Dass ausgerechnet Sie bei der Arbeit pennen, während hinter Ihrem Rücken der aufsehenerregendste Mord des Jahrzehnts verübt wird? Fuck! Die Hälfte der schwarzen Bevölkerung von Vegas wird morgen früh an diesem Gebäude entlangmarschieren, um gegen Sie zu protestieren, Sie Arschloch. Warum sind Sie überhaupt hier? Haben Sie uns nicht schon genug schlechte Presse eingebracht? Haben Sie gedacht: Mal sehen, ob ich das Department im Alleingang zu Fall bringen kann?«

»Immer mit der Ruhe«, sagt Miles. Er legt Fischer eine Hand auf die Schulter; Fischer schaut zu ihm zurück, scheint die Geste zu würdigen.

»Wir müssen diesen dritten Mann finden, hinter dem Deco her ist«, fährt der Undersheriff fort. »Das ist zumindest schon mal eine Spur.«

»*Falls* es diesen dritten Mann überhaupt gibt«, sagt Miles. »Vielleicht hat Deco es nur gesagt, damit wir denken, er sei noch in der Stadt. Und nicht schon unterwegs nach Mexiko.«

»Wenn Sie mich fragen, hat er die Wahrheit gesagt«, meldet Keenan sich zu Wort.

Fischer wirft ihm einen verächtlichen Blick zu. »Ach wirklich, das ist Ihre Meinung? Sie wissen sicherlich, dass Ihr Vater mal Monks Partner war, oder?«

Keenan entgleiten die Gesichtszüge. Das Wort »nein« springt ihm auf die Lippen, doch er kann es nicht aussprechen. Sein Vater war ja tatsächlich Monks Partner. Was haben die beiden damals alles ausgeheckt, welche Schweinereien? Keenan hat das Gefühl, sich setzen zu müssen.

»Sie waren doch auch mal Monks Partner, oder?«

Die Frage kommt von Miles, ist an Fischer gerichtet, der zu dem Detective herumfährt und knurrt: »Was wollen Sie damit andeuten?«

Miles hebt die Hände, die Handflächen nach außen, und schüttelt den Kopf. »Nichts.«

Fischer starrt ihn nieder, dann wendet er sich wieder Keenan zu. »Hat Deco sonst noch etwas gesagt?«

»Nein, Sir.«

»In Ordnung. Also, Sie verlieren kein verdammtes Wort darüber, dass Sie in diesen Schlamassel verwickelt sind, hören Sie? Kein Sterbenswort zu niemandem. Verstanden? Falls es jemand herausfindet, versinkt die Stadt in Chaos. Verbrennen Sie diesen bescheuerten falschen Bart, den Sie getragen haben, dann bleibt dieser geheimnisvolle Wachmann, der Deco hinterhergerannt ist, für immer ein Unbekannter. Verstanden?«

»Jawohl, Sir.«

Zu den anderen gewandt, sagt Fischer: »Thompkins, Sie nehmen seine offizielle Aussage zu Protokoll; Miles, Sie kümmern sich um die Ermittler.« Dann marschiert er davon, das Handy am Ohr.

Keenan ruft ihm hinterher: »Sir, lassen Sie mich zuerst meinen Dad anrufen.« Fischer schaut zu ihm zurück. Im stechenden Blick seiner kleinen braunen Augen schimmert ein Fünkchen Anteilnahme. Er nickt und geht weiter, hebt abermals das Handy ans Ohr.

Keenan hat zwei Anrufe und ebenso viele SMS seiner Frau verpasst. In der ersten bringt sie ihre überschwängliche Freude über Antoines Sieg zum Ausdruck und schreibt, dass sie nachher mit ihm feiern wolle. In der zweiten SMS fragt sie, wo er stecke, und lässt ihn wissen, dass sie mit Tyron in einem Nachtclub im Casino sei und dass er zu ihnen kommen solle. Ehe er ihr antwortet, ruft er bei seinen Eltern an.

Auf deren beiden Handys und auf dem Festnetzanschluss springt jeweils die Mailbox an. Auf allen dreien hinterlässt er eine dringende Nachricht und bittet um einen sofortigen Rückruf. Dann schreibt er an Naomi: *Etwas Großes ist passiert. Du wirst bald davon hören. Ich erzähle dir alles, wenn wir zu Hause sind. Ich muss jetzt zu meinen Eltern fahren.*

Keenan steckt das Handy ein und sagt zu Thompkins: »Beeilen wir uns bitte.«

2

01:12 UHR

Schweißperlen rinnen Naomis Nacken hinunter. Etwas Kühles inmitten der Hitze ihres Tanzes. Und seines Tanzes. Und des Tanzes der anderen Frau. Es scheint, als würden sie schon ewig tanzen – und nie mehr damit aufhören. Tanzen und trinken in ihrer eigenen Welt. Einer Welt der Dunkelheit und blitzenden Lichter und berühmter DJs, die den Puls der Menschenmenge zum Glühen bringen. Einer wirbelnden Welt aus Tequilas und Cocktails, aus jungen aneinandergepressten Körpern, einer Welt, in der Ty ihr so nahe ist, in der ihre Arme um seinen Hals geschlungen sind, so wie es immer sein sollte, er in ihren Armen nach all den Jahren.

Aber sie wird ihn nicht küssen. Sogar betrunken wird sie nicht so weit gehen. Und er küsst sie auch nicht, obwohl sie sieht, wie sehr er sich danach verzehrt, seine Lippen auf ihre zu pressen. Auch die andere Frau küsst er nicht, was sie nett von ihm findet. Sie kann sehen, wie sehr er auch das möchte. Welcher normale Mann würde eine Frau wie Layla nicht küssen wollen? Sie reibt ihre Hände an ihm, ihre Hüften, ihren Hintern; sie küsst seinen Hals, sein Ohrläppchen, seine Wangen; aber als sie auf seine Lippen zielt, schielt Tyron zu Naomi und wendet das Gesicht ab.

Naomi ist hin und her gerissen dazwischen, Ty die andere Frau zu gönnen oder ihn für sich selbst zu reklamieren, ihrem Begehren nachzugeben. Einst dachte sie, er würde der Vater ihrer Kinder werden. Wie kann man so einem Menschen wieder nahekommen, ohne dass in einem die alten Gefühle aufsteigen? Falls sie noch länger auf der Tanzfläche bliebe, würden die Dinge aus dem Ruder laufen. »Ich brauche eine Pause!«, ruft sie und glaubt, dass die beiden weitertanzen werden, doch sie folgen ihr.

Hinter den Fontänen und Swimmingpools, nahe der Bar, wo sie ihre Drinks bestellt haben, ist es etwas ruhiger, sodass Naomi sich sammeln kann. Sie zieht ihr Handy heraus, mehr um einen Grund zu haben, ein paar Meter von Tyron und Layla wegzugehen, als um tatsächlich draufzuschauen. Doch sobald sie das Handy in der Händ hält, fällt ihr Keenan ein. Wie alles andere, das nicht Teil dieses Clubs ist – dieser in sich geschlossenen magischen Welt –, hat sie auch ihn völlig vergessen. Sie wünschte, es wäre so geblieben, als sie seine Nachricht liest. Etwas Großes sei passiert, er würde ihr zu Hause alles erklären, müsse jetzt aber zu seinen Eltern fahren? Typisch Keenan. Er bezieht sie halb mit ein, mit Halbwahrheiten, die nur die halbe Geschichte erzählen.

Sie schaut zu Tyron hinüber, der sich mit Layla unterhält, und denkt, dass sie mit ihm schlafen sollte. Das ist es, was sie möchte, es ist, was er möchte, und wen kümmert es, was Keenan möchte? Er hat es nicht anders verdient nach allem, was sie seinetwegen durchmachen musste.

Sie holt tief Luft und liest die SMS erneut. Keenan gehört nicht zu den Leuten, die regelmäßig ihre Eltern besuchen, und jetzt fährt er mitten in der Nacht zu ihnen? Vielleicht ist ihnen etwas zugestoßen. Sorge verdrängt ihren anfänglichen Ärger. *Melde dich, falls du mich brauchst*, schreibt sie zurück. *Ansonsten sehen wir uns zu Hause.*

Sie kehrt zu den anderen zurück und sagt: »Ich muss los. Irgendwas ist bei Keenan im Gange.«

»Braucht er Hilfe?«, fragt Tyron.

Naomi lächelt, weil er ein so verlässlicher Freund ist, und schüttelt den Kopf.

Sie umarmt die andere Frau und gibt ihr einen Kuss auf die Wange. »War schön, dich kennengelernt zu haben, Layla.«

»Wir müssen das hier unbedingt wiederholen«, sagt die junge Frau und hebt die Hände, macht kreisende Bewegungen.

»Auf jeden Fall«, sagt Naomi.

Sie legt die Arme um Tyron und küsst ihn auf den Mund. An seinen Lippen spürt sie, wie aus einem tief in ihm verborgenen Ort seine Liebe zu ihr zu dem tief verborgenen Ort in ihr überströmt, einem Ort, den sie für Tyron allein reserviert hat. Sie möchte sagen: »Ich liebe dich. Ich habe dich immer geliebt, Ty.« Doch als ihre Lippen sich von seinen lösen, flüstert sie ihm stattdessen ins Ohr: »Mach dir meinetwegen keine Gedanken. Verbring die Nacht ruhig mit Layla, wenn du möchtest.«

Er schaut ihr tief in die Augen, und sie kann nicht erkennen, was er denkt.

Sie lässt ihn los und tritt einen Schritt zurück. »Es ist schön, dich zurück zu haben, Ty.« Sie lächelt und seufzt versonnen. »Was für eine herrliche Nacht.«

01:29 UHR

Tyron und Layla beobachten, wie Naomi durch die Menschenmenge davonschreitet. Sie sieht aus wie eine Statue, so groß in ihrem purpurnen Kleid, ihre Schritte lang und athletisch, trotz ihrer High Heels. Sie verschwindet aus seinem Blickfeld, doch Tyron starrt ihr trotzdem hinterher, wie ein Mann auf dem Ozean, und sie ist sein Horizont.

»Liebst du sie?«, fragt ihn Layla.

Er braucht eine Weile, bis er antwortet. »Früher ja«, sagt er, sein Blick noch in weiter Ferne.

»Und heute? Liebst du sie immer noch?«

»Wahrscheinlich.«

»Das sehe ich. Sie hat Präsenz.«

Er erwidert Laylas bohrenden Blick, dann schaut er zum sternlosen Nachthimmel auf und denkt: All das hätte ich mir heute Nachmittag in Auntie Trudys Garten nicht träumen lassen.

»Was möchtest du jetzt tun?« Layla tritt dichter an ihn heran und schiebt ihre Finger in seine.

»Gleich kommt mein Kumpel.«

»Der vom Blackjack-Tisch?«

»Yeah. Ricky.«

»Und dann?«, fragt sie und schmiegt sich an ihn.

Er schaut in ihre grünen katzenartigen Augen, spürt ihren Körper an seinem. »Nicht heute Nacht, Layla.«

Sie nickt. »Gut. Dann gehe ich jetzt. Ich muss morgen arbeiten.«

»Okay.«

Sie schlingt die Arme um seinen Hals, und während er ihr einen Abschiedskuss gibt, überlegt er, wie lange er keine Frau geküsst hat. Und nun hat er binnen weniger Minuten gleich zwei Frauen geküsst. »Bist du sicher, dass ich deine Meinung nicht ändern kann?«, fragt sie und streicht mit den Lippen über sein Ohr.

Er kann all die Gedanken und Emotionen nicht benennen, die wie ein Wüstenwind durch ihn hindurchbrausen, kann ihr nicht erklären, warum er heute Nacht nicht mit ihr nach Hause gehen wird. Deshalb murmelt er nur ungelenk »ein anderes Mal« und fragt sich, ob er es sich dadurch für immer mit ihr verscherzt hat.

Aber Layla bleibt locker. Sie haucht ihm noch einen Kuss auf den Mund und sagt: »Schick mir eine SMS.« Dann ist sie verschwunden. Und Tyron ist wieder allein, fühlt sich, als müsste er nach Luft schnappen, obwohl er keinen Schritt gegangen ist.

Zehn Minuten später taucht Ricky auf und setzt sich zu ihm auf die steinerne Umfriedung einer Fontäne. »Mann, bei mir ist heute rein gar nichts gelaufen. Wie war's bei dir?«

Tyron sieht seinen Freund an. »Bei mir auch nicht.«

Ricky atmet zischend ein und schüttelt den Kopf. »Frauen, hah.«

»Hat dir der Kampf gefallen? Der Hauptkampf?«

»Ach, war ein Reinfall. Keine Action, nur Defensivarbeit. Alle sagen, dass Antoines Kampf die wahre Attraktion war. Ab jetzt wird er wirklich eine große Nummer werden. Und als seine Kumpel sind wir voll dabei, Baby!« Er klopft Tyron auf die Schulter. »Besser geht's nicht!«

Tyron wird nachdenklich. »Ich bin mir da nicht so sicher. Bei Antoine weiß man nie.«

»Quatsch. Partys mit berühmten Leuten. VIP-Behandlung. Wir haben's geschafft, Mann. Er braucht eine Entourage, und wir sind wie geschaffen für den Job.«

»Ich glaube, er hat schon eine Entourage.«

»Egal. Eine Entourage kann nie groß genug sein. Das solltest du doch wissen. Ich bin mir sicher, dass er einen Ex-Marine prima als Bodyguard gebrauchen kann.«

»Mag sein, aber was ist mit dir?«

»Der Ex-Marine-Bodyguard braucht einen Sidekick, ganz klar.«

Sie lachen und beobachten eine Gruppe junger Frauen – eine Junggesellinnenparty –, die sich an der Bar Drinks holen.

Tyron sagt: »Marlon will, dass ich mich morgen früh um sechs mit ihm treffe. Oder vielmehr *heute* Morgen.« Er schaut auf dem Handy nach der Uhrzeit. »In viereinhalb Stunden. Ich muss mich aufs Ohr legen, Mann. Ich habe immer noch Jetlag.«

»Weißt du, was du tun solltest? Du solltest durchmachen. Du hast es doch schon fast geschafft. Bleib einfach wach.«

»Großartiger Rat. Du wärst ein guter Gesundheitsguru.«

Ricky lacht. »Einen Moment lang dachte ich, das meinst du ernst. Aber jetzt ohne Scheiß … warum will Marlon dich morgens um sechs sehen?«

»Keine Ahnung. Aber ich habe ihm gesagt, dass ich komme. Deshalb zische ich jetzt ab.«

Ricky hebt entgeistert die Hände. »Mensch, Ty, wir sind *hier*. Wir sind hier, die Weiber sind hier, und die halbe Welt zahlt ein Vermögen dafür, um herzukommen. Und du willst abhauen? Mann, Alter. Komm schon. Du siehst gut aus. Ich sehe … besser als der Durchschnitt aus. Lass uns was reißen. Sei keine Spaßbremse.«

»Na gut, Mann«, sagt Tyron und reibt seine müden Augen. Er stämmt sich in die Höhe. »Na los, eine halbe Stunde noch. Dann bin ich weg.«

Ricky springt auf die Beine, schaut zu Tyron auf. »Du weißt, dass du ein guter Freund bist, oder?«

Tyron ist im Begriff, das Kompliment abzutun, so wie er es meistens macht, wenn man ihm etwas Nettes sagt. Aber er hält inne und sieht Ricky an; ein Teil seines schlechten Gewissens, weil er Keenans Frau geküsst hat, verflüchtigt sich. »Danke«, sagt er. »Du bist auch ein guter Freund.«

01:31 UHR

Mit kreischenden Bremsen kommt Keenan vor dem mittelgroßen Bungalow seiner Eltern zum Stehen und springt aus dem Wagen. Er eilt über den steingefliesten Weg zur Haustür und schließt mit seinem Schlüssel auf. Drinnen ist es stockduster; er zieht die Tür hinter sich zu und sperrt ab. Er überlegt, ob er das Flurlicht einschalten soll, und beschließt …

Ein greller Lichtstrahl fällt ihm ins Gesicht. Er reißt die Hände hoch, schaut zur Seite.

»Verdammt, Keenan, ich hätte dich fast erschossen! Was zum Teufel tust du hier?«

Er sieht tanzende Sterne hinter seinen geschlossenen Lidern. »Kannst du bitte die Taschenlampe ausschalten, Dad?«

»Ich hätte dich fast abgeknallt, Junge. Allmächtiger im Himmel, warum schleichst du hier mitten in der Nacht rein wie ein gottverdammter Einbrecher?«

»Dad, schalte die Taschenlampe aus.«

Keenan tastet nach dem Lichtschalter und drückt ihn herunter. Sein Vater knipst endlich die Taschenlampe aus; trotzdem sieht Keenan immer noch Sterne; das grelle Licht und die Gehirnerschütterung machen sich nicht gut zusammen.

»Verdammt, Keenan, antworte mir.«

Keenan reibt sich die Augen mit Daumen und Zeigefinger und sagt: »Ich habe euch angerufen.«

»Wir schalten nachts die Telefone aus, das weißt du doch.«

Keenan kann sich nicht erinnern, ob er das wusste oder nicht. Er weiß aber, dass er noch nie so spät bei seinen Eltern angerufen hat.

»Ist es Keenan?«, ruft seine Mutter aus dem Innern des Hauses.

»Japp. Unser Sohn wollte uns nur mal kurz einen Herzinfarkt verpassen. Tollen Jungen haben wir großgezogen. Warum hast du nicht wenigstens an der Haustür geklingelt?«

Allmählich klart Keenans Sicht auf, verschwommene Formen schälen sich aus dem Sternenmeer. »Ich wollte Mom nicht aufwecken. Du bist derjenige, mit dem ich sprechen muss.«

»Ha! Wolltest deine Mom nicht aufwecken. Gut gemacht. Stattdessen wäre ihr fast das Herz stehengeblieben. Sie dachte, jemand wäre eingebrochen, um uns zu *ermorden.*«

Falls Antoine es auf meinen Vater abgesehen hat, ist mein alter Herr wenigstens vorbereitet, denkt er. Die verschwommenen Formen bekommen Umrisse, und er erkennt nun, dass sein Vater mit einer Pistole auf ihn zielt.

»Dad, Fuck, nimm die Waffe runter!«

»Ups … tut mir leid, Junge. Bin noch ganz durcheinander.«

Am Ende des Flurs taucht Rosie Quinn auf, eine dünne dunkelhaarige Frau mit schwarzen Augenbrauen und einem süßen Lächeln. Sie schiebt sich an ihrem deutlich größeren Mann vorbei, der einen ziemlich derangierten Anblick bietet in seinem verblichenen Pyjama, mit seinen grauen Bartstoppeln und dem zerzausten Haar, dazu der Waffe in der einen und der Taschenlampe in der anderen Hand. Sie umarmt Keenan und küsst ihn auf beide Wangen.

»Wie geht es dir?«, fragt sie.

»Alles in Ordnung.«

»Wirklich?«

»Und wenn nicht? Welchen Unterschied macht das schon?« Bevor sie etwas darauf entgegnen kann, sagt Keenan zu seinem Vater gewandt: »Dad, ich muss dir etwas erzählen. Es ist wichtig.«

Craig verdreht die Augen: Was kannst *du* mir schon Wichtiges erzählen? Keenan hat diesen Blick seines Vaters schon tausend Mal gesehen. Aber er macht keinen Rückzieher. Diesmal nicht. Er hält dem Blick stand.

»Na schön, dann komm«, sagt sein Vater und bedeutet ihm mit der Waffe, ihm zu folgen.

Er schaltet das Licht im Wohnzimmer ein, dann stehen sie dort zu dritt beieinander. Craig legt die Pistole und die Taschenlampe auf den Wohnzimmertisch, dann grinst er Keenan plötzlich glücklich an, wie ein Kind, das ein tolles Weihnachtsgeschenk bekommen hat. »Durch deinen Freund hab ich zwanzig

Riesen gewonnen. Ich sagte dir ja, dass er eine sichere Wette war. Aber während des Kampfes kamen mir ernste Zweifel. Mein Gott, was für eine Schlacht. Dieser kleine Mexikaner hat einen unbändigen Willen, so viel steht fest. Zwanzig Riesen, Junge! Deine Mutter und ich überlegen, ob wir eine Kreuzfahrt machen sollen.«

»Er redet von nichts anderem mehr, er konnte kaum einschlafen«, sagt Rosie. »Er war so glücklich, als dieser Russe nicht mehr aufstand. Ist völlig ausgeflippt.«

»Willst du mitkommen auf die Kreuzfahrt? Ist ja nicht so, als würdest du im Augenblick ernsthaft arbeiten. Zwanzig Riesen, Geld wäre also kein Problem. Du könntest Naomi mitnehmen. Gott, was für eine tolle Frau. Warum sie ausgerechnet dich geheiratet hat, ist mir immer noch ein Rätsel.«

»Craig!«

»Er weiß, dass es ein Scherz ist. Aber es ist doch wahr, sie hätte jeden kriegen können und entschied sich für Keenan. Hut ab, Junge. Du wusstest schon immer, wie man eine schöne Frau bezirzt.«

»Dad, ich bin gekommen, um mit dir über Antoine zu reden.«

»Was ist denn mit ihm?«

»Mach dich auf was gefasst, okay?«

»Was meinst du damit? Worauf soll ich mich gefasst machen? Fordert er mich zum Kampf raus?«

Keenan spürt ein unangenehmes Ziehen in der Magengrube. »Es ist schlimm, Dad. Richtig, richtig schlimm.«

Craig sieht ihn argwöhnisch an, dann sagt er zu seiner Frau: »Rosie, warum gehst du nicht in die Küche und machst Keenan was zu essen.«

»Ich will es auch hören«, sagt Rosie.

»Hast du Hunger, Junge?«

Keenan schaut zwischen seinen Eltern hin und her. Und plötzlich merkt er, dass er tatsächlich am Verhungern ist. Aber er hat keine Lust, als Vorwand herzuhalten, damit sein Vater seine Mutter wegschicken kann.

»Bist du hungrig?«, fragt sein Vater erneut, lauter jetzt.

»Ja. Ja, ich bin hungrig.«

»Geh in die Küche. Mach Keenan was zu essen.«

»Was willst du uns erzählen, Junge?«, fragt Rosie.

»Geh in die Küche!«

»Na gut!«

Sie stürmt aus dem Zimmer. Der Anblick seiner streitenden Eltern, seiner herausstürmenden Mutter, ist ihm so vertraut, dass er es kaum registriert.

»Spuck's aus, Keenan«, schnappt sein Vater.

»Nachdem Antoine seinen Kampf gewonnen hat, ist er in seine Umkleide zurückgegangen und hat …«

»Was hat er?«

»Er hat Raymond Monk und Norman Bashinsky umgebracht.«

Sein Vater lacht schallend, als hätte Keenan einen richtig guten Witz gerissen, doch in dem Lachen schwingt ein Anflug von Hysterie mit; ein Teil von ihm scheint die Wahrheit zu erkennen.

»Es ist kein Witz, Dad.«

»Fick dich, natürlich ist es ein Witz.«

»Ich meine es ernst, er hat die beiden mit bloßen Händen umgebracht.«

Craig stolpert fast, als er auf Keenan zugeht und ihn am Hemdkragen packt. »Sag, dass du lügst.«

»Ich lüge nicht.«

Sein Vater verzieht das aschfahle Gesicht, packt Keenan jetzt mit beiden Händen, schüttelt ihn. »Sag, dass du lügst!«

»Ich lüge nicht!«

Keenan schlägt die Hände seines Vaters herunter und stößt ihn gegen die Brust. Craig taumelt nach hinten. Starrt Keenan ungläubig an. Keenan starrt zurück. Diesmal nicht, alter Mann. Die Augen seines Vaters sind wild. Hasserfüllt. Er stürzt sich auf Keenan.

Wie zwei schnaubende Büffel, die um die Vorherrschaft in der Herde kämpfen, ringen die beiden großgewachsenen Männer zwischen dem Sofa und den Stühlen miteinander. Rosie kommt hereingestürmt.

»Hört auf!«, ruft sie.

Craig zerrt und reißt an ihm. Keenans Schuhabsätze heben sich vom Boden. Er stemmt sich dagegen. Behält die Füße unten. Er lässt sich nicht umwerfen. Aber er hat das Gleichgewicht verloren, und sein Vater stößt ihn mit voller Wucht gegen die Wand. Keenans Schultern kollidieren mit einem Bilderrahmen. Glas zerbricht. Schmerz schießt seinen Rücken hinauf bis in den Nacken.

»Genug damit! Beide, hört sofort auf!«

Diesmal nicht, du alter Scheißkerl. Keenan verstärkt seinen Griff. Schiebt seinen Vater zurück. Reißt ihn ruckartig herum und stößt ihn zu Boden.

Der alte Mann fällt. Landet krachend auf dem gläsernen Wohnzimmertisch.

Ein lauter Knall. Splitterndes Glas. Ein Aufschrei seiner Mutter. »Keenan!«

Sein Vater windet sich am Boden. Rosie eilt ihm zu Hilfe, aber Craig ist schon auf den Knien, die Hände in den Glassplittern. »Alles in Ordnung«, blafft er sie an.

»Oh Gott, Craig, dein Rücken blutet.«

»Ich sagte, alles in Ordnung, verdammt noch mal!«

Seine Hände finden die Pistole und er richtet sich wackelig zu voller Größe auf.

Keenan weicht nicht zurück. Mach's doch, denkt er.

Craig faucht ihn an: »Ich werde dich nicht erschießen, du bescheuerter Idiot!«

Er humpelt an Keenan vorbei aus dem Zimmer, ohne seine Frau oder seinen Sohn noch einmal anzusehen.

»Wie konntest du das deinem Vater nur antun?«, fragt Rosie, ihr bleiches Gesicht ohne seinen normalen olivfarbenen Teint. »Er ist dein Dad.«

Sie geht Craig hinterher, bleibt stehen und dreht sich um. »Du solltest dich was schämen.«

Im hinteren Teil des Hauses fällt eine Tür ins Schloss. Seine Mutter eilt davon.

Keenans Gesicht ist rot. Er schnappt nach Luft, atmet in kurzen hechelnden Zügen, Wut und Scham verschnüren ihm die Brust. Er blickt auf die Glasscherben am Boden. Auf den zerbrochenen Bildrahmen an der Wand, in dem ein Foto der Quinns steckt, in glücklichen Tagen aufgenommen, als er noch in der Highschool war, die ganze Familie hübsch angezogen, alle strahlen in die Kamera. Der amerikanische Traum.

Keenan lässt die Schultern kreisen. Betastet die Beule am Hinterkopf. Geht zur Haustür und öffnet sie. Er schaut hinaus auf die spärlich beleuchtete Straße und fragt sich, ob irgendwo dort draußen Antoine oder einer seiner Leute lauert. Er blickt prüfend auf die geparkten Autos und in die Gassen zwischen den Häusern. Man könnte sich dort fast überall verstecken, die Straßenlaternen stehen weit auseinander, die meisten Häuser sind dunkel.

Keenan würde am liebsten verschwinden, von seinen Eltern fortkommen, doch er kann sie nicht verlassen und Antoine gegenüber ausliefern. Das heißt, falls Antoine seinen Vater für den geheimnisvollen dritten Mann hält. Falls nicht, besteht kein

Grund zur Sorge. Alles hängt davon ab, ob Keenans Vater mit dem Mord an Raul Deco zu tun hat oder nicht. Und wenn nicht er, wer ist dann der dritte Mann?

Er blickt zurück in den dunklen Flur, hört die gedämpften Stimmen seiner Eltern. Er wollte sie in ein Hotel bringen oder zum Flughafen, um ihre Sicherheit zu gewährleisten. Aber ihnen jetzt noch einmal gegenübertreten kann er nicht. Dann lieber noch mal Antoine. Er schaut hinaus zu seinem geparkten Auto, und ihm wird klar, dass er das Haus verlassen und trotzdem Wache halten kann.

Er geht auf seinen Wagen zu, und nach drei Schritten auf dem gepflasterten Weg kommt ihm ein Gedanke: Warum sollte dir Antoine von dem dritten Mann erzählen, falls er hinter deinem Vater her wäre? Antoine hat seinen Plan so lange geheimgehalten, warum sollte er dir nun kurz vor der Vollendung dieses wichtige Detail verraten? Doch nur, wenn es für das Ergebnis seines Vorhabens nicht von Belang ist, oder? Vielleicht ist er ja gar nicht hinter Craig her. Aber hinter wem dann?

Im Rückwärtsgang fährt Keenan einige Häuser zurück und schaltet den Motor wieder aus. Nirgends regt sich etwas, alles ist still.

Sein Kopf pocht, und er hat immer noch nichts gegessen.

Aus irgendeinem Grund fällt ihm plötzlich der für den Morgen angesetzte Protestmarsch ein. Bis dahin sind es nur noch wenige Stunden. Er hatte es völig vergessen.

Ich bin ein Fluch für diese Stadt, denkt er.

Er lehnt sich zurück. Augenblicklich senken sich seine Lider.

Kopfschüttelnd schlägt er sich auf den Oberschenkel, reißt die Augen auf. Blickt auf die Straße und den Vorgarten seiner Eltern.

Ich kann das hier nicht allein machen.

Er zieht sein Handy heraus und wählt die Nummer, die Fischer ihm gab. Hält es ans Ohr, lauscht dem Klingeln.

»Thompkins hier, darf ich fragen, wer anruft?«

»Thompkins? Hier ist Quinn. Wo ist Fischer? Er gab mir diese Nummer.«

»Das ist korrekt, es ist seine Nummer. Aber Fischers Anrufe gehen alle über mich. Wenn ich einen Anruf für wichtig genug halte, stelle ich zu ihm durch.«

Keenan verzieht das Gesicht. »Fischer muss doch ein eigenes Telefon haben, Thompkins. Geben Sie mir seine richtige Nummer.«

»Das geht leider nicht, Quinn. Hätte er gewollt, dass Sie seine persönliche Nummer haben, hätte er sie Ihnen gegeben. Also, wie kann ich Ihnen helfen?«

Fuck, denkt Keenan. »Ich will, dass Sie einen Wagen zum Haus meines Vaters schicken. Einen Streifenwagen oder ein Zivilfahrzeug, wie Sie wollen. Aber er braucht Schutz.«

»Vor Deco?«

»Ja, vor Deco. Wollen Sie ihn nicht schnappen? Der Köder liegt direkt vor mir. Falls er hinter meinem Dad her ist, wird er herkommen. Er wird Ihnen direkt in den Schoß fallen, also schicken Sie um Himmels willen ein paar Männer her.«

»Ich habe es zur Kenntnis genommen, Quinn. Ich werde den Undersheriff unterrichten. Kann ich sonst noch etwas für Sie tun?«

Keenan schnaubt verärgert. Der Mann klingt wie ein Mitarbeiter eines Kundenservices. »Sehen Sie einfach zu, dass Sie jemanden herschicken.«

»Es ist eine betriebsame Nacht, Quinn. Ich kann nichts versprechen. Aber ich werde den Undersheriff informieren und zusehen, dass ich einen Streifenwagen in die Gegend geschickt kriege.«

Keenan presst die Zähne aufeinaner und schlägt mit der freien Hand aufs Lenkrad. »Tun Sie einfach Ihr Bestes. Bitte.«

»Verstanden. Sie hören von mir.«

Das Gespräch ist beendet.

Verdammter Thompkins. Ich kann keinem von denen trauen.

Ich brauche einen Mitstreiter, einen Freund, überlegt Keenan. Und in dem Moment fällt ihm ein, dass er Tyron noch nicht berichtet hat, was Antoine ihm über den Tod seiner Eltern erzählt hat.

3

02:49 UHR

Nachts in einer staubigen Wüste schreckt Captain Tyron Shaw aus dem Schlaf. Ein Donnerschlag erschüttert die Mauern des US-Gefechtsvorpostens Mic Check. Staub rieselt ihm auf die Brust, und durch die neu entstandenen Risse im Gemäuer dringt Scheinwerferlicht.

»Diesmal sind es ziemlich viele, Captain Shaw«, sagt ein atemloser Sergeant, der plötzlich im Halbdunkel auftaucht.

Jetzt kann Tyron alles hören: Gewehrfeuer, Granatwerfer, Raketen. Bereits in voller Körperpanzerung und Wüstencamouflage, die Ohrstöpsel schon eingeschoben, die Handschuhe angezogen, die Ellbogen- und Knieschützer umgeschnallt, erhebt er sich vom Feldbett, setzt den Kevlar-Helm auf, zieht die Nachtsichtbrille über die Augen und greift nach seinem M4-Sturmgewehr.

Zügig bewegt er sich durch das, was einst eine Verpackungsfabrik am Stadtrand von Bagdad war. Kommt an geduckten Marines vorbei, die sich versuchen klein zu machen, damit sie nicht vom Schrapnell der Granaten getroffen werden, denen es gelingt, die Mauern und Decke zu durchbrechen.

Nach einem kurzen Blick auf seine Männer merkt Tyron einmal mehr, dass er keine Angst verspürt. Die kommt immer erst hinterher. In Momenten wie diesem, wenn das Höllentor sich unter ihm aufzutun scheint, der Tod nach ihm greift und er am Abgrund balanciert, dann fürchtet er sich nie. Es gibt nur die Schlacht. Nur den Kampf. Kein Leben danach, kein Leben davor, nichts zu verlieren, bis der Sturm sich ein weiteres Mal gelegt hat.

Er marschiert zu einer Ecke des Gebäudes, in der einst das Büro der Fabrik war; heute ist es das Überwachungszentrum ihres Gefechtsvorpostens, abgegrenzt durch dünne Sperrholzwände, nachdem ein Raketenangriff einen Teil der Innenmauern zerstört hat.

»Wie sieht's aus?«, fragt er sein Überwachungsteam.

Sie zeigen ihm auf diversen Monitoren grün gefärbte Kameraeinspielungen, die Bilder verdunkelt von Rauchschwaden und aufgewirbeltem Staub. »Sieht aus, als würden sie uns mit allem, was sie haben, angreifen«, sagt Staff Sergeant Higgins. »Die Explosionsschutzwälle halten viel von dem Zeug ab, aber es kommt immer noch einiges durch.«

Wie um seine Worte zu unterstreichen, explodiert draußen eine Granate und erschüttert das Gemäuer.

Die Nachtsichtbrille hochgezogen, betrachtet Tyron die Monitorbilder. Aus nördlicher Richtung feuern die Aufständischen von Hausdächern mit Raketen, Panzerfäusten und kleineren Waffen auf sie. Östlich von ihnen bauen in einem Graben verborgene Angreifer etwas auf, das wie die Selbstbauversion eines panzerbrechenden Geschützes aussieht. Zwei der Kerle haben die Scharfschützen bereits ausgeschaltet, aber die übrigen Aufständischen achten nun mit größter Vorsicht auf ihre Deckung. Und die Bilder im Westen zeigen nichts als brennende Reifen, schwarzen Rauch und Explosionen.

»Fordern Sie Luftunterstützung an«, sagt Tyron.

Higgins tut wie geheißen.

Tyron blickt weiter auf die Monitore. Die einzige Richtung, aus der sie nicht angegriffen werden, ist der Süden. Dies ist ein extrem aggressiver Angriff. Bei Weitem der aggressivste, seit sie vor sechs Wochen an dieser Position einen Army-Konvoi freigeschossen haben.

»Es gibt keine Luftunterstützung, Captain. Zu viel Staub in

der Luft. Und im ganzen Operationsgebiet ist die Hölle los. Das Bataillon ist unter Dauerbeschuss.«

Tyron sieht seinen Sergeant ungerührt an. Keine Unterstützung zu erhalten bedeutet, dass Combat Outpost Mic Check morgen früh in Schutt und Asche liegen wird.

»Hat die Aufklärung irgendwas über einen bevorstehenden Angriff berichtet?«

»Nicht dass ich wüsste, Captain. Und mein Bauchgefühl sagt mir, dass die Kerle dort draußen es ernst meinen. Die kommen mit allem, was sie haben, und wollen unser Weihnachten canceln.«

»Das Gefühl habe ich auch.« Tyron blickt auf die Monitore, dann zu seinen Männern. »Ich mag Weihnachten. Wie steht's mit euch?«

Wie aus einem Mund antworten sie: »Wir auch, Captain!«

»Dann heizen wir den Pennern mal so richtig ein!«

Tyron schreckt nachts in einer staubigen Wüste aus dem Schlaf. In seinem Kopf dreht sich alles. Wo ist er? Auf einer Couch. In jemandes Wohnzimmer, nicht in seinem eigenen. Sein Mund ist trocken, seine Blase voll. Unsicher steht er auf, und dann fällt es ihm ein: Er ist in Taras Apartment.

Er fasst sich an die Stirn. Er hat wieder von jener Nacht in Bagdad geträumt. Derjenigen, die ihm die Orden einbrachte. Es war so echt gewesen, so lebendig, als würde er alles von Neuem erleben.

Er hatte geglaubt – und gehofft –, dass die Träume aufhören würden, wenn er wieder in den Staaten wäre.

Geführt von den glühenden Lichtern der Küchengeräte, tastet er sich zum Badezimmer. Nachdem er sich erleichtert hat, spritzt er sich Wasser ins Gesicht und schaut in den Spiegel. Es überrascht ihn, wie wenig sein Gesicht sich über die Jahre verändert hat. Es gibt ein paar winzige Narben hier und dort,

Beinahetreffer von den endlosen Straßenbomben, aber es sind nur die Augen, in denen er einen wirklichen Unterschied zu seinem jüngeren Ich erkennt: ihre Härte, die intensive Färbung der Iris. Fast wünschte er, auch sein Gesicht hätte sich verändert, damit die Leute begreifen, dass ein anderer Mensch darin steckt.

Tyron löscht das Badezimmerlicht und kehrt zur Couch zurück. Die Uhr auf dem Herd verrät, dass es kurz vor drei ist. Er hat gerade erst die Augen zugemacht. Aber welche Rolle spielt das schon? Es gibt keine Operationen, auf die er sich vorbereiten müsste. Keine Verantwortung. Wenn er nach dem Treffen mit Marlon mehr Schlaf braucht, dann haut er sich eben noch mal aufs Ohr.

Er legt sich auf die Couch zurück und fragt sich, ob er gleich wieder nach Bagdad transportiert wird. Der Gedanke schiebt ihn fort vom Schlaf. Genau wie die unerklärliche Wut in ihm. Wenn er aus praktischer Sicht auf sein Leben schaut, dann könnte er nicht besser dastehen: Er ist gesund und in einem Stück aus zwei Kriegen nach Hause zurückgekehrt; er hat Geld angespart; er hat keinen Anhang, dafür einen Uni-Abschluss und eine überragende Militärkarriere im Lebenslauf; er kann hinziehen, wohin er möchte, kann tun und lassen, was er will; zu Hause wurde er willkommen geheißen und mit Zuneigung überhäuft; er hat eine großartige Nacht mit einem Freund verbracht und zwei Frauen geküsst. Er sollte zufrieden sein, glücklich gar. Und doch spürt er diese unerklärliche Wut in sich.

Sie steckt tief in ihm, wic cin angeknackster Knochen. Welche Art von Therapie könnte wohl bis dorthin gelangen, unter so viel Fleisch, und die Entzündung herausholen? Oft vergisst er sie, die Wut, aber dann wieder kommen Momente der Stille, in denen nichts sie maskiert, in denen es nichts gibt, um dieses anhaltende Brennen zu löschen.

Tyron schließt die Augen. Versucht zu schlafen.

4

03:26 UHR

Keenan fährt in seine Einfahrt in einer neuen Wohnsiedlung am Nordrand der Stadt. Sein Kopf und seine Schulterblätter pochen, und er muss ständig blinzeln, damit seine Augen nicht vor Erschöpfung zu brennen anfangen. Im Haus steigt er die Treppe hinauf. Naomi liegt auf dem Bett, in ihrem kurzen weißen Nachthemd, halb unter der Decke verborgen. Wehmütig schaut er auf sie herab, erinnert sich an Zeiten, in denen er bei diesem Anblick augenblicklich zu ihr gesprungen wäre.

Er konnte Tyron nicht erreichen und entschied sich dagegen, ihm eine Nachricht auf die Mailbox zu sprechen oder eine SMS zu schicken. Jemandem zu eröffnen, dass dessen Eltern Opfer eines Mordkomplotts geworden sind, ist nichts, von dem man Aufzeichnungen hinterlassen sollte. Er hatte unentschlossen im Auto vor dem Haus seiner Eltern gewartet und war irgendwann aus dem Schlaf geschreckt, ohne sich erinnern zu können, wann er eingenickt war. Mit dem Gefühl, seinen Vater nicht schützen zu können und nicht zu wissen, ob der seinen Schutz überhaupt braucht, beschloss Keenan, nach Hause zu fahren, sich kurz auszuruhen und allles gründlich zu durchdenken.

Naomi regt sich, während er sich im Dunkeln auszieht. »Du bist zu Hause«, murmelt sie, halb im Schlaf.

Er schaltet die Nachttischlampe ein. »Ja, bin ich.«

Sie öffnet die Augen und setzt sich auf. »Was ist mit dir passiert?«

»Warum?«

»Du bist so blass.«

»Du wirst es nicht glauben.«

In T-Shirt und Boxershorts kniet er sich aufs Bett. »Nach dem Kampf hat Antoine zwei Menschen umgebracht. In ein paar Stunden wird es in allen Nachrichten sein.«

Ihre Augen weiten sich vor Schreck, und er erzählt ihr alles, was geschehen ist. Es ist kurz nach vier, als er fertig ist.

5

04:09 UHR

Als Keenan zu Ende erzählt hat, nimmt Naomi ihn in den Arm und drückt ihn an sich. Er klammert sich an sie wie ein Schiffbrüchiger an einen Felsen im Meer. Sie fühlt sich aber eher wie eine zerbröselnde Sandbank an, noch immer halb betrunken nach all den Drinks im Club, doch sie tut ihr Bestes, um ihm zu geben, was er von ihr braucht. Genau genommen hilft der Alkohol ja vielleicht sogar gegen den Schock, den das Ganze ihr versetzt hat. Sie kann es kaum glauben.

»Wirst du Tyron die Sache mit seinen Eltern erzählen?«, fragt sie.

»Ich habe ihn angerufen, aber er ging nicht ran.«

Sie wendet den Blick ab, fragt sich, ob Tyron wegen ihres Kusses nicht ans Telefon gegangen ist. Sie wird es Keenan nicht erzählen, weil es nichts zu erzählen gibt. Nur ein Abschiedskuss eines ehemaligen Pärchens. Trotzdem, ein schlechtes Gewissen hat sie schon. Immerhin ist sie verheiratet, noch jedenfalls. Aber sie wird es ihm nicht erzählen, vor allem jetzt nicht, wo die Welt über ihm zusammenbricht.

»Was wirst du tun?«, fragt sie.

Er lässt sich aufs Bett zurücksinken. »Ich weiß nicht. Ich habe das Gefühl, die Wahrheit herausfinden zu müssen. Wie immer sie lauten mag.« Mit den Handflächen reibt er sich die Augen und schaut Naomi an. »Was denkst du, was ich tun sollte?«

Keenan bittet sie um Rat? Anscheinend geht ihm das Ganze richtig an die Nerven. »Ich denke«, sagt sie langsam, »dass Antoine es wüsste, falls dieser dritte Mann nicht dein Vater ist.

Vielleicht hat dein Dad nichts damit zu tun. Vielleicht machst du einfach gar nichts, und die Dinge regeln sich von selbst.«

»Mein Dad hatte mit Bashinsky zu tun. Sie standen irgendwie in Verbindung. Vielleicht war er nicht einer seiner Todesschützen, aber ich weiß, dass er in andere Dinge involviert war. Es gibt zu viele Verbindungen, zu viel bruchstückhaftes Zeug, das ich als Junge mitgehört habe.« Er schlägt auf die Matratze. »Wenn er nicht so ein Arschloch wäre, könnte ich ihn einfach offen danach fragen. Aber er wird nicht über diese Dinge mit mir reden. Besonders jetzt.« Mit einem freudlosen Lachen fügt er an: »Wahrscheinlich wird er überhaupt nicht mehr mit mir reden. Punkt.«

Sie betrachtet ihn, keine Armlänge entfernt auf dem Bett, wie er herabblickt und alle möglichen Szenarien durchdenkt. Selbst jetzt noch, blass und aufgewühlt, sieht er gut aus. Dichtes rotes Haar, ovales Gesicht mit den dunklen Augenbrauen seiner Mutter, ein paar vereinzelte Sommersprossen auf Nase und Wangenknochen, weicher Mund und ein groß gewachsener, schlanker breitschultriger Körper. Er sieht aus wie ein Unterwäschemodell, noch genauso wie früher.

Aber trotz seines guten Aussehens hat er sie sexuell nie so gereizt wie Tyron. Das Beste an seinen äußerlichen Vorzügen war für sie der Status gewesen, den sie deshalb bei anderen Frauen genoss. Das hat sie erst letztes Jahr begriffen: Keenan hatte sich damals für sie entschieden, nicht für eine der vielen Frauen, die hinter ihm her gewesen waren. Seit dieser Erkenntnis fühlte sie sich wie etwas Besonderes, fühlte sich begehrenswerter als all diese hübschen normalgroßen Dinger.

Aber dann wurde Keenan ein Paria, ein Ausgestoßener, und sie kam sich an seinem Arm nun gar nicht mehr begehrenswert oder besonders vor. Und er war nicht länger der selbstbewusste charmante Womanizer, der für sie da gewesen war, während sie damals über Ty hinwegkam, und der sie mit seiner Hartnäckigkeit für sich gewann. Stattdessen verwandelte er sich nach den tödlichen Schüssen auf den schwarzen Jungen in einen mürrischen, verbitterten, schuldbeladenen Menschen. Nachts sah sie ihn manchmal am Computer sitzen, im Lichtschein des Monitors, wenn er sich mit starrem Blick Fotos von Reggie Harrison ansah.

Naomi wollte ihm sagen, dass alles gut werden würde. Er habe etwas Schreckliches getan, aber daran lasse sich nichts mehr ändern. Sie wollte ihm sagen, dass sie ihm verzeihe.

Doch sie tat nichts von alledem. Sie konnte sich nicht dazu bringen, ihn anzulügen.

Während des Prozesses war sie bei ihm geblieben, weil er sie brauchte und sie einen Eheschwur geleistet hatte, dass sie in guten und in schlechten Zeiten zu ihm stehen würde. Aber die »Bis-dass-der-Tod-uns-scheidet-Sache« hat für sie nicht funktioniert. Die Ehe war ein Fehler gewesen. Und als Sportlerin, die sie war, wusste sie, dass Fehler Teil des Spiels waren, und indem man sie korrigierte, entwickelte man sich weiter. Er wurde freigesprochen, kam nicht ins Gefängnis. Sie hat ihre Pflicht erfüllt.

Und jetzt steckt er in der nächsten Scheißkrise. Sie wird auch diesmal für ihn da sein, natürlich wird sie das, aber nicht mehr als seine Ehefrau. Einmal genügt.

»Ich muss es genauso sehr für mich selbst herausfinden wie für meinen Vater«, sagt Keenan. Seine Stimme klingt fester. »Und für Tyron auch. Und für die Polizei. Falls es Korruption im Department gibt, sollte ich ihr ein Ende setzen. Dadurch wird niemand wieder lebendig, aber wenigstens wäre es …« Die Worte bleiben ihm im Hals stecken. Er schluckt und sieht sie an. »Wenigstens wüsste ich, dass ich es versucht habe.«

Sie streckt die Hand nach seinem Gesicht aus, es bricht ihr beinahe das Herz, ihn so zu sehen. Aber sie hat sich entschieden.

Selbst als er die Augen schließt und seine Wange an ihre Hand schmiegt, bleibt sie bei ihrer Entscheidung.

»Die einzigen Leute, deren Unterstützung du noch hast, sind bei der Polizei«, sagt sie, einen weiteren unerfreulichen Gedanken im Kopf. »Wenn du bei denen jetzt nach Korruptionsfällen suchst …«

»Dann wird mich absolut jeder hassen«, führt er ihren Gedanken zu Ende. Er nimmt ihre Hand von seinem Gesicht und haucht ihr einen Kuss auf den Handrücken. »Das Gute daran, unpopulär zu sein, ist, dass man die Angst davor verliert.«

»Hast du noch Leute im Department, die dir helfen können?«

»Ein paar … wenige … einen, vielleicht. Fitz. Er wird für mich Nachforschungen anstellen, denke ich.«

»Schuldet er dir einen Gefallen?«

»Eher schulde ich *ihm* einen Gefallen, aber ich versuche es trotzdem.«

»Bist du sicher, dass du dich darauf einlassen willst? Warum schnappen wir uns nicht einfach deine Eltern und verschwinden aus der Stadt? Wir können für ein paar Tage nach L. A. fliegen. Ich würde deinen Vater schon aus dem Haus kriegen. Auf mich hört er mehr als auf dich.«

»Wohl wahr. Sogar heute Nacht musste er mich daran erinnern, dass du eigentlich viel zu gut für mich bist. Ist fast peinlich, wie sehr er auf dich steht.«

»Nun, jetzt gereicht es dir zum Vorteil. Vielleicht kann ich ja die Wahrheit aus ihm herausholen.«

»Das bezweifle ich«, sagt er. »Und ich möchte nicht, dass du dich in seine Nähe begibst. Ist schon schlimm genug, dass meine Mutter bei ihm ist.«

»Warum? Glaubst du, Antoine würde mir etwas tun?«

»Könnte sein. Wenn du ihm im Weg stehst … wär' schon möglich.«

»Antoine würde mir nichts tun. Von allen möglichen Personen wäre ich wahrscheinlich die Geeignetste, um deinen Vater zu beschützen.«

»Antoine ist nicht mehr der Bursche, an den du dich erinnerst. Er hat wirklich den Verstand verloren. Er ist zu allem fähig. Wir dürfen kein Risiko eingehen.«

»Ich habe mit ihm gesprochen. Gleich nachdem er den Kampf gewonnen hat, habe ich mit ihm gesprochen.« Als sie seinen perplexen Blick sieht, erklärt sie ihm, dass sie im Publikum gesessen und Antoine über den Rand des Treppengeländers hinweg umarmt habe. »Er sagte, er sei froh, dass ich den Kampf gesehen habe und er mich noch einmal treffe. Jetzt ergibt es einen Sinn, die Endgültigkeit seiner Worte. Aber der Punkt ist, dass er mich immer noch gernhat.«

»Ich bin mir sicher, dass er dich noch gernhat, aber darum geht es nicht. Der Kerl ist ein Psycho.«

»Dich hat er am Leben gelassen, Key. Vergiss das nicht.«

Keenan weiß darauf keine Antwort.

»Ich glaube, was du vorhin gesagt hast, ist richtig: Er würde es dir nicht erzählen, dass er eine weitere Zielperson hat, falls diese Zielperson dein Vater wäre. Aber so oder so, ich möchte nach deinen Eltern schauen. Sie in ein Hotel bringen. Vielleicht zum Flughafen. Und ich werde so viel ich kann aus deinem Dad herausholen. Derweil kannst du den wahren dritten Mann suchen.«

»Das kann ich nicht von dir verlangen.«

»Das tust du nicht. Ich möchte es tun. Ich möchte helfen. Das ist die beste Möglichkeit. Antoine würde sich nicht gegen deinen Vater wenden, wenn ich bei ihm bin. Ganz sicher.«

»Ich weiß nicht. Wenn dir etwas geschieht, Babe … Vielleicht wäre es gar nicht Antoine, der kommt. Er hat gefährliche Leute, die für ihn arbeiten. Die haben keine nostalgischen Gefühle, die sie davon abhalten könnten, dir etwas anzutun.«

»Key, wir sind ein Team«, sagt sie. »Wir sind eine Familie. Deine Eltern sind meine Familie. Wir stecken alle miteinander in dieser Sache. Ich kriege das hin.«

Er tätschelt ihren Arm. »Bist du dir sicher?«

Sie nickt. »Bist du dir sicher, dass du diesen dritten Cop jagen willst?«

»Nein. Dieser Tage bin ich mir über gar nichts mehr sicher. Aber um mich selbst habe ich keine Angst mehr. Das Einzige, was mir Angst macht, ist, dass dir oder meinen Eltern etwas zustößt. Was mich betrifft ... Es verleiht einem eine seltsame Kraft, wenn man von allen gehasst wird. Bis heute Nacht war mir das nicht bewusst.«

Es scheint, als ob er ihr noch etwas anderes, etwas tief Persönliches sagen möchte, aber er sieht sie nur mit traurig-dankbarem Blick an.

»So möchtest du es also wirklich machen?«, fragt er dann. »Habe ich das richtig verstanden?«

»Ja.«

»Ich danke dir«, sagt er. Er beugt sich herab und küsst sie. »Danke, Babe.« Er strafft den Rücken, als wäre ihm gerade eine große Last genommen worden. Er nickt und richtet den Blick in die Ferne, überlegt. »Ich möchte, dass du meine Ersatzwaffe mitnimmst. Für alle Fälle.«

»In Ordnung.« Sie weiß, wie man schießt, sie hat Keenan oft genug zum Schießstand begleitet.

»Du fährst zu meinen Eltern, bringst sie irgendwohin und versuchst meinen Dad zum Reden zu bringen. Ich setze mich mit Fitz in Verbindung und sehe, was er tun kann.«

»Kannst du ihm trauen?«

»Ganz sicher bin ich mir nicht. Im Moment traue ich niemandem außer dir. Aber es ist das Risiko wert. Ach, und eine Sache noch.«

»Ja?«, fragt sie erwartungsvoll, als er nicht weiterspricht.

Er steht auf und beginnt, auf und ab zu gehen. Bleibt stehen und sieht sie aus funkelnden Augen an. »Verlässt du mich?«

»Was?«

»Verlässt du mich?«

»Du willst *jetzt* darüber sprechen?«

»Ist ja eine ermutigende Antwort. Ja, ich möchte jetzt darüber sprechen.«

»Keenan, gerade ist so vieles im Gang. Wollen wir nicht lieber warten, bis alles vorbei ist? Wenn wir Zeit haben, um...«

»Nein, ich ...«

»Zeit haben, um in Ruhe über alles zu reden und ...«

»Nein, ich will nicht warten, bis ...«

»Jetzt ist nicht der richtige Zeitpunkt, um eine große Entscheidung wie diese zu ...«

»Jetzt ist *sehr wohl* der richtige Zeitpunkt, Naomi! Verdammt, ich habe es satt zu warten. Seit fast einem Jahr hängt dieses Damoklesschwert über mir. Was immer in den nächsten Tagen geschieht, ich möchte, dass diese Sache geklärt ist. Ich will nicht ständig Unsicherheit spüren müssen. Und falls mir etwas zustößt, dann hätte ich diese Sache gerne geregelt, bevor ich ... Ich will es einfach wissen, Babe. Ich will es einfach wissen.«

Naomi steigt vom Bett und geht zu ihm. Sie nimmt seine Hände.

»Ich werde dich immer lieben, Key. Aber ...«

Er lacht höhnisch und lässt den Kopf hängen. »Toller Anfang ...«

»Aber als Paar empfinde ich nicht mehr so wie früher. Es tut mir leid. Ich habe es versucht. Ich habe versucht, die Gefühle in mir neu zu erwecken. Aber sie sind nicht mehr in mir.«

»Was hat sich verändert?«

Sie setzt zu einer Antwort an.

»Warte«, sagt er. »Ich weiß es.« Er lässt ihre Hände los. »Falls ich es könnte, würde ich jenen Tag ungeschehen machen.«

Sie spürt, wie ihr Tränen in die Augen steigen. »Ich auch.«

Er geht zum Bett zurück und lässt sich darauf fallen, sie bleibt stehen, betrachtet ihn. Sie hält die Tränen zurück, wischt die eine weg, die ihr entfleucht ist.

»Ich habe es dich nie gefragt, Key ... In all der Zeit habe ich nicht gefragt, weil ich wusste, dass jeder dir diese Frage stellte, und ich nicht wollte, dass du dich vor mir verteidigen musst. Aber wie ist es passiert? Wie konntest du das tun? Wie konntest du diesen Jungen erschießen?«

»Man erzählt uns, dass der Strip die Lebensader der Stadt ist«, sagt er. »Die Touristen und Geschäftsleute sind das Lebensblut. Und unsere primäre Aufgabe bestand darin, zu gewährleisten, dass es ungehindert fließen kann. Leute, die nicht an den Strip gehören, sollen fernbleiben, dort, wo sie den Kreislauf des Geldes nicht stören können. Mit unserem Auftreten sollten wir sicherstellen, dass sie wissen, wo sie hingehören.«

»Wer sind *sie?*«

»Muss ich dir das noch sagen? Du weißt doch, wen ich meine.«

»Doch. Sprich es aus. Wer sind *sie?*«

»Schwarze, Dunkelhäutige, Arme. Sie sollen wissen, wer in der Stadt das Sagen hat. Sie sollen davor zurückschrecken, die Ordnung der Dinge infrage zu stellen. Und vor allem sollen sie wissen, wo sie *nicht* hingehören. Ganz gleich, wie schlimm die Zustände in bestimmten Vierteln sind, die Touristen sollen herkommen und sich am Strip und den umliegenden Straßen absolut sicher fühlen können. Wir machen die Stadt nicht sicherer, wir schotten bestimmte Bereiche voneinander ab.«

»Und wenn sich jemand nicht fügt, erschießt ihr ihn?«

»So ist es nicht. Niemand sagt uns: ›Knallt sie ab.‹ Aber man bekommt beigebracht, dass man jemanden, der eine Bedrohung für einen selbst oder für einen anderen darstellt, niederschießt, ja. Und man hat dieses Autoritätsmandat, man darf die Leute einschüchtern. Nach einer Weile ist es ganz normal. Man steht immer unter Beobachtung. Durch andere Cops, meine ich, durch Kollegen. Man muss immer taff erscheinen. Darf sich von niemandem blöd kommen lassen. Alles zusammengenommen ist es so: Jemand hört nicht auf dich, macht dich sauer, missachtet deine Anweisungen – und schon stellt er eine Bedrohung für das Lebensblut der Stadt dar. Vielleicht sogar eine Bedrohung für einen selbst und den Partner. Und das war's. Man nimmt ihm das Leben.«

Er steigt vom Bett und geht zum Fenster. Er zieht den Vorhang auf und lässt das Licht des anbrechenden Tages herein. »Ich kann verstehen, dass du mich verlässt«, sagt er, ihr den Rücken zugewandt. »Ich erkenne mich ja selbst kaum wieder.«

Sie schließt die Augen, Tränen quellen heraus. Sie weint um ihn, um sich selbst, um ihre gescheiterte Ehe, um Antoine und was aus ihm geworden ist und um ihren zerstörten Traum, dass ihr früherer Freundeskreis wieder zueinanderfinden würde. Alles lief völlig schief. Sie öffnet die Augen, und Keenan steht vor ihr, hält sie, küsst sie, wischt ihre Tränen fort. Sie schmiegt sich in seine Arme, genießt seine Berührungen und seinen vertrauten Duft, in dem Wissen, dass es das letzte Mal sein könnte.

6

05:06 UHR

Captain Shaw führt den ersten Zug nach draußen, hinter den Stacheldrahtwall am Südrand des Geländes. Der zweite und dritte Zug halten drinnen die Stellung und geben ihnen Feuerschutz. Durch Staub und Rauch bahnen Tyron und seine Männer sich ihren Weg.

Er mag den Geruch. Er hat nie im Leben geraucht, kein einziges Mal. Keine einzige Zigarette, keinen einzigen Joint. Aber der Geruch von Rauch und Feuer ... Vielleicht ist er für den Irak geboren, denn dies ist in der Tat ein brennendes Land, eine Nation in Flammen. Sie verbrennen ihren Müll. Auf ihren Märkten lassen sie Bomben hochgehen. Der beißende brennende Rauchgeruch, der das gesamte Land erfüllt und den die meisten amerikanischen Soldaten so hassen, dass sie am liebsten sofort verschwinden würden, um wieder klare Luft atmen zu können, dieser Geruch wurde Captain Shaws heimliches Laster. Er inhaliert ihn. Spürt, wie die ölige Schwärze in seine Lunge eindringt. Weil es so gut riecht. Und weil es verdichtete Zerstörung und Tod ist. Es ist das, was aus dem Irak geworden ist. Was aus ihm, Tyron, geworden ist.

Er beobachtet, wie seine Männer auf das staubige Feld zurobben, wo der Feind sein panzerbrechendes Geschütz in Stellung bringt. Er beobachtet Gruppenführer Lieutenant Lake, der jedes Mal aufschaut, wenn über ihm eine Explosion aufblitzt. Dieses Gefecht könnte sich bis zum Vormittag hinziehen. Es könnte den ganzen Tag dauern, bis morgen gar. Tyron schnaubt. Für die Iraker könnte dieses Gefecht auch noch eine ganze Generation lang weitergehen, oder noch länger. Aber er muss sich heute Nacht nur um seine eigenen Männer Gedanken machen. Die Schlacht wird lang, er will verhindern, dass die Furcht sie zermürbt.

Er weiß, dass sie tapfer sind und im entscheidenden Moment nicht zögern, aber er erkennt ihre Anspannung. Ihren Schock über das Ausmaß dieser Schlacht. Ihnen dämmert, dass dies kein Hinterhalt für einen Konvoi ist; der Feind ist hier, um jeden Einzelnen von ihnen zu töten.

»Anhalten«, sagt er, und sein Befehl wird von Mann zu Mann weitergegeben.

Am Rand des Felds ducken sie sich hinter den Überresten eines zerbombten Gebäudes. Tyron malt seine geplante Angriffstaktik mit dem Finger in den Sand. »Ich will den ganzen Weg über Rauchbomben«, sagt er zu Lake. »Eine Gruppe dort, Feuerschutz. Eine dort, Rauch. Eine Gruppe folgt mir, Feindkontakt.«

»Sie sind die Speerspitze, Sir?«

Er hofft, dass Lake sein breites Grinsen sieht. »Aye aye, Lieutenant.«

In wallende Rauchschwaden gehüllt, kriecht Tyron durch einen stinkenden Graben; vor sich hört er das Rattern der Kalaschnikows, gefolgt vom Präzisionsfeuer der Marines. Ein Adrenalinstoß jagt durch seinen Körper, als er nach der Handgranate greift. Das Glück ist mit den Tapferen, Motherfucker, rezitiert er im Kopf. Er schleicht näher heran. Ein plötzlicher Windstoß zerreißt die Rauchschwaden vor ihm, und er sieht die Angreifer aufgereiht am Graben liegen. Sie sehen ihn auch und nehmen ihn unter Feuer. Er wirft sich hin, hört, wie die Kugeln über ihn hinwegpfeifen, spürt den aufwirbelnden Sand der Kugeln, die vor ihm im Boden einschlagen. Der Wind flaut ab und der Rauch wird wieder dichter. Er zieht den Stift aus der Granate, erhebt sich auf die Knie und schleudert den eiförmigen Sprengkörper durch die Luft. Gesicht wieder auf den Boden. Aufgeregte Stimmen vor ihm, gemischt mit Schüssen. Dann eine Detonation.

Der Himmel reißt auseinander. Eine Druckwelle rast durch den Graben, treibt Rauch, Abfall und Schrappnel vor sich her. Die Welle jagt über ihn hinweg. Einen Sekundenbruchteil später ertönt in westlicher Richtung ein ohrenbetäubender Knall.

Er springt auf, wischt sich über das Gesicht und nimmt seine Umgebung in Augenschein. Seine Granate hat die selbst gebauten Panzerbrecher alle auf einmal hochgehen lassen. Dabei sind mehrere riesige Metallscheiben durch die Luft geflogen und in den oberen Mauerteil ihres Gefechtspostens gekracht, haben diverse Löcher und jede Menge Schutt verursacht. Von seinen Männern sollte keiner verletzt worden sein; er hatte Lake eine Funkmeldung durchgeben lassen, dass die Ostseite des Gefechtspostens geräumt werden müsse. Was die schwer bewaffneten Angreifer betrifft, von denen sind nur noch einzele Körperteile übrig, die man kaum von all dem Unrat im Graben unterscheiden kann.

Mit klirrenden Ohren, benommenem Hirn und vom Würgen verschnürter Kehle wendet Tyron sich zu seinen Männern um. »Gesichert«, sagt er.

Tyrons Handywecker klingelt. Er schlägt die Augen auf und stämmt sich auf der Couch hoch. Blinzelnd schaut er auf das Telefon und erinnert sich, letzte Nacht den Wecker gestellt zu haben, jetzt nur noch eine ferne Erinnerung. Er fühlt sich immer noch betrunken. Für den Moment erfüllt es ihn mit einer Art aufgedrehter Energie, doch er weiß, dass der Absturz kommen wird.

Auf dem Display stehen zwei nicht entgegengenommene Anrufe von Keenan. Warum hat Keenan ihn so spät noch angerufen? Er kann sich nicht erinnern, ob er die Anrufe ignoriert hat, als es klingelte, oder ob er sie gar nicht bemerkt hat.

Noch total unter Strom wegen des Bagdad-Traums, geht er ins Bad, steigt aus den Klamotten und stellt sich unter die Dusche, lässt sich eiskaltes Wasser ins Gesicht prasseln. Schon jetzt kommt die letzte Nacht ihm vor, als wäre sie ewig her. Im Traum hat er wieder das Gefecht durchlebt, und er spürt noch immer das Kribbeln in sich, seinen Überlebensinstinkt. Er ist angesprungen – nur wegen eines Traums? Er beugt sich hinunter und lässt das eisige Wasser in den Nacken prasseln. Während der tatsächlichen Schlacht war er jedenfalls um einiges ruhiger, als er es jetzt ist.

Ich muss weg hier, denkt er. Irgendwohin, wo es feucht ist und kühl und grün. Wo mich niemand kennt. Wo ich von vorn anfangen kann.

Keenans Anrufe tragen auch nicht dazu bei, dass sich sein Herzschlag beruhigt. Naomi muss ihm von dem Kuss erzählt haben.

Was für ein Fehler. Unehrenhaft. Illoyal. Nicht der Mann, der Tyron zu sein versucht. Doch trotz seines schlechten Gewissens muss er ständig an den Kuss denken. Verdammt, er fühlt sich einfach glücklich in Naomis Gegenwart.

Er versucht sich zu erinnern, was ihn seinerzeit dazu bewog, sie zu verlassen und ins Corps einzutreten. Jene Tage kehren zurück: der Verlust, die Ungewissheit und die Einsamkeit nach dem Tod seiner Eltern. Selbst fünf Jahre später hatte er sich noch hilflos gefühlt, und der Gedanke, nicht mehr an der Uni zu sein, nicht mehr im Leichtathletikteam, diese Strukturen und Unterstützung zu verlieren, machte ihm Angst. Naomi konnte er nicht all seine Bedürfnisse aufbürden, doch leugnen, dass er diese Bedürfnisse hatte, konnte er auch nicht. Deshalb zog es ihn hinaus in eine Welt, die gänzlich aus Struktur, Unterstützung und Gemeinschaft bestand, erschaffen aus endlosen Zielen und Zielsetzungen, um ihn fortwährend zu beschäftigen.

Er brauchte die Marines. Und sie brauchten ihn. Die Marines bräuchten ihn noch immer, heute mehr denn je, solange Amerikas Kriege endlos sind und sich auf ewig multiplizieren. Er brauchte die Marines, aber er war nur willens gewesen, in den Militärdienst einzutreten, weil er tief im Innern wusste, dass er Naomi eines Tages zurückerobern würde. Wäre er damals zu der Erkenntnis gelangt, dass er sie für immer verlieren würde, ob er dann dieselbe Wahl getroffen hätte?

Es war nicht so, dass Keenan sich die Freundin seines besten Freunds geschnappt hätte – immerhin war er als Erster mit Naomi ausgegangen –, aber Tyron war überzeugt gewesen, dass Keenan sie während seiner Abwesenheit in Ruhe lassen würde, weil er wusste, wie viel sie ihm bedeutete.

Tyron dreht das Wasser ab. Er zieht sich schnell an, macht sich ein Sandwich und schlingt es hinunter. Er putzt sich die Zähne und verlässt das Apartment, hofft, Tara nicht geweckt zu haben. Er steigt die vier Treppen hinunter und tritt hinaus in das Morgengrauen.

Er kann Keenan nicht böse sein. Es wäre bescheuert von ihm gewesen, sich eine Frau wie Naomi entgehen zu lassen, nachdem Tyron von der Bildfläche verschwunden war. Und Key hat sie nie angebaggert, während Tyron mit Naomi zusammen war. Aber *du* hast es jetzt getan, denkt Tyron. Du hast sie angebaggert, während sie noch mit ihm verheiratet ist. Dadurch hast du ein gewisses Maß deiner Ehre verloren.

Ihm wird mulmig, wenn er an Keenans nächsten Anruf denkt.

Tyron kommt an einem leeren Grundstück vorbei, von dem aus er sieht, wie im Osten hinter einem Bergrücken die Sonne hochsteigt. Der gesamte Rand des sandfarbenen Gipfels ist schwarz, dahinter brennendes Gold. Er erinnert sich an frühmorgendliche Patrouillenfahrten im Irak. Wenn es etwas wirklich Schönes in der Wüste gibt – sei es hier oder im Mittleren Osten –, dann sind es die Sonnenaufgänge.

Er geht weiter. Der Sonnenaufgang wird verdeckt von Apartmentkomplexen und kleinen einstöckigen Häusern hinter Maschendrahtzäunen. Die Straßen sind still. So früh an einem Sonntagmorgen ist niemand außer ihm unterwegs.

Er überquert eine Verkehrsstraße, auf der es keinen Verkehr gibt, und erblickt in einiger Entfernung einen Coyoten. Das Tier sieht ihn an, während es auf dem Asphalt auf ihn zutapst. Es scheint ihm fast zuzunicken, Jägerkollegen im Morgengrauen. Dann verschwindet der Coyote hinter einer Kirche, und Tyron fragt sich, ob er sich das Ganze wohl nur eingebildet hat.

Er schaut aufs Handy und sieht, dass er früh dran ist, deshalb verlangsamt er seine Schritte.

Zehn Minuten später steht er um Punkt sechs vor Marlons Haustür.

7

06:00 UHR

»Tyron, komm rein.« Marlon schaut rechts und links die Straße hinunter, und sobald Tyron im Haus ist, schließt er eilig die Tür. »Kam dir unterwegs irgendjemand verdächtig vor?«

Tyron überrascht die Frage. »Ich habe keine Menschenseele gesehen. Ob verdächtig oder unverdächtig.«

Tyron verriegelt das Schloss und hängt die Kette ein. »Hier lang«, sagt er.

Es ist stockdunkel in dem kleinen Haus, kein Licht brennt, die Vorhänge sind zugezogen. Marlon führt Tyron durch einen schmalen Flur in den hinteren Teil des Hauses, wo eine Holztreppe in den Keller hinabführt. Die Stufen knarren, während die Männer hinabsteigen. Marlon schaltet die beiden Deckenlampen ein, die brummen wie ein Hummelpaar und eine Werkstatt mit Betonfußboden erleuchten. An den Wänden stehen Regale und Schränke. Dazwischen hängen, sauber aufgereiht, die verschiedensten Werkzeuge an Holzdübeln. Die Mitte des Raumes nehmen Arbeitstische und eine Werkbank ein, in einer Ecke stehen ein alter kastenartiger Fernseher, eine verschlissene graue Couch und zwei Klappstühle.

Marlon schaltet eine Motorsäge ein, deren Knattern schrill von den Wänden widerhallt, dann bedeutet er Tyron, sich auf die Couch zu setzen, und zieht seinerseits einen Stuhl heran. Tyron findet all das höchst sonderbar; er hofft, dass man es ihm nicht ansieht.

»Tut mir leid, all das hier, junger Bruder.« Marlon deutet vage auf die Säge und den Keller im Allgemeinen. Er spricht gerade laut genug, dass Tyron ihn versteht, doch weiter entfernt übertönt das Knattern der Säge seine Worte. »Ich erkläre es dir gleich. Aber als Erstes, hast du gehört, was dein Freund Antoine Deco letzte Nacht getan hat?«

»Na klar, ich habe den Kampf gesehen«, sagt Tyron und versucht in derselben Lautstärke wie Marlon zu reden.

Marlon zieht die tief liegenden Augen zusammen und mustert Tyron eindringlich. »Also hast du es nicht gehört«, sagt er. »Nach dem Kampf hat Deco zwei Leute umgebracht. Zumindest behauptet das die Polizei.«

Tyron muss lachen. »Das ist nicht Ihr Ernst, oder?«

Marlon nickt. »Niemand kann es glauben. Es wird eine ganze Weile die landesweiten Nachrichten beherrschen. Nicht nur die Sportnachrichten.«

Tyron starrt Marlon an. Er zweifelt keine Sekunde an dessen Aufrichtigkeit, kann es aber trotzdem nicht glauben. Marlon schaltet den Fernseher ein, um es ihm zu beweisen. Tyron muss nicht darum bitten, die Säge abzustellen, damit er etwas versteht: Auf dem Bildschirm sieht man in Großaufnahme Antoines Gesicht, darunter steht »Hat 2 Menschen getötet: Norman Bashinsky, Raymond Monk.« Dann sieht man eine kurze Sequenz aus dem Kampf gegen Konitsyn, danach ein altes Polizeifoto von Antoine. Marlon schaltet den Fernseher wieder aus.

»Wann?«, fragt Tyron, der kaum seine Stimme findet.

»Nach dem Kampf, in seinem Umkleideraum. Der Casinobesitzer und sein Sicherheitschef kamen zu ihm, um ihm zu seinem Sieg zu gratulieren, und Deco hat sie totgeschlagen.«

Tyron stellt sich das Szenario vor. Und wenn er es sich recht überlegt, dann muss er zugeben, dass er Antoine die Tat durchaus zutraut. »Warum?«

»Alle sagen, Deco sei durchgedreht. Die Polizei, die Medien. ›Kultur der Gewalt‹ ist der Begriff, den alle verwenden. Sie sagen, sein Vater sei vor dessen Ermordung ein Verbrecher gewesen und dass auch Antoine ein Verbrecher gewesen sei, bevor er Boxer wurde. Sie sagen, die Schläge, die er während des Kampfes einstecken musste, hätten ihn durchdrehen lassen, hätten ihn psychotisch werden lassen, sodass er die ersten Leute, mit denen er allein war, kurzerhand umgebracht habe. Absoluter Schwachsinn.«

Tyron fallen die sonderbaren Dinge ein, die Antoine gestern zu ihm gesagt hat. Dass sie Brüder seien und dass Tyron auf ihn aufpassen solle, falls irgendeine Scheiße abgehe. Er wusste, was geschehen würde. Er hatte das Ganze geplant.

»Was denkst du?«, fragt Marlon.

»Ich bin Antoine gestern begegnet. Er hat sich sonderbar verhalten. Hat seltsames Zeug erzählt.«

Marlon spürt seine Zurückhaltung und sagt: »Du musst es mir nicht erzählen, falls du nicht möchtest. Es geht mich eigentlich nichts an.«

Tyron will ihm schon eröffnen, dass Antoine die Morde geplant hat, aber dann fällt ihm ein, dass Antoine seine Eltern erwähnt hat, und beschließt, vorerst den Mund zu halten. »Vielleicht ein anderes Mal.«

Marlon nickt knapp. »Tut mir leid, dass ich dich so früh herbestellt habe, aber ich muss zum Startpunkt des Marsches, bevor es richtig losgeht, und wollte davor unter vier Augen mit dir reden.«

»Kein Problem.«

»Sieht aus, als hättest du eine lange Nacht hinter dir.«

»Ja.«

Marlon verzieht das Gesicht.

»Ich trinke nie, Marlon. Letzte Nacht war eine Ausnahme.«

»Das ist gut. Das ist gut.«

»Was hat es mit der Säge auf sich, Marlon? Glauben Sie, Sie werden abgehört?«

Marlon blickt durch den Keller. »Könnte sein. Tyron, ich glaube, ich werde verfolgt.«

Marlon macht eine Pause, um die Bedeutung seiner Worte zu unterstreichen. Tyron ist es durchaus recht, denn er braucht Zeit, um das Ganze zu verdauen. Naomi will sich scheiden lassen, Keenan könnte ihm an den Kragen wollen, Antoine ist ein Mörder, und jetzt wird Marlon verfolgt. All das stürzt auf ihn ein, während sein Hirn noch butterweich ist und ihm die Säge in den Ohren dröhnt.

»Ich weiß nicht, wer sie sind«, kommt Marlon Tyrons nächster Frage zuvor. »Ehrlich gesagt, habe ich keine stichhaltigen Beweise. Aber ich spüre es. Fremde Autos stehen am Ende der Straße herum. Vans parken vor dem Haus. Wenn ich zu Fuß unterwegs bin, bemerke ich jemanden am Rand meines Blickfelds. Dann drehe ich mich um, und es ist zu spät, sie sind verschwunden, aber ich spüre ihre Blicke im Rücken. Ich spüre, wie sie das Haus beobachten. Ich verlasse es nur ungern, weil sie einbrechen und sonst was anstellen könnten. Vielleicht sind sie schon eingebrochen.« Mit einer Kopfbewegung deutet er auf die knatternde Säge. »Vorsichtsmaßnahme.«

Tyron sieht Marlon an und nickt, versucht seine Skepsis zu verbergen.

»Hast du irgendwelche Waffen?«, fragt Marlon.

»Waffen?«

»Ja, ich habe meine entsorgt, damit sie nichts haben, was sie gegen mich verwenden könnten. Verstehst du, sobald sie eine Möglichkeit erkennen, würden sie etwas gegen mich zusammenspinnen. Wir müssen perfekt sein, denn sie werden uns in jeder sich bietenden Weise verleumden, um unsere Sache zu delegitimieren. Deshalb habe ich meine Waffen entsorgt. Aber ich weiß, dass irgendetwas kommen wird, Bruder, und darauf muss ich vorbereitet sein.«

Tyron ist sich jetzt fast sicher, dass der Mann paranoid ist. »Ich besitze keine Waffen, Marlon. Meine haben alle den Marines gehört. Ich habe sie abgegeben, als ich aus dem Corps ausschied.«

Marlon macht ein mürrisches Gesicht. »Auch gut. Ich kriege das schon irgendwie hin.«

»Falls ich Ihnen anders behilflich sein kann …«

»Ich weiß, junger Bruder.«

Marlon ballt seine schaufelgroße Hand zur Faust und boxt Tyron freundschaftlich gegen die Schulter.

»Eine Sache noch. Die Demonstration beginnt in wenigen Stunden. Ich weiß, dass du deinen alten Freund nicht hintergehen willst. Aber ich möchte klarstellen, dass dies kein Protest gegen Keenan Quinn ist. Es geht nicht um Gerechtigkeit für ein oder zwei Leute. Es geht nicht darum, spezifische Individuen abzustrafen wegen der systematischen Unterdrückung, der wir ausgesetzt sind. Verstehst du? Hierbei geht es darum, institutionalisierten Rassismus zu bekämpfen. Es beginnt damit, den polizeilichen Terrorismus in schwarzen Nachbarschaften aufzudecken und zu beenden, aber die Bewegung besitzt das Potenzial, noch vieles mehr anzugehen. Wohnverhältnisse, Bildung, Arbeitsplätze – alles Dinge, für die wir schon so lange kämpfen. Jetzt können wir uns endlich mit Macht zu Wort melden. Die Black-Lives-Matter-Bewegung hat die Leute aufgeweckt und ein Maß an Energie freigesetzt, das wir seit Jahrzehnten nicht erlebt haben. Ihr scharfer Fokus auf Polizeigewalt gibt uns ein einzelnes Thema, gegen das wir protestieren können, aber danach können wir unsere Proteste auf viel breitere Themenfelder ausweiten – und sogar die fundamentale Ungleichheit im Herzen des Kapitalismus herausfordern, und zwar für alle Menschen, nicht nur für die schwarze Gemeinde. Wenn wir die Sache weit genug vorantreiben, könnte es wirkliche Veränderungen geben. Nicht nur Lippenbekenntnisse zu einer behaupteten farbenblinden Gesellschaft, die uns letztlich weiterhin unserer Rechte beraubt, sondern echte Veränderungen. Grundlegende soziale Neuerungen. Der Zeitpunkt dafür ist jetzt, junger Bruder, und wir brauchen *jeden.*«

Marlons Worte erinnern Tyron an die Gespräche, die seine Eltern miteinander führten, als er jung war. Sie waren längst nicht so eindringlich wie Marlons jetzige Äußerungen, aber behandelten ähnliche Themen. Wenn seine Eltern merkten, dass er ihnen zuhörte, bezogen sie ihn mit ein in ihre Diskussionen, fragten ihn nach seiner Meinung. Und nachdem Antoine eingezogen war, bezogen sie auch ihn mit ein. Anfangs waren die Jungen schüchtern, ja fast eingeschüchtert wegen der ernsten Themen. Aber die Shaws redeten ihnen gut zu und ermutigten sie, sich Gedanken zu machen, und schließlich gaben die Jungen einfache Antworten, abgeleitet von Dingen, die sie andere hatten sagen hören – bessere Schulen, weniger Drogen, weniger Waffen –, und die Erwachsenen lobten sie für ihre Äußerungen. Und schließlich fragte Viola Shaw die beiden, wie sie denn die gewünschten Veränderungen herbeiführen würden, und die Jungen sahen sich dann immer nur hilflos an und drucksten herum. Dann lachte Viola und sagte: »Keine Sorge, euer Vater und ich wissen auch keine Antwort darauf. Wir arbeiten daran. Die Frage des Wie ist noch nicht beantwortet.«

Tyrons Augen klaren aus seinen Erinnerungen auf, und er sagt: »Sie haben recht, Marlon. Ich werde kommen.«

8

07:19 UHR

Keenan klingelt an Sergeant Brian Fitzgeralds Haustür, der ein Freund ist seit ihrer gemeinsamen Zeit an der Polizeischule, und zwar ein verlässlicher Freund. Verlässlicher, als ich selbst ihm gegenüber war, denkt Keenan mit Bedauern. Niemand kommt an die Tür und er klingelt erneut. Es ist bereits ziemlich warm. Und gleißend hell. Es wird ein drückend heißer Tag werden.

Der Vorhang hinterm Fenster öffnet sich einen Spaltbreit, ein Augenpaar schaut heraus. Als sie Keenan erblicken, ziehen die Augen sich zusammen. Die Tür geht auf. Fitz, in T-Shirt und kurzer Hose, tritt heraus und schließt die Tür hinter sich. Er ist barfuß.

»Keenan, was tust du hier? Bisschen früh für einen Überraschungsbesuch.«

»Tut mir leid. Du bist nicht ans Telefon gegangen.«

»Ja, weil es Sonntagmorgen ist. Meine Frau flippt aus.«

»Fitz, du musst mir einen Gefallen tun.«

»Jetzt?«

»Es kann nicht warten.«

Seit ihrer letzten Begegnung hat Fitz um die Hüften herum deutlich zugelegt. Er hat einen gepflegten Bart und ein offenes freundliches Gesicht, das wenn nötig hart werden kann. Genau das geschieht nun, aber dann, nachdem er Keenans zerrupftes Äußeres betrachtet hat, öffnet er die Tür hinter sich. Mit ernster, aber teilnahmsvoller Miene bittet er Keenan herein.

Nach der Hitze draußen kommt es ihm im Haus eiskalt vor; für Keenans Geschmack ist die Klimaanlage zu weit runtergedreht. Fitz' Frau Jessica kommt halb die Treppe herunter, die Arme verschränkt. Sie hat glänzendes schwarzes Haar und volle Lippen, und auch sie hat nach der Geburt ihres Kinds vor fünfzehn Monaten einige Kilo zugelegt, was jedoch gut zu ihrer ohnehin üppigen Figur passt. Jess und Keenan haben einige unschickliche Momente miteinander gehabt, als sie seinerzeit alle auf ein paar Drinks miteinander ausgegangen waren. Und einige noch unschicklichere Momente hier im Haus, während Fitz auf der Arbeit war. Fitz hat nie davon erfahren.

»Keenan«, sagt sie, weiterhin mit verschränkten Armen. »Es ist früh.«

»Tut mir leid, Jess. Ich stecke in einer Art Krise.«

»Ist ja mal was Neues«, sagt sie mit gehobener Augenbraue und einem ironischen Lächeln.

Keenan verzieht das müde Gesicht. »Wird mir langsam zur Gewohnheit.«

Sie steigt die restlichen Stufen herunter. »Kaffee?«

»Gern. Schwarz.«

»Und du?«, fragt sie ihren Mann.

Fitz sieht Keenan an, versucht das Maß an Schwierigkeiten abzuschätzen, das sein Freund auf ihn abladen wird. »Das Gleiche, Darling.« Die Schätzung fiel wohl hoch aus.

Sie verschwindet in die Küche, und erneut lässt Fitz seinen Blick über Keenan wandern. »Scheiße, Mann, hast du letzte Nacht überhaupt ein Auge zugetan?«

»Vielleicht für eine Stunde.«

Fitz führt Keenan ins Wohnzimmer, wo sie sich in Ruhe unterhalten können.

»Ich brauche die Akte über einen Mord vor zwanzig Jahren. Das Mordopfer hieß Raul Deco.«

»Ich kann dir keine Akten geben, Keenan. Du bist aus dem Dienst ausgeschieden.«

»Dann sieh du dir die Akte an und erzähl mir, was drin steht.«

»Worum geht es denn eigentlich?«

»Darauf kann ich jetzt nicht eingehen. Vertrau mir einfach, wenn ich dir sage, dass ich rausfinden muss, wer Raul Deco ermordet hat.«

Fitz schaut zu Keenan auf, hält seinem Blick stand, während er die Situation einzuschätzen versucht. Dann blickt er um sich, scheint plötzlich Unbehagen darüber zu empfinden, dass ein solches Gespräch in seinen eigenen vier Wänden stattfindet. Er führt Keenan zu den gläsernen Schiebetüren und hinaus auf die Terrasse. Sobald sie draußen sind, wirkt Fitz weniger wie ein Familienmensch und mehr wie ein Cop.

»Keenan, wenn ich für dich ein Risiko eingehen soll, musst du mir schon irgendetwas anbieten.«

»Weißt du, wer Antoine Deco ist?«

Fitz schüttelt den Kopf. »Sollte ich?«

»Du bist kein Boxfan, oder?«

»Nein.«

Keenan beschließt, dass Zweckmäßigkeit wichtiger ist als Geheimniskrämerei. Irgendjemandem bei der Polizei muss er vertrauen, falls er Antworten finden will, und es gibt niemanden, dem er mehr vertrauen könnte als Brian Fitzgerald. Er gibt ihm einen schnellen Überblick über die Geschehnisse, lässt nur den vorsätzlichen Mord an den Shaws aus.

»Wo ist dein Vater jetzt?«, fragt Fitz.

»Naomi ist bei ihm und meiner Mutter. Sie suchen ein Hotel.«

»Dann sollte er vorerst in Sicherheit sein, zumindest für ein paar Tage, selbst wenn Antoine es auf ihn abgesehen haben sollte.«

»Denk ich auch. Ich weiß es aber nicht.«

Plötzlich spürt Keenan stechende Kopfschmerzen hinter

den Augen und kneift sie zu. Die Schmerzen verschwinden so plötzlich, wie sie gekommen sind; er atmet tief durch und reibt sich die Augen. Fitz sieht ihn besorgt an.

»Ich glaube, das ist alles ein bisschen viel für dich. Fahr zu deiner Frau und deinen Eltern ins Hotel. Ruh dich aus. Ich kümmere mich um die Sache.«

Als er die Worte hört, bricht Keenan vor Erleichterung, Erschöpfung und Dankbarkeit fast zusammen. Er legt Fitz eine Hand auf die Schulter, halb, um ihm zu danken, halb, um sich auf den Beinen zu halten. Das beruhigende Gefühl, endlich einen Verbündeten zu haben, ist so überwältigend, dass er Fitz nun alles erzählt; halbe Sachen zu machen ergibt einfach keinen Sinn. Im Zweifelsfall hat er sich ohnehin schon um Kopf und Kragen geredet, falls Fitz zu Bashinskys Leuten gehören sollte. Da kann er ihm auch gleich alle Munition liefern, die es gibt, und muss eben hoffen, dass sein Freund damit auf das richtige Ziel schießt. »Es gibt noch einen weiteren Mord, der untersucht werden muss. Einen Doppelmord vor sechzehn Jahren.«

Keenan erzählt Fitz, wer die Shaws waren, welche Arbeit sie geleistet haben, was über ihren Tod berichtet wurde und was er damals in der Boxhalle bei dem Gespräch zwischen seinem Vater und Terrence Shaw mitgehört hat. Jess unerbricht sie irgendwann, als sie ihnen Kaffee auf die Terrasse bringt und zu Keenan sagt: »Wirf mal einen Blick auf Anna, wenn ihr fertig seid. Das letzte Mal hast du sie als Neugeborene gesehen.«

Als Keenan seine Geschichte schließlich zu Ende erzählt hat, sagt Fitz: »Das sind schwerwiegende Anschuldigungen. Politische Morde verübt von diensthabenden Polizisten.« Nachdenklich streicht er sich über den Bart, in der anderen Hand den Kaffeebecher. »Hast du jemandem davon erzählt? Ich meine, außer mir? Fischer? Miles?«

Keenan schüttelt den Kopf. »Nur dir.«

»Gut. Erzähl niemandem davon, Keenan.« Fitz trinkt einen Schluck Kaffee. »Das könnte eine Weile dauern.«

»Wir haben keine Zeit. Antoine ist hinter jemandem her, der ein Cop war – oder immer noch ist. Falls es sich nicht um meinen Dad handelt, dann um jemand anderen. Er wird wieder töten, wenn wir ihn nicht aufhalten.«

»Wir werden diejenigen sein, die man umbringt, falls wir über etwas stolpern, das wir nicht herausfinden sollen. Ich weiß, dass du es eilig hast, weil du die Situation als schlimm empfindest, aber sie könnte noch viel schlimmer werden. Nicht nur für deinen alten Herrn. Für dich, für mich, für unsere Familien. Ich werde dir helfen, aber auf meine Art. Willst du meine Hilfe trotzdem?«

Keenan schluckt. »Ja. Natürlich, Fitz.«

»Gut. Denn ich bin interessiert. Ich mag keine korrupten Cops.«

»Deshalb habe ich mich an dich gewendet.«

»Das ist der Grund? Nicht, weil du niemand anderen kennst?«

Fitz bedenkt ihn mit einem schiefen Lächeln, das Keenan erwidert.

»So oder so, Fitz, ich danke dir. Ich kann gar nicht ausdrücken, wie dankbar ich dir bin.«

Sie reichen sich die Hand, und Fitz sagt: »Schon gut. Du bist Jess und mir immer ein guter Freund gewesen.«

Plötzlich hat Keenan ein Bild vor Augen: Fitz' nackte Frau unter ihm im Bett. Unbehaglich verlagert er das Gewicht von einem Bein aufs andere. »Danke.«

»Ich werde zum Revier fahren müssen. Aber erst mal überprüfe ich ein paar Sachen auf dem Computer. Versuche dich zu entspannen. Und sieh dir mein kleines Mädchen an. Okay?«

»Okay.«

Oben im Kinderzimmer krabbelt Anna auf Keenans Schoß, als er sich auf den Boden setzt, während Jess stehenbleibt und mit der Schulter an der babyblauen Wand lehnt, die Arme immer noch verschränkt. »Sie mag dich«, sagt sie.

»Sie ist ein wunderschönes kleines Mädchen.«

Keenan sagt es nicht nur aus Höflichkeit. Anna ist ein niedliches knuddeliges Kind mit großen ausdrucksvollen braunen Augen. Sie greift nach Keenans Mund und zieht an seiner Unterlippe wie ein Kletterer, der einen Haltegriff findet. Er hebt sie hoch und legt sie sich an die Schulter. Ihre Wärme und Weichheit beleben ihn mehr als der Kaffee, und als er ihre weiche Wange an seinen roten Bartstoppeln spürt, vergisst er für einige Augenblicke Antoine, seinen Vater und Naomi.

Er schaut zu Jess auf, Zufriedenheit in den Augen, zumindest für den Moment. Jess erwidert den Blick, genießt den Anblick der beiden.

»Magst du sie?«, fragt sie.

»Sehr sogar.«

»Das ist gut. Sie ist nämlich deins.«

Keenan gehen die Augen über. Er starrt Jess an, wartet auf den Witz, aber in ihrem Gesicht ist keine Heiterkeit. Er nimmt das Kind von der Schulter und hält es auf Armeslänge von sich, inspiziert es, wie er es mit einem Krebsgeschwür tun würde. Er kann keine Ähnlichkeit erkennen. Er blickt zu Jess auf.

Ihre vollen Lippen beben, ihre Mundwinkel heben sich, dann krümmt sie sich vor Lachen.

»Ist nicht lustig«, sagt er. »Nicht im Geringsten.«

»Doch, ist es.«

»Also ist sie nicht mein Kind?«

»Natürlich nicht. Wir haben Kondome benutzt, Blödmann.«

»Ach ja«, erinnert er sich.

Er steht auf und gibt ihr das Kind, das kein Quell der Freude mehr ist, sondern nur ein weiterer Stressfaktor an einem höllischen Tag.

»Ist kein guter Zeitpunkt, um so mit mir umzuspringen.«

Sie zuckt mit den Schultern, Anna in den Armen, und das Baby scheint seine Mutter nachzumachen, zuckt selbst ein wenig mit den Schultern, was, wie Keenan zugeben muss, total süß aussieht. »Lach ruhig auch mal, würde dir guttun«, sagt Jess.

»Mir ist gerade nicht zum Lachen zumute. Okay, Jess?«

Jess verzieht das Gesicht und stellt die Kleine auf den Boden, wo sie auf wackeligen Beinen zu ihrer Krippe watschelt und dann weiter zu ihren Spielsachen, vor denen sie sich kurzerhand auf den Boden plumpsen lässt.

»Wann schafft du und Naomi euch so einen kleinen Wonneproppen an?«

»Nie. Naomi verlässt mich.«

»Wirlich?«

»Yeah, es ist vorbei.«

»Hat sie dich endlich beim Fremdgehen erwischt?«

»Nein, das mache ich nicht mehr.«

Jess hebt die Augenbrauen. »Schon klar.«

»Echt nicht.«

»Das heißt, falls ich Fitz aus dem Haus schicke, würdest du mich nicht ins Schlafzimmer begleiten?«

»Ist das hypothetisch oder eine tatsächliche Option?«

Sie stupst ihn an. »Siehst du! Ich hab's gewusst.«

»Das war ein Scherz, nichts weiter.«

»Sicher.«

»Im Ernst. Ich mache so was wirklich nicht mehr.« Er überlegt einen Moment. »Obwohl es kein Fremdgehen mehr wäre. Naomi hat klargestellt, dass es vorbei ist.«

Jess runzelt die Stirn, und Keenan ahnt, dass er etwas übersehen hat.

»Ähm, du würdest Fitz betrügen«, sagt sie. »Vielleicht erinnerst du dich an ihn. Er ist der Mann, dessen Haus und Familie du gerade in Beschlag nimmst und den du anflehst, dir aus einer Notlage herauszuhelfen.«

»Ich hatte nicht die Absicht …«

Er gibt es auf und lehnt sich neben ihr an die Wand. Sein Körper ist ihm zu schwer geworden, als dass er ihn ohne Unterstützung weiter aufrecht halten könnte.

»Wenn es nicht am Fremdgehen lag, warum hat sie dann Schluss gemacht?«, fragt Jess.

»Aus demselben Grund, warum ich nicht mehr bei der Polizei bin.«

»Weil du den jungen Schwarzen erschossen hast?«

Er nickt.

»Das ist hart. Aber sie hat zum Teil auch schwarze Wurzeln, oder?«

»Ja.«

Jess macht »Hmm«, aber mehr äußert sie nicht dazu. Nach einigen Augenblicken des Schweigens fragt sie: »Geht es dir gut?«

»Quatsch. Überhaupt nicht. Ich habe meine Frau geliebt. Ich weiß, ich habe es nicht gezeigt, aber mir gefiel es, verheiratet zu sein.«

»Weißt du«, sagt Jess, »hättest du Naomi damals verlassen, als ich dich darum gebeten habe, dann hätte ich mich von Fitz getrennt.«

»Ich bereue eh schon jede Entscheidung, die ich je getroffen habe, aber die hatte ich völlig vergessen. Danke, dass du mich daran erinnerst, Jess. Das kann ich meiner schwarzen Liste hinzufügen.«

Sie lacht. »Komm her«, sagt sie.

Sie breitet die Arme aus, und er tritt heran, dann halten sie einander, ihr weicher Körper warm an seinem. Er schließt die Augen und atmet den Duft ihres Haars und ihres Halses ein, gemischt mit dem tröstlichen Babygeruch, der an ihr haftet. »Danke«, flüstert er ihr ins Ohr. Dann lässt er sie mit ihrem Kind allein und geht zu Fitz nach unten.

9

08:23 UHR

»Ist gar nicht so schlecht«, sagt Naomi, als sie das Hotelzimmer betreten.

Sie stellt die eilig gepackten Reisetaschen ihrer Schwiegereltern auf dem Teppichboden ab.

»Das ist das hässlichste Zimmer, das ich je gesehen habe«, erklärt Rosie Quinn.

Naomi nickt beipflichtend, aber lächelt trotzdem tapfer. »Leider können Bettler nicht wählerisch sein.«

»Dann bin ich jetzt also auch ein Bettler, nicht nur ein Feigling?«, sagt Craig Quinn.

»Was für Leute kommen in so ein Hotel?«, fragt Rosie, den Blick auf die rauchvergilbten beigefarbenen Vorhänge geheftet – der Zigarettengeruch im Zimmer ist unverkennbar.

»Spielsüchtige und Ehebrecher, würde ich meinen«, sagt Naomi, während sie ihre eigene Reisetasche von der Schulter streift. Sie zieht die Schublade der kleinen Kommode auf, die neben dem ersten der beiden Doppelbetten steht. Das der Tür nähere Bett ist besser, denkt sie. Dann muss Craig durchs ganze Zimmer gehen, wenn er nachts zu verschwinden versucht.

»Und Muschis, die vor ihrem eigenen Schatten Angst haben«, fügt Craig an.

»Craig!«

»Was? Das hält sie schon aus. Sie ist Basketballer. Was glaubst du wohl, worüber sie in der WNBA reden?« Er zwinkert Naomi lüstern zu, was diese ignoriert.

Ganz gleich, wie es hier aussieht, Naomi ist erleichtert, dass sie überhaupt ein Zimmer bekommen haben; es schien, als wäre

Samstagnacht jedes Hotel in der Stadt ausgebucht gewesen. Für einen Sonntags-Check-in waren sie viel zu früh dran, deshalb zahlten sie zu Craigs Missfallen zwei Nächte, um sofort einen Unterschlupf zu haben.

In der Tür zum Bad schlägt Rosie sich eine Hand vor den Mund. »Das Bad ist eine Frechheit.«

»Sieh dir meine Socken an«, sagt Craig. Er sitzt auf dem Bett und zeigt Naomi seine schmutzigen weißen Fußsohlen. »Ich bin nur zwei Mal durchs Zimmer gegangen. Es ist widerwärtig hier.«

»Dann lassen wir unsere Schuhe eben an«, sagt Naomi.

»Ich weiß nicht, ob ich hierbleiben kann.« Rosie wendet sich vom Bad ab. »Craig, nimm die Decke vom Bett. Die Gäste haben darauf Sex, und ich habe gehört, dass man in diesen Hotels nur die Laken wechselt.«

Craig zuckt zusammen und verzieht angewidert das Gesicht, dann merkt er, dass Naomi ihn beobachtet, und gibt sich nonchalant, verdreht die Augen über seine aufgebrachte Frau. Naomi runzelt die Stirn.

»Wirklich, Naomi, hier kann ich nicht bleiben«, sagt Rosie. »Können wir kein anderes Hotel suchen?«

»Doch, du kannst es. Und nein, können wir nicht. Du kannst hierbleiben. Wir alle können es. Es wird schon irgendwie gehen.« Naomi fährt sich mit den Händen durchs Haar, versucht die Fassung zu wahren. »Sollen wir etwas essen? Ich habe jede Menge Zeug mitgebracht. Wir futtern etwas, schauen fern. Dann sind wir ein bisschen entspannter und ruhen uns aus, holen den verlorenen Schlaf nach.«

»Ich kann morgens nicht schlafen«, brummt Craig.

Rosie inspiziert weiterhin jeden Quadratzentimeter des Zimmers. »Ich habe keinen Appetit.«

»Ich bin zwar Pensionär, aber ich bin kein Penner.«

»Hab's kapiert, Craig, du willst nicht schlafen«, sagt Naomi. »Dann können wir ja reden. Erzähl mir von deinem Leben als Cop.«

»Keenan will, dass ich dir etwas verrate, was? Wie clever von ihm. Wie konnte so jemand dich nur dazu bringen, ihn zu heiraten? Oder glauben, er könnte ein guter Cop sein.«

Während sie diesen verbitterten, unsicheren alten Mann ansieht, verspürt Naomi ein tiefes Mitgefühl für Keenan; es ist lange her, seit sie zuletzt so empfand. »Warum erzählst du uns nicht einfach, was geschehen ist?«, fragt sie Craig unvermittelt.

»Weil es dich nichts angeht.«

»Es *geht* mich etwas an, Craig. Und auch Keenan geht es etwas an. Und Tyron. Was den Shaws widerfuhr, hatte Auswirkungen auf uns alle. Und ganz offensichtlich geht es auch Antoine etwas an. Er bekam die Auswirkungen am härtesten zu spüren. Er war mein Freund. Hätte uns jemand damals die Wahrheit erzählt, hätten wir ihm vielleicht helfen können. Wir hätten verhindern können, dass aus ihm ein …«

»Mörder wurde«, sagt Rosie, die noch immer vor der Badezimmertür herumsteht.

Naomi blickt verdrossen von Rosie zurück zu Craig. »Es ist ein guter Tag, um mit der Wahrheit herauszurücken. Wir alle müssen uns ihr stellen.«

Craig hält Naomis Blick stand, zuckt mit keiner Wimper. »Es geht dich nichts an.«

»Bitte, Craig«, sagt Naomi. »Tu es für mich.«

Über den grauen Bartstoppeln an seiner Wange zuckt ein Muskel. Als er schluckt, hüpft sein Adamsapfel, und sein Blick flackert unentschlossen. Er öffnet den Mund, um etwas zu sagen, und Naomi beugt sich, ohne es zu merken, gespannt vor.

»Was gibt's im Fernsehen?« Er schaut zur Seite, geht zu dem Gerät und nimmt die Fernbedienung. Doch während er durch die Kanäle zappt, steigt ihm ein Hauch von Röte ins Gesicht, es ist die sich ausbreitende Scham unter Naomis prüfendem Blick.

Sie lässt ihre Schwiegereltern allein, um zu telefonieren, doch sie geht nur nach draußen auf den Zimmerbalkon über dem Hotelparkplatz. Sie ruft Keenan an und berichtet ihm, wo sie sind. Er fährt gerade Fitz zur Polizeistation hinterher.

»Dann nimmt er die Sache also ernst?«, fragt sie ihn.

»Sehr sogar«, sagt Keenan. »Es war richtig, mich an ihn zu wenden.«

»Gut. Halt mich auf dem Laufenden.«

Eine Pause. »Wie du willst.«

»Hast du schon mit Tyron geredet?«

»Nein. Ich erwische ihn nicht.«

»Vielleicht versuche ich es mal.«

»Mach ruhig. Wie gehen meine Eltern mit der Sache um?«

»Ich entwickle eine ganz neue Wertschätzung für dich, sagen wir mal so. Es geht ihnen gut. Deinen Vater konnte ich noch nicht zum Reden bringen, aber ich bin guter Dinge, dass ich es schaffe.«

»*Du* hättest Polizist werden sollen.«

»Keenan?«

»Ja?«

»Pass auf dich auf.«

»Ich muss Schluss machen.«

»Okay. Bis bald.«

»Bis bald.«

Sie sagt noch schnell »Ich liebe dich«, doch die Verbindung ist bereits unterbrochen.

Sie nimmt das Handy vom Ohr und fragt sich, warum sie das gesagt hat. Sie hatte es nicht vorgehabt. Es stimmt sie traurig, dass er es nicht mehr gehört hat.

Ist ein verrückter Tag, sagt sie sich. Bringe ihn einfach hinter dich.

Als Nächstes ruft sie Tyron an.

Er atmet schwer, als er sich meldet. »Hey«, sagt er.

»Hey. Alles in Ordnung?«

»Nein. Was gibt's denn?« An seinem Ende der Leitung sind im Hintergrund viele Stimmen zu hören.

»Was ist los?«

»Darüber kann ich jetzt nicht reden. Was willst du mir sagen?«

»Keenan hat versucht, dich zu erreichen.«

»Ich weiß. Hast du ihm erzählt, dass wir uns geküsst haben?«

»Nein.« Sie runzelt die Stirn, begreift, was Tyron gedacht haben muss. »Nein, natürlich nicht. Hast du das über Antoine gehört?«

»Die Morde? Ja. Wahnsinn.«

»Keenan war dort. Als Security. Er hat Antoine nach der Tat gesehen.«

Im Hintergrund erhebt sich eine laute Stimme, gefolgt von Jubel. »Verrückt«, übertönt Tyron die Hintergrundgeräusche. »Ich will alles darüber erfahren, aber jetzt muss ich Schluss machen, Naomi.«

»Ty, warte. Die Sache hat etwas mit dir zu tun. Antoine sagte, die Männer, die er getötet hat, hätten hinter dem Mord an deinen Eltern gestanden. Dieselben korrupten Cops, die seinen Vater umgebracht haben, hätten auch deine Eltern auf dem Gewissen.«

»*Was* hat er gesagt?«

»Deshalb hat Keenan dich angerufen. Er versucht die Wahrheit herauszufinden und …«

»Naomi, damit kann ich mich jetzt nicht befassen. Wir reden später.«

Dann ist die Leitung tot, und Naomi fragt sich, was sonst noch schiefgegangen ist.

08:28 UHR

Überall Horden von Bewaffneten. Feuergefechte in den Straßen. Sie töten mehrere der Kerle, bevor die restlichen sich in ihre Verstecke zurückziehen. Erstaunlicherweise wird keiner von Tyrons Männern verwundet. Stattdessen wirken sie stärker denn je, versunken im Kampf, bedeckt mit Staub und Schmutz und Blut.

Als sie ihr Feuer auf das erste der Gebäude konzentrieren, melden sich die Gruppenführer freiwillig, um hineinzugehen und es zu säubern. Diesmal ist Lieutenant Lake derjenige, der sie anführen will.

Tyron lächelt. »Aye aye, Lieutenant.«

Sie sichern ein Gebäude nach dem anderen. Er beordert auch den zweiten Zug nach draußen hinter den Stacheldraht. Die Nacht vergeht. Drei seiner Männer werden getroffen: nicht-tödliche Fleischwunden. Vier werden von Sprengfallen erwischt: zwei tot, zwei in kritischem Zustand. Am östlichen Horizont erscheint ein blutrotes Band. Tyron kann sich nicht einmal daran erinnern, wann die Nacht angebrochen ist.

Sie umkurven ihren Gefechtsposten zu den Gebäuden auf dessen Westseite, wo sich die verbliebenen Aufständischen verschanzt haben. Auf dem Dach eines verlassenen niedrigen Gebäudes betrachtet Tyron die Farben der Morgendämmerung. Die Nachtsichtbrille hat er verstaut und durch eine kugelsichere Schutzbrille ersetzt. Er sieht damit so gut, wie es bei all dem Rauch und Staub eben geht. Und was er sieht, sind die Schattierungen der Verdammnis. Falls es die Hölle gibt, überlegt er, dann sieht sie so aus. Himmel und Erde: rot, gelb, schwarz. Über einen der Horizonte ist das Glühen der Sonne gekrochen, während sich auf der entgegengesetzten Seite die Nacht noch nicht geschlagen gibt. Genauso wenig wie die Aufständischen. Aus zwei Richtungen unter Beschuss, erwidern sie das Feuer aus Fenstern und von Hausdächern.

Tyron gibt sich eine Ohrfeige. Eine kräftige. Damit keine Müdigkeit einsetzt.

Er ist nicht der Einzige, der gegen die Erschöpfung ankämpft. Alle seine Männer, die sich so bewundernswert geschlagen haben, die so tapfer und aufopferungsvoll sind, sehen mindestens so müde aus, wie er sich fühlt. Noch ein einziger Durchbruch, denkt er. Ein Vorstoß noch, dann haben wir das Ding geknackt.

Er blickt über die niedrige Mauer, die das Dach umschließt, studiert rasch das Kampfgebiet. Duckt sich wieder, damit ihn kein Scharfschütze anvisiert. Zwischen seiner Position und dem dunklen Apartmentgebäude, aus dem das meiste feindliche Feuer kommt, liegt ein Marktplatz, der übersät ist mit Müll, Patronenhülsen, Leichen und mehreren ausgebrannten Fahrzeugen. Seine Männer haben den Gebäudeeingang aufgesprengt; sie müssen nur noch das Niemandsland überqueren, damit sie in das Bollwerk eindringen und den Kerlen aus nächster Nähe den Garaus machen können.

Aber man müsste schon ein Olympionike sein, um unversehrt über den Platz zu gelangen. Oder zumindest ein Fast-Olympionike. Er lächelt still in sich hinein. Und ich dachte, meine Sportlerkarriere sei vorbei.

Lieutenant Lake, noch immer an seiner Seite, versucht es ihm auszureden. »Ich habe die beste Chance«, sagt Tyron, während nach einer feindlichen Salve der Mauerputz auf sie herabrieselt. »Außerdem, lieber ich als einer meiner Männer.«

»Nein, Sir. Ich muss widersprechen. Wir brauchen Sie.«

»Sie übernehmen das Kommando, Lake. Ich brauche Feuerschutz und jede Menge Rauch zwischen mir und denen. Falls ich es schaffe und anfange, alles kurz und klein zu schießen, schicken Sie mir die Männer hinterher.«

Dann ist er im Erdgeschoss und entledigt sich aller Dinge, die er in den nächsten zehn Minuten nicht braucht. Seinen Rucksack, Proviant, Wasser. Selbst die keramische Rückenplatte seiner Körperpanzerung nimmt er ab. Das Glück ist mit den Tapferen, Motherfucker. Das Herz pocht ihm in der Brust.

Seine Männer werfen Rauchbomben auf den Platz, vernebeln die Sicht auf dem Schlachtfeld noch mehr, inmitten der flammenden Metallhüllen, die einst Fahrzeuge waren. Besonders eines, ein lichterloh brennender Humvee, sticht Tyron ins Auge; der Wagen steht etwa auf halber Strecke zwischen seiner Position und der des Feindes. Darauf wird er zulaufen, die Flammen als Deckung benutzen, danach den zweiten Teil sprinten. Schon verschwindet der zerstörte Humvee in den Rauchschwaden aus dem Blick, aber da es nicht windstill ist, wird die Deckung nicht lange anhalten.

Er steht neben der offenen Haustür und begrüßt es, endlich mal wieder blanke Angst zu empfinden. Anders als sonst. Mit dieser Angst im Leib, derart unter Strom, könnte er glatt einen Weltrekord rennen.

Das ist auch nötig, falls du das hier überleben willst, sagt eine innere Stimme.

Seine Männer beginnen, aus allen Rohren zu schießen, ihm Feuerschutz zu geben. Sein Startschuss. Er prescht los. Geduckt rennt er so schnell er kann. In all dem Rauch sieht er kaum etwas und schaut nach unten, um auf dem unebenen Untergrund nicht zu stolpern.

Die Geschosse fliegen ihm nur so um die Ohren; es ist, als wäre er in eine Kiste mit explodierenden Feuerwerkskörpern gesprungen. Im Kugelhagel prescht er voran, pumpt, sein M4-Sturmgewehr in der Hand wie einen übergroßen Staffelstab. Dann, aus dem Nichts, tauchen in den Rauchschwaden die Überreste eines verkohlten Vans auf, in den er beinahe hineinrennt.

Verdammt. Wo ist der brennende Humvee, auf den er zugehalten hat?

In der Kakophonie, die in ihm und um ihn herum tobt, kann er nicht mehr klar denken. Er sprintet weiter, zieht noch einmal das Tempo an.

Der Rauch klart auf. Er befindet sich jetzt in einem freien Abschnitt.

Der brutzelnde Humvee steht ein gutes Stück zu seiner Rechten, bereits hinter ihm. Er wirft einen kurzen Schulterblick darauf, während vor ihm das Apartmentgebäude aufragt, in den Fenstern wie Dornen die Läufe der Kalaschnikows. Irgendwie macht Tyron in einem davon einen Sniper aus, der ihn in aller Ruhe ins Visier nimmt. Der Kerl wird ihn nicht verfehlen. Tyron weiß es mit jeder Faser seines Wesens. Die ohnehin bereits langsamer laufende Zeit scheint vollends stehenzubleiben, und das Einzige, was ihm in diesem, seinem letzten Moment durch den Kopf geht, ist: Das war eine blöde Idee.

Der Kopf des Snipers ruckt. Er kippt nach vorn auf den Fenstersims. Das Gewehr entgleitet seinen Händen und fällt langsam durch die Luft. *Jeder* Marine ist ein Meisterschütze, denkt Tyron und dankt dem lieben Gott für den Präzisionsschuss, den einer seiner Männer abgegeben hat.

Um ihn herum schlagen Kugeln ein, Staubwolken wirbeln auf. Er sprintet in die nächste Rauchschwade. Hustet, aber bleibt nicht stehen. Fast geschafft, du Sack, nicht nachlassen. Und Momente später steht er, in Rauch gehüllt, am aufgesprengten Eingang des Gebäudes. Tritt über die Türschwelle in ein Treppenhaus, und keine Ziellinie hat je ein derartiges Triumphgefühl in ihm ausgelöst wie diese.

Er springt über die unteren zerbrochenen Stufen und stürmt die Treppe hinauf, feuert Granaten aus dem an der Unterseite des M4 angebrachten M203-Granatwerfers. Während die Explosionen das Innere des Gebäudes erschüttern und seine Feinde zerfetzen, merkt er, dass er an drei Stellen blutet: außen am Unterschenkel, oberhalb des Stiefels; an der linken Schulter, die, wie er jetzt merkt, schmerzt, als würde ein Messer in ihr stecken; und an der rechten Seite, unter den Rippen, wo am meisten Blut ist. Schweiß läuft ihm über die Lippen, und er schmeckt Kupfer: Er blutet auch im Gesicht. Die Wunden beschäftigen ihn etwa eine halbe Sekunde lang, höchstens.

Er marschiert durch einen Korridor, wirft Granaten in die angrenzenden Räume und schießt und schießt und schießt. Ein Wolf, der sich durch ein Schafgehege arbeitet.

»Ty! Ty! Wach auf, sonst bauen wir einen Unfall! Hör auf, um dich zu schlagen. Was ist los mit dir?«

Er ist in einem Fahrzeug. Kein Humvee, ein ganz normales Auto. Seine Arme bewegen sich wie von selbst; er presst sie an den Körper. Sieht sich um. Er sitzt vorn auf dem Beifahrerplatz. Tara fährt. Sie sieht ihn von der Seite an wie einen tollwütigen Hund.

»Ich bin eingenickt«, sagt er.

»Eingenickt? Das nennst du einnicken? Wir haben Glück, dass wir keinen Unfall gebaut haben.«

»Was ist passiert?«

»Du hast dich wie verrückt hin und her geworfen. Den ganzen verdammten Wagen hast du zum Schwanken gebracht.«

»Tut mir leid.«

Sie holt tief Luft. »Schon gut. Du hast mir einfach Angst gemacht. Im Auto wird nicht mehr geschlafen, okay?«

Sie zwinkert ihm zu, und er täuscht ein Lächeln vor, fragt sich aber insgeheim: Was ist mit mir los?

Einige Minuten später treffen sie am Parkplatz des Las Vegas Convention Center Bronze ein, dem Startpunkt der Demonstration. Tyron ist überrascht, wie viele Leute schon da sind, und ständig treffen neue ein.

Sie finden Auntie Trudy nahe dem Zentrum der Aktivitäten, wo die Organisatoren die Demonstranten begrüßen, Schilder verteilen, Anweisungen geben. Tyron fällt auf, dass die meisten Leute, die etwas zu sagen haben, Frauen sind. Das hat er nicht erwartet. Ebenso wenig hätte er erwartet, dass so viele Weiße da sind, um ihre Solidarität zu bekunden. Als er Auntie Trudy umarmt, raunt sie ihm ins Ohr: »Hast du Marlon gesehen?«

Er ist sich nicht sicher, wie sie die Frage meint. Hat er ihn heute gesehen? Oder hat er ihn hier gesehen, gerade eben? Ist sie besorgt, weil Tyron nicht mit Marlon geredet haben könnte oder weil Marlon noch nicht hier ist? Offenkundig ist nur, *dass* sie besorgt ist.

»Ich war vor zwei Stunden bei ihm«, sagt Tyron.

»Wann hast du ihn verlassen?«

»Etwa um zwanzig vor sieben.«

»Seitdem hast du ihn nicht mehr gesehen?«

»Nein. Warum?«

»Weil er längst hier sein müsste. Niemand kann ihn erreichen.«

Tyron spürt ein kaltes Kribbeln im Bauch.

Tara geht die üblichen Fragen durch: Wann sollte er hier sein? Habt ihr es auf seinem Handy versucht? Hat irgendjemand von ihm gehört? Ist jemand zu ihm gefahren? Wer war die letzte Person, die mit ihm gesprochen hat? Die Antwort auf

Taras Schlussfrage lautet: Tyron. Er war der Letzte, der Marlon gesehen und mit ihm gesprochen hat.

Obwohl er todmüde und schwer verkatert ist, erwachen in Tyron die im Krieg entwickelten Instinkte. Es waren Zusammenkünfte wie diese – eine große Menschenmenge an einem fest umrissenen Ort im Freien –, die ihn dort drüben immer am meisten beunruhigt haben. Ein offensichtliches, leicht zu infiltrierendes Ziel. Während er auf die vielen Leute blickt, die hier zusammenkommen, kann er nicht anders, als sich wie am Schauplatz eines designierten Anschlags zu fühlen.

Und was ist mit Marlon? Sein früherer Coach würde das hier nie im Leben verpassen wollen. Was, wenn er gar nicht paranoid ist? Was, wenn er tatsächlich von irgendwelchen Leuten beschattet wird? Was, wenn seine Abwesenheit kein Zufall ist?

»Ich gehe ein bisschen herum und halte nach ihm Ausschau«, sagt Tyron mit betont neutraler Stimme, um seine Besorgnis zu verbergen.

»Gib Bescheid, falls du ihn findest«, sagt Tara, die sich keine großen Sorgen zu machen scheint.

Tyron schiebt sich durch die Menge, blickt prüfend auf die Gesichter. Es sind so viele. Was für ein Anschlagsziel. Und Marlon ist verschwunden. Tyron kann seine rasenden Gedanken nicht beruhigen. Er geht schneller. Die Gesichter sind ihm unbekannt, er ist ein Fremder in seiner eigenen Stadt. Und dann entdeckt er doch ein vertrautes Gesicht und verspürt einen gewissen Trost.

»Hey, Mann!«, sagt Ricky, klatscht ihn ab und umarmt ihn kurz. »Was für eine Nacht. *Was für eine Nacht.*«

»Rick, Marlon ist verschwunden. Niemand kann ihn erreichen.«

Tyron erzählt Ricky die ganze Geschichte. Der nickt teilnahmsvoll, ist aber nicht allzu besorgt. »Ty, es könnte tausend

Gründe dafür geben, warum Marlon nicht hier ist und nicht ans Telefon geht.«

»Und auch nicht zu Hause ist.«

»Und auch nicht zu Hause ist«, wiederholt Ricky. »Er ist unterwegs, geht nicht ans Telefon, er ist noch nicht hier. Es ist zu früh, um in Panik zu geraten.«

»Ich habe ein schlechtes Gefühl, Rick. Es geht schon seit gestern so, und ich kann es einfach nicht abschütteln. Bei meinem letzten Auslandseinsatz lag ich immer richtig, wenn ich dieses Gefühl hatte. Und je stärker es war, desto wahrscheinlicher war, dass etwas passierte. Dass Menschen getötet wurden.«

Ricky legt Tyron eine Hand auf die Schulter und schüttelt ihn leicht. »Mensch, Alter. Du bist nicht mehr da drüben. Du bist zu Hause, Ty.«

Tyron schüttelt frustriert den Kopf. »Ich habe keine posttraumatische Belastungsstörung, falls du das meinst. Ich *weiß*, dass etwas nicht stimmt. Und ich bin *machtlos*. Ich kann nichts dagegen tun. Ich habe keine Männer. Keine Waffen. Keine Aufklärung, keinen Rang, keine Kontakte. Absolut nichts, Mann. Hier bin ich ein Niemand. Ich weiß, dass etwas nicht stimmt, und ich kann nichts dagegen tun, verdammt noch mal.«

»Hey, hey«, sagt Ricky. »Alles in Ordnung, Alter. Alles in Ordnung. Wir werden Marlon finden. Und du bist kein Niemand. Eher das genaue Gegenteil. Ich kenne keinen, der so beliebt ist wie du. Ich würde platzen vor Neid, wenn ich dich nicht so mögen würde.«

Tyron lacht kurz, trotz seiner Gemütslage.

»Und ich weiß, ich bin kein Marine, aber trotzdem, du hast *mich*, Bruder«, sagt Ricky.

»Ja, ich hab dich, Rick. Der liebe Gott passt auf mich auf.«

»Alter, jetzt werd mal nicht sarkastisch.«

»Bin ich doch gar nicht.«

Tyron umarmt den kleinen Mann, und seine Unruhe legt sich ein wenig. »Aber was Marlon betrifft, liege ich trotzdem richtig. Er steckt in Schwierigkeiten.«

»Okay, also was willst du tun? Ich würde mitkommen, wenn du woanders nach ihm suchen willst. Aber ich wüsste nicht, wo. Außerdem könnte er jeden Moment auftauchen.«

Tyron überlegt. »Okay, lass uns vorerst hier nach ihm suchen. Du hast recht, vielleicht kommt er ja gleich.«

Zusammen streifen sie auf dem riesigen Parkplatz zwischen den Leuten umher, rufen Marlon unterdessen immer wieder an und schicken ihm Nachrichten. Wenn sie jemandem begegnen, den sie kennen, fragen sie den Betreffenden, ob er Marlon gesehen oder mit ihm gesprochen habe. Sie ernten nur Kopfschütteln. Am Rand des Parkplatzes blickt Tyron über die schmale Straße zum Dienstgebäude der Las Vegas Metropolitan Police. Die Polizeistation, in der Antoine vor all den Jahren beim Einbrechen erwischt wurde, als er noch neu bei den Shaws war.

Als Tyron und Ricky zu Tara und Auntie Trudy zurückkehren, klingelt Tyrons Handy, und sein Herz setzt einen Schlag aus. Aber seine Hoffnung ist vergebens. Hätte Naomi vor einer Stunde angerufen, hätte er sich gefreut wie ein Schneekönig, nun aber ist er enttäuscht und frustriert, weil es nicht Marlon ist.

»Hey«, sagt er.

»Hey. Alles in Ordnung?«, fragt sie.

»Nein. Was gibt's?«

Während Naomi von Keenan, Antoine und den beiden nächtlichen Morden erzählt, arbeiten er und Ricky sich durch die Menschenmenge nach vorn. Einige zwanzig- bis dreißigjährige Frauen stehen neben hohen Lautsprechern und bedeuten den Leuten ringsum, dass es gleich losgehe. Naomi redet noch immer.

Eine der Frauen nimmt ein Mikrofon und begrüßt die Demonstranten, dankt ihnen für ihr Erscheinen und fragt, ob sie bereit seien, gegen die staatlich verordnete Ungerechtigkeit zu kämpfen. Die Antwort ist eindeutig.

Tyron ist nicht sicher, ob er Naomi inmitten des aufbrandenden Jubels richtig verstanden hat, aber er glaubt … Er glaubt, sie hätte gesagt, dass seine Eltern Opfer eines Mordkomplotts gewesen seien. Und dass dahinter die Männer gesteckt hätten, die Antoine letzte Nacht umgebracht hat.

Die Frau am Mikrofon ruft den Demonstranten Parolen und Ja-oder-nein-Fragen zu, und die Menge wiederholt die Parolen und beantwortet die Fragen mit vereinter schallender Stimme. Er drückt sich das Handy ans Ohr, versteht aber nicht mehr, was Naomi sagt, nur dass es etwas mit Keenan zu tun hat.

»Naomi, ich kann gerade nicht. Wer reden später.«

Er beendet das Gespräch und steckt das Handy ein. Seine Eltern umgebracht im Auftrag der Männer, die Antoine ermordet hat? Was zum Teufel? Wer weiß schon, was die Wahrheit ist, was eine Falschinformation oder eine Fehlinterpretation. Ich muss raus aus der Wüste, denkt er. Ich gehe nach Norden. Hoch in den Norden, wo es feucht ist und kühl und grün und wo es nur einen einzigen Menschen gibt, um den ich mir Gedanken machen muss.

Er schaut zu Ricky, Tara und Auntie Trudy hinüber, die ihre Fäuste in die Luft stoßen und ihre Unterstützung herausbrüllen. Tara fängt seinen Blick auf und lächelt ihm zu.

Ich bin hier, denkt er. Zumindest heute bin ich noch hier.

Er hört den Rednern der Kundgebung zu und versucht alles andere zu vergessen. Alles, außer dass auch die Leben von Schwarzen zählen.

10

09:07 UHR

Keenan geht zum Rand des Parkplatzes, oben auf dem Dach des Dienstgebäudes, damit er freie Sicht auf die Demonstranten hat. Während seiner Kindheit und Jugend stand er oft im Mittelpunkt der Aufmerksamkeit, zu Hause, in der Schule, aber nie befand er sich im Fokus so vieler Leute zugleich. Er fragt sich, was sie tun würden, wenn sie wüssten, dass er hier oben steht, über ihren Köpfen. Er trägt eine schwarze Kappe und eine Sonnenbrille, um sein Äußeres zu verbergen, hält sich aber trotzdem hinter der niedrigen Mauer geduckt, die den Dachparkplatz umgibt, damit man ihn nicht sieht. Als er auf die Straße hinablickt, fragt er sich, was passieren würde, falls er hinunterspränge. Das Gebäude ist nicht hoch. Wahrscheinlich würde er sich nur ein paar Knochen brechen. Es sei denn, er spränge kopfüber. Wie die Demonstranten das wohl finden würden? Was würde Naomi denken? Vielleicht würde sie sich die Schuld geben. Plötzlich spürt er eine Art morbider Freude wegen des Schmerzes, den er ihr damit zufügen würde. Ein finaler Racheakt, weil sie ihn nicht mehr liebt.

Er schluckt, unterdrückt seine Tränen, von sich selbst angewidert, weil er solche Sachen denkt. Schaut erneut über die Brüstung nach unten. Tu's einfach, du Weichei.

Am Rand der Demonstrantenmenge stehen uniformierte Cops. Keenan kann sich nicht vorstellen, dass ihr Anblick die Leute erfreut und dass die Cops die Sache unvoreingenommen betrachten. Und die Cops im Dienstgebäude, die dürften auch nicht gerade frohlocken: eine Demonstration gegen Polizeigewalt direkt vor ihren Fenstern. Er fragt sich, ob der Startpunkt der Demo Zufall ist oder absichtlich gewählt wurde. Vielleicht eine Mischung aus beidem. Einige Minuten später sperren die Cops den Verkehr auf dem Sierra Vista Drive ab. Die Menge wendet sich um und setzt sich in Bewegung. Keenan sieht sich das Ganze noch einige Augenblicke an, dann, aus Furcht, von den losmarschierenden Demonstranten gesehen zu werden, wendet er sich ab.

Fitz ist drinnen auf der Jagd nach Informtionen über die Shaw-Morde. Keenan hat ihn gar nicht erst gefragt, ob er ihn begleiten soll.

Er kehrt zu seinem Auto zurück und setzt sich auf die Motorhaube. Die aufsteigende Sonne brennt auf ihn herab, das verschwitzte Hemd klebt ihm schon am Rücken. Nach etwa zehn Minuten kommt Fitz heraus, wedelt Keenan mit seinem Notizblock zu wie mit einem Lottoschein. »Wir sind im Geschäft.«

»Was hast du rausgefunden?«

»Erzähl ich dir unterwegs. Wir nehmen meinen Wagen.«

»Wohin fahren wir?«

»Zum Reef.«

Sobald er den Namen hört, erfasst Keenan Beklommenheit. »Zum Reef?«

»Ja, zum Reef, Baby.« Fitz zieht den Schlüssel aus der Tasche, während er um den Wagen herum zur Fahrerseite geht. »Du hast mir ein gewaltiges Problem serviert, Keenan. Aber ich beschwere mich nicht. Ich liebe eine gute Herausforderung.«

Per Fernbedienung entriegelt Fitz das Auto und zeigt sich hinterm Steuer genauso agil wie zu Fuß. Er rauscht aus dem Gebäude und biegt nach Osten ab, um die Demonstranten zu umfahren.

»Was glaubst du, wer war als Erster am Tatort, nachdem Raul Decos Leiche gefunden wurde?«

Keenan zuckt mit den Schultern. »Mein Vater?«

»Nein.« Fitz schaut von der dahinfliegenden Fahrbahn zu Keenan. »Ein gewisser Jacob Fischer.«

»Jake Fischer? Meinst du, das hat was zu bedeuten?«

»Ich weiß nicht, vielleicht ja, vielleicht nein. Was glaubst du, wer hat bei den Shaw-Morden die Ermittlungen geleitet?«

»Sag's mir.«

»Jake Fischer. Und beide Male hat er kein Resultat geliefert. Nur die allgemeine Einschätzung, dass beide Mordfälle mit Gang-Kriminalität zu tun gehabt hätten, obwohl es dafür keine echten Beweise gab.«

»Fischer«, sagt Keenan. Er möchte glauben, dass er der dritte Mann ist. Undersheriff Fischer und nicht sein Vater. Aber Keenan möchte auch keine vorschnellen Schlüsse ziehen, nur um sich zu beruhigen. »Es bedeutet aber nicht viel, oder? Es könnte Zufall sein. Und was hat das Reef damit zu tun?«

»Auf jeden Fall könnte es Zufall sein«, sagt Fitz. »Aber es ist ein Ansatz. Und ich habe noch etwas für dich. Als Fischer und Monk Partner waren, wurden sie ständig ins Reef gerufen. Ihnen wurden all die Verhaftungen zugeschanzt. Genauso lief es, als Monk und dein Dad Partner waren.«

»Aber es bestätigt lediglich, dass Monk für Bashinsky arbeitete, und das wissen wir bereits. Fischer und mein Dad waren vielleicht nur zufällig dabei.«

»Stimmt, aber hier kommen viele Dinge zusammen. Wir stellen noch keine Behauptungen auf, versuchen nur ein paar Antworten zu erhalten. Danach sehen wir weiter.«

»Und im Reef kriegen wir diese Antworten«, sagt Keenan und nickt, nachdem er nun Fitz' Gedankengang versteht.

Sie biegen auf den Las Vegas Boulevard ein.

Fitz sagt: »Irgendwer dort muss etwas wissen. Und diese Person dürfte noch ziemlich durchgeschüttelt sein, wo Bashinsky noch keine zwölf Stunden tot ist. Mal sehen, ob wir sie zum Reden bringen können.«

Keenan wirft Fitz einen anerkennenden Seitenblick zu. »Ich verstehe jetzt, warum du schneller befördert wurdest als ich.«

»Warte erst mal ab, bevor du so was sagst. Was zum Teufel ist das?«

Weiter vorn stehen zahllose Polizisten auf dem Bürgersteig und der Fahrbahn. Mit ihren automatischen Waffen, den kugelsicheren schwarzen Westen und ihren mürrischen Mienen sehen sie wie Soldaten aus – wie Soldaten, die eine militärische Straßensperre aufbauen. Den beiden Männern wird klar, dass all die uniformierten Cops wegen der Demonstranten, die in Kürze hier entlangmarschieren werden, hergeschickt wurden; sie sperren die nach Norden führenden Spuren des Las Vegas Boulevard ab und sollen für Ordnung sorgen, falls es bei der Demo Ärger gibt.

»Ich kann nicht glauben, dass die Stadt eingewilligt hat, den Verkehr auf dem Strip zu sperren«, sagt Keenan.

»Ich nehme an, sie fanden es besser, als einen Aufstand zu riskieren. Und sonntagmorgens um neun geht es hier nicht gerade zu wie während des Mardi Gras, es gibt höchstens ein paar Touristen, die aus ihren Hotels auschecken.« Während sie auf die Polizisten zufahren, schaut Fitz zu Keenan herüber. »Guck runter. Mach dich am besten unsichtbar. Jeder weiß, wer der Auslöser für das alles ist.«

Keenan erträgt es nicht mehr, ständig an seine Fehltat erinnert zu werden. Eine Endlosschleife. Dem wirst du nie entkommen, denkt er. Und du hättest es auch nicht verdient. Es gibt nur eine Lösung. Nur einen Ausweg. Du gehst noch dieser Mordgeschichte auf den Grund. Das ist ein Muss. Aber dann machst du Schluss. Endgültig.

Der Gedanke fährt ihm so schneidend in den Kopf und ist dermaßen beruhigend, dass alles um ihn herum plötzlich überscharf erscheint und ihm jedes Detail ins Auge springt. Die glitzernde Marke des Cops, der sie auf das Casinogelände durchwinkt, die Hautporen über dem Bart an Fitz' Wange, die schimmernden Fenster an dem beeindruckenden Bau, dem sie sich nähern; alles ist überdeutlich umrissen, kontrastreicher. Seine Sinne sind wie scharf gestellt: die gekühlte Wagenluft in seinen Nasenlöchern, das Schnurren des Motors in seinen Ohren, der Druck des Gurts an seinem schweißgefleckten Hemd. Er ist auf eine Weise lebendig, wie er es eben noch nicht war.

Bald, denkt er. Bald ist all das vorbei.

09:18 UHR

Craig hat den Fernseher eingeschaltet, um die Lokalnachrichten zu sehen, und die drei sitzen oder liegen auf ihren Betten und betrachten die Demonstration. Die Bilder wechseln zwischen Luftaufnahmen aus einem Helikopter und denen eines Kamerateams direkt neben den Demonstranten. »Hände hoch! *Nicht schießen!* Hände hoch! *Nicht schießen!*«, rufen die Leute wieder und wieder und fangen schließlich an zu skandieren: »Frieden und Gerechtigkeit! Keine Rassisten-Polizei! Frieden und Gerechtigkeit! Keine Rassisten-Polizei!« Aus der Luft reicht die Menschenmenge auf beiden Seiten über den Bildrand hinaus.

Craig sagt mit todernster Stimme: »Habe ich nicht immer gesagt, dass unser Junge mal was Großes leisten würde?«

»Das reicht, Craig«, sagt Rosie.

Naomi ist geschafft, die Aufregung, die sich durch die ganze Nacht zog, zeigt Wirkung, ihre Kräfte sind beinahe am Ende.

Sie kann nicht schlafen, aber liegt auf dem Bett, ihr Gesicht und Körper schlaff, ihr leerer Blick auf den Bildschirm gerichtet. Sie scheint für den Moment alles, was in ihrer Macht steht, getan zu haben; Craig lässt weiterhin alle Versuche an sich abprallen, der Wahrheit auf die Sprünge zu helfen. Aber wenigstens hat sie es versucht. Versucht und versagt. Was für eine Art, ihre Ehe mit Keenan zu beenden – sie lässt ihn in höchster Not im Stich.

Was ist gut daran, es zu versuchen, wenn es nicht ausreicht, fragt sie sich. Wach auf, Frau. Deine Arbeit ist noch nicht erledigt.

»Craig«, sagt sie, ohne sich zu bewegen.

Er sitzt auf der Bettkante und wendet sich ihr zu.

»Hast du für Norman Bashinsky gearbeitet?«

»Herrgott noch mal!« Er springt auf. »Ich habe von dem Scheißdreck genug!«

Er marschiert Richtung Tür, aber Naomi ist schon unterwegs, um ihn abzufangen. Unterdessen wird ihr klar, dass sie eine neue Taktik braucht, und während er auf sie zustapft und aussieht, als würde er ihr eine reinhauen wollen, tritt sie mit offenen Armen auf ihn zu und wirft sich an seinen Hals. Sie schmiegt sich an ihn und flüstert ihm ins Ohr: »Entschuldige. Aber bitte verrate es mir. Nur mir. Niemand sonst muss es wissen. Es bleibt unser Geheimnis.«

Sein Körper ist angespannt. Sie wartet, hält den Atem an, weigert sich, ihn loszulassen, bis sie eine Antwort erhält, hofft, dass diese Schwäche für sie, die er immer angedeutet hat, tatsächlich existiert. Sie hört, wie er langsam in ihr Ohr ausatmet.

»Erzähl es mir. Hast du für ihn gearbeitet?«

»Ja!«, zischt er. »Hab ich!«

Er reißt sich los und funkelt die beiden Frauen an.

09:32 UHR

In einer Menschenmenge mitzugehen gibt Tyron das Gefühl, Teil eines größeren Ganzen zu sein. So ähnlich wie im Corps. Die Verbundenheit mit etwas Größerem als man selbst ist weniger definiert, weniger greifbar als das, was man bei den Marines erlebt, aber es ist auch freier, offener, bietet mehr Akzeptanz und ist in gewisser Weise inspirierender. Mit seinen Leuten zu demonstrieren weckt in ihm ein Gefühl von Zugehörigkeit, das er bei seiner Rückkehr nach Vegas nicht erwartet hatte. Er glaubt an die Sache, um die es hier geht. Gegen Ende seiner Zeit bei den Marines konnte er dies nicht mehr sagen, da ging es nur noch darum, Tod und Zerstörung über die Welt zu bringen.

Er blickt auf die monolithischen Casinos auf beiden Seiten der Straße, ein Marsch durch ein Tal zwischen menschgemachten Bergen. Glitzernde Nachäfferei berühmter architektonischer Wahrzeichen: hier eine Pyramide, da der Eiffelturm, dort die Brooklyn Bridge; und all die anderen, nicht ganz so kitschigen Casinos sind nichstdestoweniger derart schillernd, dass sie in der dunstigen Wüstenhitze wie Fata Morganas wirken.

Antoine hätte mir beinahe etwas Wichtiges über meine Eltern erzählt, wird ihm unvermittelt klar. Der Gedanke lässt ihn nicht mehr los. Er muss sich eingestehen, dass er ihren Tod auch nach so langer Zeit noch immer nicht richtig verarbeitet hat. Er denkt an gestern im Hotel, als Antoine ihn fragte, ob es ihn interessiere, was wirklich hinter dem Tod seiner Eltern stecke. Darüber denke ich schon lange nicht mehr nach, hatte Tyron geantwortet, und dann hätte Antoine fast etwas gesagt. Tyron konnte es ihm ansehen.

Er hätte es mir fast erzählt. Was hat das zu bedeuten? Meine Eltern Opfer eines Mordkomplotts? Antoine weiß anscheinend etwas. Er scheint der Einzige zu sein, der im Moment etwas weiß. Aber inzwischen dürfte er über alle Berge sein.

Tyron schaut sich um und sieht, dass viele Demonstranten ihre Handys benutzen, nicht nur zum Filmen und Fotos machen, auch um zu telefonieren und Nachrichten zu schreiben. Er erwartet, dass der Anschluss tot ist, trotzdem hofft er, Antoines rechte Hand Carlos zu erreichen. Sofort springt die Mailbox an. Er hinterlässt keine Nachricht. Jetzt gibt es nur noch einen, der ihm weiterhelfen kann.

Tyron zögert, tippt noch nicht auf das Display, um Keenan anzurufen. Sein Daumen schwebt in der Luft. Er schaut auf Keenans Namen, hell erleuchtet in dem kleinen Gerät. Er berührt es. Macht den Anruf. Keenan meldet sich nach dem dritten Klingeln.

»Hey, Mann.«

»Hey«, sagt Tyron.

In seiner Nähe ruft jemand: »Hände hoch!« Und die Menge antwortet: *»Nicht schießen!«*

»Bist du auf der Demo?«, fragt Keenan.

»Ja«, sagt Tyron. »Aber um die Bewegung zu unterstützen, nicht um gegen dich zu …«

»Mach dir keinen Kopf, Mann. Ich meine es ernst. Ich habe Wichtigeres am Hals. Genau genommen kommst du in meine Richtung. Ich bin gerade im Reef.«

Tyron sieht den titanischen Bau in der Ferne. »Du bist dort?«

»Ja. Wir suchen nach Antworten. Hast du mit Naomi gesprochen?«

»Ja. Und du hast Antoine nach der Tat noch gesehen?«

»Ich habe ihn gesehen, yeah. Er ist verrückt, Ty. Ein Psychopath.«

»Dann ist das, was er über meine Eltern gesagt hat, Teil seiner Verrücktheit?«

»Nein. Nein, er ist nicht auf diese Weise verrückt. Tatsächlich glaube ich ihm jedes Wort.«

»Also, meine Eltern ... Du glaubst, sie wurden gezielt ermordet?«

»Ja, das glaube ich. Kannst du die Demo sausen lassen? Komm her, wenn ihr auf der Höhe des Reef seid. Ich habe dir viel zu erzählen, aber nicht am Telefon.«

Tyron betrachtet die Leute um ihn herum, Auntie Trudy, Tara, Ricky, und ihm fällt ein, dass sie noch immer nichts von Marlon gehört haben. Es ist ausgeschlossen, dass er sich den Marsch entgehen lässt, also muss etwas Schlimmes passiert sein. Keenan war bis vor Kurzem noch Cop. Vielleicht kann er helfen.

»Ich komme«, sagt Tyron. »Bis gleich.«

»Klingt gut. Ruf an, wenn du drin bist.«

09:38 UHR

Die Dinge sind am Laufen. Seine Eltern sind bei Naomi in Sicherheit, Fitz redet mit dem Empfangsmanager und Tyron kommt auch gleich. Sein altes Leben wird nicht zu ihm zurückkehren, nur weil sich einige Dinge gerade gut ineinanderfügen. Aber für den Augenblick genießt er das Gefühl, dass es wie geschmiert läuft. Und je näher er den Antworten kommt, desto näher kommt er auch dem finalen Paukenschlag. Dem Schlussakkord. Aber vielleicht ... Vielleicht lässt das Blatt sich ja noch wenden.

Er steckt das Handy weg und kehrt zum Empfang zurück, wo Fitz noch im Gespräch mit dem Manager ist, nachdem sein Freund sich bereits die gesamte Befehlskette, beim Rezeptionisten angefangen, hochgearbeitet hat.

»Jungs, Jungs, Jungs«, sagt eine trockene Stimme hinter ihnen. »Was macht ihr denn hier?«

»Detective Miles«, sagt Fitz mit einem Nicken.

»Detective Miles«, sagt Keenan.

Der schlaksige Detective sieht aus, als wäre er gerade einem Sandsturm entkommen: Kuhlen in den stoppeligen Wangen; bronzefarbene, vom Wind zerschnittene Haut; grüne, fast farblose Augen, wie von der Sonne gebleicht, so trocken und undurchdringlich wie die Wüste selbst. »Was macht ihr hier?«, wiederholt er.

»Ach, ich will nur die Daten für ein paar Unterlagen prüfen«, sagt Fitz jovial.

Detective Miles starrt ihn an, während der Empfangsmanager auf der anderen Seite der langen Rezeption abwartet. Miles blickt an Fitz vorbei zu dem Mann und bedeutet ihm mit einer Kopfbewegung zu verschwinden. Der Manager gehorcht. Zu Fitz sagt Miles: »Und dafür brauchen Sie Quinn?«

»Nein, aber da heute mein freier Tag ist, will ich Arbeit und Vergnügen verbinden. Wenn ich hier fertig bin, gehen wir an die Spieltische.«

Miles wartet, dass Fitz noch etwas sagt, aber als nichts kommt, wirkt er überrascht, weil Fitz sich keine bessere Lüge einfallen lassen konnte.

Er richtet sein Augenmerk auf Keenan, der denkt, dass falls Miles ein Hund wäre, er ihn jetzt anschnüffeln würde. Es kommt ihm vor, als würde der Detective alles, was er – Keenan – in den letzten Stunden getan hat, irgendwie wittern. »Ich werde Fischer nicht erzählen, dass Sie hier rumschleichen, Quinn, aber halten Sie sich von meinem drecksverdammten Tatort fern! Ich warne Sie nicht noch mal. Und was Sie betrifft, Fitzgerald. Ab jetzt behalte ich Sie im Auge.«

Die beiden Männer stehen wie belämmert da, sehen den Detective an wie ausgeschimpfte Schuljungen.

»Jetzt ab mit euch. Ich will euch hier nicht sehen.«

Sie öffnen ihre Münder, um etwas zu entgegnen, doch es kommt nichts heraus. So nicken sie nur und schleichen davon. Keenan spürt den Blick der trockenen Augen im Rücken, heiß wie die Wüstensonne, und er unterdrückt den Drang, sich umzuwenden und in ihr gleißendes Antlitz zu schauen. Während sie, weiter hinten in der Lobby, in Richtung des Parkplatzes gehen, sagt Fitz aus dem Mundwinkel: »Miles ist ein harter Brocken. Gott, in seiner Gegenwart komme ich mir wie ein Kind vor.«

Keenan hält es nicht mehr aus: Er blickt zurück, um zu schauen, ob der Detective sie noch beobachtet. Doch er ist nirgends zu sehen.

Keenans Handy klingelt. Naomi.

»Ja?«

»Keenan, es tut mir leid, okay? Es tut mir wirklich schrecklich leid.«

»Was ist los?«

»Dein Dad ist verschwunden.«

»Was?«

»Es tut mir so leid!«

»Was meinst du damit, er ist verschwunden?«

»Er ist abgehauen. Ich konnte ihn nicht hier halten. Er war …«

»Wo ist er hin?«

»Ich weiß nicht! Er hat sein Handy ausgeschaltet.«

»Wie bitte?«

»Es tut mir leid.«

»Wieso hast du das zugelassen?«

»Er ließ sich nicht aufhalten. Ich meine es ernst. Ich hätte ihn mit Gewalt stoppen müssen.«

»Dann hättest du das tun sollen. Du hättest es geschafft.«

»In so einer Situation sind mir Grenzen gesetzt, Keenan. Er

ist ein erwachsener Mann. Ich kann ihn nicht einsperren. Und vor allem nicht so, wie er drauf war. Ich habe ihn nie so aufgebracht erlebt.«

»Ah, fuck!« Keenan presst die Zähne aufeinander, krümmt sich. »Fuck.«

Er richtet sich wieder auf und ignoriert Fitz' erstaunten fragenden Blick.

»Du hast versprochen, dass du auf ihn aufpassen würdest. Ohne deine Unterstützung hätte ich diesen Scheiß hier nicht angeleiert.«

»Wie gesagt, tut mir leid, Keenan. Ich weiß nicht, was ich sonst noch hätte tun …«

»Du hättest dir einfach mehr Mühe geben sollen! Hättest ihm hinterherrennen sollen! Ah, fuck. Fuck!«

»Wie du weißt, tragen dein Dad und ich beide eine Waffe, richtig? Sich ihm in seiner Verfassung in den Weg zu stellen, wäre gefährlich geworden. Für mich und ihn. Glaub mir, ich habe alles Menschenmögliche getan.«

Seine anfängliche Aufregung ist verebbt, und ihn überkommt ein Gefühl tiefer Erschöpfung und Hilflosigkeit. Er hält sich das Telefon weiter ans Ohr, aber sagt nichts. Er atmet langsam ein und aus, versucht nachzudenken. Dann fällt ihm plötzlich ein, dass er Tyron Bescheid geben muss, denn der braucht nun nicht mehr herzukommen.

»Soll ich ihn für dich suchen gehen? Sag mir, wo er sich meistens rumtreibt, dann suche ich ihn für dich. Wenn ich ihn gefunden habe, dürfte er sich wieder beruhigt haben. Key? Key, bist du noch dran?«

»Nein. Bleib bei meiner Mutter. Ich suche ihn.«

»Es tut mir echt leid.«

»Ich weiß. Ist okay. Es war nicht deine Schuld. Ich war nur überrascht. Ich hätte dich nicht so angehen sollen.«

»Danke.«

»Wie geht's meiner Mutter?«

»Sie ist gestresst, aber ich glaube nicht, dass sie sich wegen Antoine ernsthafte Sorgen macht. Key, es gibt noch etwas anderes, was ich dir sagen muss.«

»Noch was? Soll ich mir vielleicht den Defibrillator bereitstellen?«

»Dein Dad hat für Bashinsky gearbeitet. Er hat es deiner Mom und mir erzählt.«

»Hat er die Morde begangen?«

»Ich weiß es nicht. Er ist ausgeflippt, nachdem er zugegeben hat, für Bashinsky gearbeitet zu haben. Dann ist er abgehauen. Ich habe ihn zu sehr bedrängt, Key. Tut mir leid. Alles war okay, bis ich versuchte, die Wahrheit aus ihm herauszupressen. Er ist meinetwegen verschwunden.«

Er weiß, dass er versuchen sollte, ihr das schlechte Gewissen auszureden – sie klingt wirklich betroffen und schuldbewusst –, aber er bringt es nicht über sich. Zum ersten Mal will er, dass ihre Ehe vorüber ist. »Ich muss los. Ich geb dir Bescheid, falls ich ihn finde.«

Fitz fragt ihn, ob alles in Ordnung sei. Keenan macht sich nicht die Mühe, die Frage zu beantworten, sagt stattdessen: »Ich muss meinen Vater suchen. Er ist spurlos verschwunden.«

»Ich helfe dir«, sagt Fitz.

Keenan hält inne und sieht Fitz an, überwältigt von dessen Freundschaft. Er ist von sich selbst angewidert, weil er diesen grundanständigen Mann so fundamental hintergangen hat. Er kann es nicht fassen, dass er sich immer wieder in derartige Situationen gebracht hat, dass er so viele Fehler gemacht und so viele Menschen verletzt hat.

»Danke, aber das mache ich allein. Du hast mir schon genug geholfen.«

»Bist du dir sicher? Ich helfe dir gern.«

»Nein, lass mal. Ich muss derjenige sein, der ihn findet.«

Er fühlt sich, als hätte er eine Schraubzwinge am Hals, die mit jeder verstrichenen Stunde enger wird, bis er irgendwann keine Luft mehr bekommen wird. Er versucht zu entscheiden, was er als Nächstes tun soll, doch es will ihm nicht einfallen, gerade weil die Zeit so drängt. Instinktiv weiß er, dass jeder Weg, den er einschlägt, ihn in den Abgrund führen wird. Er ist dem Untergang geweiht. Sein Vater ist dem Untergang geweiht. Sie sind beide verflucht und werden für ihre Sünden büßen.

Plötzlich verspürt er so heftiges Selbstmitleid, dass er glaubt, gleich in Tränen auszubrechen. Er schluckt und presst die Zähne aufeinander, um die Fassung zu wahren. Sein flackernder Blick springt von Fitz zu den meerfarbenen Wänden und weiter zu den künstlichen Korallen und den Fremden, die an ihnen vorbeigehen. Es sind so viele, die hier gut gelaunt herumschlendern, deren Welt nicht endet, deren Leben nicht vollends im Arsch ist. Wir alle haben einen riesigen Scheiß verzapft, denkt er. Mein Vater, ich, Naomi, jede unserer Entscheidungen war grundfalsch. Nie klappt etwas. Und das wird immer so bleiben. Ich bin verflucht, seit ich diesen verdammten Schuss abgegeben habe.

Die Gesichter, die Wände, die Korallen, alles verschwimmt vor seinen Augen. Er wippt auf den Absätzen, hat das Gefühl, gleich ohnmächtig zu werden oder sich übergeben zu müssen. Sein Zunge ist belegt, fühlt sich pelzig an. Fitz greift nach ihm, stützt ihn, aber selbst dessen bärtiges Gesicht vermengt sich mit dem Whirlpool. Keenan glaubt, dass es gleich so weit sein wird. Der Druck der letzten Monate wird aus ihm herausbrechen, er wird losheulen oder kotzen oder zusammenklappen oder alles zugleich … aber dann schält sich aus dem Farbengemisch ein Gesicht heraus.

Keenan blinzelt und fokussiert seinen Blick. Versucht sich zusammenzureißen.

Ein großer breitschultriger Mann mit schütterem Haar. Er trägt einen braunen Anzug und schaut auf sein Handy, während er zielbewusst durch die Lobby schreitet. Undersheriff Fischer. Keenan fühlt sich sicherer auf den Beinen. Fischer ist die einzige andere Person in alledem, die ihm Antworten geben kann.

»Bin gleich zurück«, sagt er zu Fitz.

Fitz ist seinem Blick gefolgt. »Mensch, Kumpel, das ist keine gute Idee.«

Doch Keenan eilt schon los, schiebt sich zwischen den Leuten hindurch, beginnt zu rennen. Fischer. Falls mir jemand helfen kann, dann er. Er könnte mich auch noch tiefer in die Scheiße reinreiten, aber was soll's? Was habe ich noch zu verlieren? Naomi ist weg. Ich selbst bin nichts weiter als ein Spucknapf. Und ob mein Vater den Tag übersteht, wird sich noch zeigen.

Er prescht an den Leuten vorbei, hat den Undersheriff, der noch immer auf sein Handy schaut, fast eingeholt. Keenan sieht, dass Fischer auf denselben Fahrstuhl zugeht, mit dem er selbst gestern zu Monk hochgefahren ist. Es scheint eine Ewigkeit her zu sein. Die glänzende Tür öffnet sich, und eine kleine Menschenmenge schiebt sich in die Kabine, Fischer in der Mitte. Keenan sprintet das letzte Stück und zwängt sich hinein, rennt fast ein Ehepaar um, bevor sich die Fahrstuhltür hinter ihm schließt.

Als er ihn sieht, gehen Fischer die Augen über. Er seufzt verärgert, dann drängelt er sich nach vorne und drückt einen Knopf. Die Tür öffnet sich wieder. »Raus mit Ihnen, Sie gottverdammter …« Fischer wird der Leute um ihn herum gewahr und läuft rot an, verschluckt die letzte Verwünschung. »Gehen Sie mir aus den Augen, Quinn.«

»Sir, zwei Minuten.«

»Zwei Minuten? Zwei Sekunden sind schon zu viel. Sie haben genug von meiner Zeit vergeudet.«

»Ich habe neue Informationen, Sir.«

Fischer gibt nicht nach. Er hält weiter den Knopf gedrückt, sein Gesicht rot gefleckt, seine Augen funkelnd. Keenan gibt auch nicht nach. Gestern hätte er es wohl getan.

»Bitte«, sagt Keenan. »Ich bin auf etwas gestoßen.«

Die Leute im Fahrstuhl schauen hin und her zwischen den beiden groß gewachsenen Männern, halb verärgert wegen der Verzögerung, halb amüsiert. Fischer bemerkt die interessierten Blicke, scheint ihretwegen wütender zu sein als wegen Keenans unerwarteten Auftauchens. »Das war's, Leute. Alles aussteigen.« Er wedelt mit seiner Marke. »Das ist eine Polizeiangelegenheit. Nehmen Sie einen anderen Fahrstuhl.«

Das Ehepaar, das Keenan beinahe umgerannt hätte, rührt sich nicht vom Fleck.

»Raus mit Ihnen! Das ist eine Polizeiangelegenheit!«

Das Ehepaar trottet nach draußen, gefolgt von den anderen Fahrgästen. Fischer nimmt den Finger vom Knopf, die Tür schließt sich.

»Sie sind wie eine verdammte Kakerlake, Quinn.«

»Mein Vater hat für Bashinsky gearbeitet. Er hat es meiner Frau erzählt. Das, was Deco erzählt hat, ist wahr. Er hat es sich nicht ausgedacht.«

Fischer starrt Keenan finster an. »Und weiter? Und ehe Sie loslegen, Sie haben bis zum siebzehnten Stock Zeit, also beeilen Sie sich.«

Keenan sieht, dass die ausgestiegenen Fahrgäste diverse Stockwerke vor dem siebzehnten gedrückt haben. Ein bisschen zusätzliche Zeit.

»Sir, Sie müssen irgendetwas wissen. Sie waren Monks Partner, genau wie mein Dad. Sie wurden ständig ins Reef gerufen.«

»Woher wollen Sie das wissen?«

»Antoine läuft draußen rum und tötet Leute wegen irgendwelcher Sachen, die in diesem Gebäude ausgeheckt wurden. Sie wissen etwas, Sir.«

Der Fahrstuhl hält in einem Stockwerk an, die Tür geht auf, und Fischer drückt schnell auf einen anderen Kopf, um sie wieder zu schließen.

»Erstens, ich muss Ihnen nicht antworten. Zweitens, ich habe keine Ahnung, wovon Sie reden.«

»Ich weiß über die Shaws Bescheid. Ich weiß, dass sie einem Mordkomplott zum Opfer fielen. Ich weiß, dass mein Vater von der geplanten Ermordung wusste. Wussten Sie auch davon?«

»Von wem reden Sie?«

»Von Terrence und Viola Shaw. Sie waren schwarze Bürgerrechtsaktivisten, die vor sechzehn Jahren ermordet wurden.«

Fischer zuckt zusammen, dann grunzt er. »Ach die. Das war eine Schießerei unter Gangs.«

»So lautete seinerzeit die offizielle Version. Aber der Befehl kam von Bashinsky. Monk und jemand anderes haben die beiden erschossen.«

»Unsinn.«

»Antoine ist hinter meinem Dad her. Hinter ihm oder hin ter jemand anderem. Ich weiß es. Was kann ich tun? Außer zu versuchen die Wahrheit herauszufinden? Es ist das Einzige, was diese Sache noch stoppen kann. *Bitte*. Wissen Sie etwas?«

Der Undersheriff mustert ihn eindringlich. Der Fahrstuhl hält an und die Tür öffnet sich. »Siebzehnter Stock«, sagt er, geht hinaus und schaut auf sein Handy.

Keenan geht ihm nach. Legt ihm eine Hand auf die Schulter. Fischer dreht sich mit geballten Fäusten um.

»Ich sollte Ihnen die Zähne ausschlagen, Quinn. Oder Sie wegen Behinderung einer Polizeiermittlung einbuchten.«

»Was für einen Unterschied würde das für mich machen? Mir ist doch eh nichts mehr geblieben.«

Zum ersten Mal wird Fischers Blick sanfter. »Verdammt, Quinn. Jetzt werden Sie mir nicht rührselig.«

»Entschuldigung, Sir.«

Fischer kratzt sich an der unrasierten Wange. »Ich nehme das alles sehr ernst, Quinn. Das müssen Sie wissen.«

»Es gibt niemanden sonst, an den ich mich wenden könnte, Sir. Ich wünschte, es wäre anders, aber ich brauche Hilfe.«

Fischer blickt auf sein Handy und verzieht das Gesicht. Dann sieht er wieder Keenan an, scheint mit sich zu ringen. Zögerlich sagt er: »Könnte sein, dass ich etwas weiß.« Er reicht Keenan seine Karte. »Hier ist meine Nummer. Rufen Sie mich nachher an.«

Keenan hat Angst, seine überwältigende Dankbarkeit zu zeigen, weil es das heikle Gleichgewicht zwischen ihm und Fischer stören könnte. Deshalb nickt er nur stumm und steckt die Karte ein. Fischer dreht sich um und marschiert den Flur hinunter, den Blick wieder aufs Handy gerichtet.

Keenan steht da und sammelt sich, erholt sich von der Begegnung mit dem Undersheriff. Er schaut Fischer hinterher, der inzwischen ein gutes Stück entfernt ist, stehenbleibt und an eine Tür klopft. In seiner Eile scheint es ihn nicht zu kümmern, dass Keenan ihn noch sehen kann.

Im Strudel seiner Gedanken fragt Keenan sich vage, mit wem sich Fischer trifft. Die Tür geht auf und Fischer geht hinein. Keenan wendet sich um und kehrt zum Fahrstuhl zurück.

Er muss immer noch schnellstmöglich seinen Vater finden, aber mit Fischers Hilfe – mit der Wahrheit – kann er vielleicht irgendwen retten. Irgendwen. Mach zur Abwechslung mal was richtig.

Er drückt auf den Fahrstuhlknopf. Wartet. Lässt den Kopf hängen und schließt die Augen. Spürt das geprellte Schulterblatt und die Beule am Hinterkopf. Wünschte, er könnte sich auf den Teppichboden legen und einschlafen.

Er öffnet die Augen. Betrachtet sein Spiegelbild in der Fahrstuhltür. Er sieht fünf, vielleicht zehn Jahre älter aus als gestern. Und es ist noch immer nicht vorbei.

Die Tür öffnet sich. Das Spiegelbild verschwindet. Er geht hinein. Dann bleibt ihm das Herz stehen.

Ein Schuss. Gedämpft, aber unverkennbar ein Schuss, irgendwo hinten im Flur.

09:47 UHR

Tyron muss ans Marschieren in der Truppe denken, mit schweren Stiefeln im Gleichschritt, ein knalliger Klang, der Zuversicht verbreitete. Es hat ihn immer an die Macht erinnert, die physische Macht, die Menschen besitzen, wenn sie sich zusammentun. Bei diesem Marsch hier geht jeder, wie er will, der Klang der Schritte wird übertönt vom allgemeinen Stimmengewirr. Aber das Gefühl ist ähnlich. Er fühlt sich mächtig. Es ist das erste Mal seit seinem Ausscheiden aus dem Corps, dass er sich so fühlt.

Aber zu sagen, dass *er* derjenige ist, der sich mächtig fühlt, trifft es nicht ganz. Es sind sie alle gemeinsam. Er fühlt sich als Teil von etwas Machtvollem.

Die Leute um ihn herum gehen mit stolz erhobenen Köpfen. Einige haben ihre Kinder mitgebracht, und auch die gehen mit stolz erhobenen Köpfen. Einige Gruppen halten sich bei den Händen. Andere recken die Fäuste in die Luft. Auf Protestschildern stehen Dinge wie GERECHTIGKEIT FÜR REGGIE HARRISON, SCHLUSS MIT DEM POLIZEI-

TERROR, #BLACKLIVESMATTER. Marlon hatte recht, denkt er. Etwas Großes ist im Gange. Es liegt in der Luft: Etwas ist im Entstehen. Jeder von ihnen spürt es. Der heutige Tag ist wichtig, aber es entsteht etwas, das über ihn hinausreichen wird.

Vor ihnen rückt das Reef näher, und er verspürt einen Anflug von Scham, weil er gleich die Schar der Demonstranten verlassen wird, um den Mann zu treffen, der all diese Wut ausgelöst hat. Er fragt sich, ob es ein Verrat an seiner Gemeinde ist, wenn er sich mit einem Killer-Cop zusammentut. Obwohl es darum geht, sich Hilfe zu holen bei der Suche nach Marlon.

Vielleicht sollte er sich von Keenan lossagen. Vielleicht wäre es das Richtige. Aber der Gedanke erfüllt Tyron ebenfalls mit Scham. Er selbst hat schließlich auch Menschen getötet. Viele mehr als Keenan. Und dieser wiederkehrende Gedanke weckt in ihm die größte Scham überhaupt: Diese Leute, denen er das Leben nahm – seien es Terroristen, Aufständische oder Extremisten gewesen oder wie auch immer der Westen sie bezeichnet –, waren in ihrer Heimat gewesen.

Er könnte vorbringen, dass diese Leute versucht hatten, ihn und seine Marines zu töten, dass sie versucht hatten, Bomben hochgehen zu lassen, um so viele Menschen wie möglich in den Tod zu reißen, dass er oft nur auf Patrouille gewesen war, als er auf sie stieß, und nicht ausdrücklich Jagd auf sie gemacht hatte. Doch eine Tatsache lässt sich nicht leugnen: Er kam über Kontinente und einen Ozean hinweg in *ihre* Heimat und brachte sie dort um. An Orten, zu denen er keine Verbindung hat. An Orten, die er selbst jetzt nicht versteht, und in denen Menschen leben, deren Sprachen er nicht spricht, deren Religionen er nicht praktiziert, deren Geschichte und Gebräuche er kaum oder überhaupt nicht kennt. Und er verließ seine Heimat und trainierte mit höchster Konzentration, Anstrengung und Disziplin, um sich zu einem extrem leistungsfähigen Killer zu verwandeln und eine Gruppe extrem leistungsfähiger Killer anzuführen, damit er in die Heimat dieser Menschen einfallen und sie umbringen konnte. Vielleicht war es richtig so. Vielleicht. Aber warum macht es ihm dann jetzt so zu schaffen? Ich versuchte immer das Richtige zu tun, denkt er, aber irgendwie stellt es sich meistens als das Falsche heraus.

Die blau getönten Fenster des Reef schimmern im Sonnenlicht wie das Meer an einem wolkenlosen Tag. Jetzt stellt sich die entscheidende Frage: Verlässt er die Demonstration oder bleibt er dabei? Egal, wie er sich entscheidet, er wird jemanden im Stich lassen.

Er schaut auf die Demonstranten um ihn herum, auf Auntie Trudy, Tara und Ricky neben ihm, und fragt sich, ob er das Recht hat, sich zu diesen Leuten zu zählen. Sie sind so entschlossen, so hoffnungsvoll und gut. Er ist zu lange fort gewesen. Hat zu viel gesehen und getan. Wenn sie wüssten … würden sie dann immer noch wollen, dass er Teil von alledem ist?

Vielleicht gehört er ja zu Keenan, einem schuldgeplagten Mann, an dessen Händen das Blut eines Unschuldigen klebt. Das von Tyron vergossene Blut stammte von feindlichen Kämpfern, aber was ist mit all den Fehlern, die ihm unterlaufen sind? Er wurde belobigt und mit Orden behängt, aber wenn man so viel Zeit in der Wüste verbringt, begeht man unweigerlich auch Fehler. Es war unmöglich, jedes Mal die sicherste Route zu wählen, unmöglich, überall gleichzeitig zu sein und immer seine Männer und die Zivilisten zu schützen. Er hat nie das Blut eines Unschuldigen vergossen, nachts aber hat er oft wachgelegen und sich gefragt, wie er jemand Bestimmten hätte retten können, was er hätte anders machen können. So ging es Jahr um Jahr, und irgendwann begann es ihm so vorzukommen, als sei einen Tod nicht zu verhindern und einen zu verursachen ein und dasselbe.

Derart innerlich zerrissen, weiß Tyron nicht, wie er dem

Glauben, den Marlon in ihn setzt, gerecht werden soll. Wie er zu der Sache, um die es hier geht, etwas beitragen soll.

Marlon ist immer noch verschwunden, ruft er sich ins Gedächtnis. Ihn zu suchen und zu finden, *das* ist dein Beitrag. Über den Rest machst du dir später Gedanken. Erfüll deine Pflicht, Marine. Sei loyal gegenüber deinen Waffenbrüdern und –schwestern. Gegenüber deinen Brüdern und Schwestern, die in Kämpfe verwickelt sind. So hat er seine Rolle im Mittleren Osten gerechtfertigt. Und so wird er auch seine jetzige Rolle rechtfertigen. Ehre, Mut, Hingabe. Er ist immer noch Soldat. Ein Marine. Nur statt seiner Truppe sind jetzt diese Leute hier seine Familie.

Dein Dienst ist nicht vorbei, sagt er sich. Du würdest verrückt werden, falls du ganz alleine vor dich hinlebst. Dein Dienst wird nie vorbei sein. Er verändert sich, aber er endet nie. Wofür man mich auch braucht, wo immer ich helfen kann, das wird meine Mission sein.

Im Moment benötigt Marlon meine Hilfe. Und Keenan auch. Er hat ein schreckliches Verbrechen begangen, aber ich werde ihn nicht im Stich lassen. Ich lasse niemanden im Stich.

Dann wendet Tyron sich zu Trudy, Tara und Ricky, nimmt jeden von ihnen in seine kräftigen Arme und sagt: »Wir sehen uns später. Ich hab was zu erledigen.«

09:48 UHR

Während er wie erstarrt auf der Türschwelle des Fahrstuhls steht, weiß Keenan instinktiv, wo der Schuss gefallen ist. Entsetzen packt ihn. Er kann sich nicht bewegen. Kann sich nicht umwenden, um sich dieser neuesten Bedrohung zu stellen. Bis die sich schließende Fahrstuhltür gegen ihn prallt und ihn aus der Erstarrung reißt.

Er scheint zeitliche Aussetzer zu haben: Plötzlich rennt er mit gezückter Waffe durch den Flur. Oh Gott, Fischer, bist du auch tot?

Bleib nicht stehen – wenn du das tust, werden dir Zweifel kommen und deine Angst und Vernunft werden dich lähmen.

Aber Keenan bleibt doch stehen, vor der Tür, hinter der Fischer verschwand, und ihm wird fast schwindlig vor Angst. Er wünschte, seine Hände wären nicht so schwitzig. Er wünschte, sie wären ruhiger. Er wünschte, sein Herz würde nicht so laut klopfen. Wie soll er so einen klaren Gedanken fassen?

Ein weiterer Schuss. So viel lauter als der erste. Zweifellos in dem Zimmer abgefeuert.

Keenan zögert einen Sekundenbruchteil, fragt sich entsetzt, was sich hinter der Tür verbergen mag. Aber dann erwacht der Polizist in ihm zum Leben und fordert ihn auf, die Tür einzutreten. Ohne nachzudenken, hebt er das Bein, legt sein ganzes Gewicht hinter den Fuß und tritt mit aller Kraft zu. Sein Schuhabsatz kracht gegen das Holz. Es splittert. Der Schlossriegel bricht aus dem Türrahmen, die Tür fliegt auf.

Mit gehobener Waffe geht Keenan hinein. Im hinteren Teil des Zimmers sieht er ein bekanntes Gesicht. Thompkins, Fischers kriecherischer Lakai. Er steht über einem reglos am Boden liegenden Körper, fährt überrascht zu Keenan herum, eine qualmende Pistole in der Hand. Gottverdammter Thompkins. Was zum Henker tut der Kerl?

Thompkins richtet die Waffe auf ihn. Er wird mich erschießen, denkt Keenan. Was ist hier los, verdammt noch mal?

Während Keenans Gedanken sich überschlagen, zieht er automatisch den Abzug seiner eigenen Waffe durch. Ein ohrenbetäubender Knall erschüttert das kleine Zimmer. Er schießt noch einmal. Und noch einmal.

Thompkins wird zurückgeschleudert, feuert dabei willkürlich in die Luft. Blut spritzt ihm seitlich aus dem Hals und aus der Brustmitte. Keenan zieht immer wieder den Abzug durch und tritt währenddessen vor, bis Thompkins mit ausgestreckten Gliedern am Boden liegt, die Pistole noch in der erschlafften Hand, während um ihn herum sein Blut im Teppich versickert.

Verschwommen wird Keenan bewusst, dass er einem zweiten Menschen das Leben genommen hat; nichtsdestoweniger lässt seine Polizeiausbildung ihn eilig den Rest des Zimmers in Augenschein nehmen. Er sieht Fischers Hirnreste am bodentiefen Fenster kleben, was die schöne Aussicht auf die Skyline von Vegas verunstaltet. Er sieht Fischers ausgstreckte Leiche am Boden; Blut tropft ihm aus dem Hinterkopf und läuft ihm aus dem Bauch. Dann erst bemerkt er den großgewachsenen kahlköpfigen schwarzen Mann, der gefesselt und geknebelt in einer Ecke kauert und ihn aus aufgerissenen Augen anstarrt. All dies sieht Keenan, doch bewusst ist ihm nur das wilde Pochen seines Herzens. Er wusste nicht, dass ein Herzschlag so laut sein kann.

Nachdem er das Bad inspiziert hat, wird das Pochen in seiner Brust leiser, sodass er nun seine Gedanken vernehmen kann. Er kehrt ins Zimmer zurück, um dem Mann den Knebel aus dem Mund zu nehmen. Aber dann überkommt ihn mit einem Mal bleierne Müdigkeit. Er bleibt stehen und sinkt auf ein Knie. Versucht durchzuatmen. Er legt die Waffe in die linke Hand und reibt die rechte an der Hose trocken. Anschließend wischt er sich den Schweiß ab, der sich, ohne dass er es gemerkt hätte, auf seiner Stirn und der Oberlippe gebildet hat.

Was zum Henker geht hier vor?

Er schaut auf. Der kahlköpfige Mann in der Zimmerecke starrt ihn immer noch an. Die Augen liegen ihm tief in den Höhlen. Er scheint ihn zu erkennen. Wahrscheinlich weiß er, wer ich bin, denkt Keenan. Wahrscheinlich hasst er mich.

Schwerfällig richtet Keenan sich auf. Atmet ein paar Mal schnaufend durch. Ausruhen kann er, wenn all das hier vorbei ist. *Endgültig* vorbei ist.

Er steckt die Waffe ins Holster und zieht dem Mann den Knebel aus dem Mund. Der Mann verzieht das Gesicht und kippt zur Seite; seine Hand- und Fußgelenke sind mit Kabelbindern gefesselt. Keenan hilft ihm, sich wieder aufzusetzen.

»Dieses Dreckschwein!«, schreit der Mann. »Dieses Dreckschwein! Er hat mich in die Falle gelockt. Dieser hinterhältige Mistkerl. Hat mir einen Abschiedsbrief in die Tasche gesteckt. Es sollte aussehen, als hätte ich Selbstmord begangen. Gott sei Dank haben Sie ihn erledigt. Ich bin froh, dass Sie es getan haben. Ich weiß, wer Sie sind. Ich weiß ...« Der Mann ist atemlos vor Wut, schnappt nach Luft. Schiebt grimmig den Unterkiefer vor, zieht die Augen zusammen, ist hin und her gerissen zwischen Dankbarkeit und Verachtung.

»Was ist passiert?«, fragt Keenan.

»Der Kerl hat uns in die Falle gelockt. Es sollte aussehen, als hätte ich den da umgebracht und mir dann eine Kugel in den Kopf ...«

»Polizei! Alle auf den Boden!«

Keenan lässt sich auf den Bauch fallen, die Hände am Hinterkopf. Er hört eine Blendgranate in den Raum rollen. Die Explosion zerreißt ihm beinahe die Trommelfelle und blendet ihn, obwohl seine Augen geschlossen sind. Rauch quillt ihm in Mund und Nase, dann in die Lunge. Er hustet ihn heraus. In seinem Kopf dreht sich alles. Er versucht, dem animalischen Drang zu widerstehen und nicht aufzuspringen. Hinter dem Klingeln in seinen Ohren hört er dumpf die schweren Stiefelschritte, und dann spürt er ein Knie im Rücken und wie kräftige Hände seine Arme herunterreißen und ihm Handschellen anlegen. Mehrere Stimme brüllen ihn an, sich nicht zu bewegen.

Schließlich öffnet er die Augen. Überall stehen Mitglieder eines SWAT-Teams. Sie füllen das ganze Hotelzimmer aus, jeder wirkt riesig in seiner pechschwarzen kugelsicheren Körperpanzerung. Helme, automatische Waffen, taktische Ausrüstung, das volle Programm. Sie sind furchterregend. Während er am Boden liegt, fragt sich Keenan, ob sie ihn womöglich erschießen werden, wie bei einer Exekution.

Einer der Männer nimmt Keenan die Waffe ab, ein anderer zieht ihn auf die Beine. Sie tun das Gleiche mit dem Mann in der Ecke, dem sie die Kabelbinder durchtrennen, nur um ihm ihre eigenen Handschellen anzulegen.

Keenans Haut prickelt. Seine Hände zittern. Sie würden noch stärker zittern, wenn sie nicht im Rücken gefesselt wären. Er kann nicht aufhören zu blinzeln. Es ist das erste Mal in seinem Leben, dass er hilflos der Polizei ausgeliefert ist. Unwillkürlich beschwört er das Bild des Jungen herauf, wie er am Boden liegt, nachdem er ihn erschossen hat. Keenan blinzelt noch immer, nun aber um die Tränen zurückzuhalten.

Einer der Polizisten tritt zur Seite, um jemanden hereinzulassen. Der Neuankömmling trägt keine Körperpanzerung, nur einen schlichten grauen Anzug. Detective Miles. Er nimmt rasch den Tatort in Augenschein, sein Blick bleibt an Keenan hängen. Seine schmalen aufgesprungenen Lippen verziehen sich zu einem Grinsen. Doch es ist weder ein beifälliges noch ein abfälliges oder ein höhnisches Grinsen, sondern eines, das nur tiefe Abscheu zum Ausdruck bringt. Abscheu für Keenan Quinn.

»Was zum Teufel haben Sie hier angerichtet?«, fragt er ihn in vernichtendem Tonfall, und als Antwort lässt Keenan nur den Kopf hängen und fängt an zu weinen.

11

10:09 UHR

Tyron tigert durch die Lobby des Reef. Keenan ist nirgends zu sehen und antwortet auch nicht auf seine Anrufe und SMS. Außerdem sind überraschend viele Polizisten vor Ort. Es wurde kein Großalarm gegeben, und die Hotelgäste verhalten sich ganz normal, außer dass sie neugierig die Cops beobachten – Polizisten in Zivil, in Uniform und in Kampfmontur –, die herumeilen, das Reef betreten und verlassen, Aufzüge nehmen und Treppen hochsteigen.

Tyron zieht sich in den Hintergrund zurück, stellt sich an eine Wand, an der das Abbild eines tauchenden Delfins prangt. Er fragt sich, ob das, was hier vorgeht, mit den von Antoine begangenen Morden zu tun hat, aber nein, dem Treiben haftet eine Dringlichkeit an, eine Ungewissheit, und das lässt darauf schließen, dass es sich um etwas Unmittelbares handelt. Der schockierte und entsetzte Ausdruck auf den Gesichtern der meisten Cops weckt eine dunkle Vorahnung bei Tyron. Er sieht genau hin, kann aber keine weiteren Informationen aufschnappen, bis plötzlich ein SWAT-Team durch die Lobby marschiert, in dessen Mitte sich einige zivile Cops und zwei mit Handschellen gefesselte Gefangene befinden. Tyron traut seinen Augen nicht, als er sieht, wer die beiden sind. Keenan und Marlon. Er schickt ein Stoßgebet der Dankbarkeit gen Himmel, dann stößt er sich von der Wand ab, um die Eskorte abzufangen.

Keenan und Marlon sehen benommen und erschöpft aus, sind aber beide körperlich unversehrt. Marlon wirkt ungebrochen, stolz wie eh und je. Er fügt sich der polizeilichen Autorität, hält den Kopf aber dennoch hoch erhoben. Keenan hingegen wirkt verloren. Sein Kopf hängt herunter, der Blick ist zum Boden gerichtet, sein Gesicht ist bar jeder Hoffnung und Kampfbereitschaft. Was immer geschehen ist, es hat ihn gebrochen, denkt Tyron, während er auf die beiden zueilt.

»Marlon«, sagt er, als er sie erreicht, und bis auf Keenan richtet die gesamte Eskorte den Blick auf ihn.

Als er den Ausdruck auf den Gesichtern der Cops sieht, hebt Tyron schnell die Hände und ruft: »Ich bin Kriegsveteran«; es ist der Gesichtsausdruck von Leuten, die jemanden erschießen wollen. Die Information verwässert ihr verächtliches Starren, lässt es aber nicht verschwinden. Dennoch tritt Tyron näher heran.

»Geht es Ihnen gut, Marlon?«, fragt er mit lauter Stimme, zwischen den Männern hindurch, die ihm den Weg versperren.

»Ja«, antwortet sein früherer Coach, die Stimme rauer als sonst. Er blickt zu Keenan, der direkt vor ihm steht und noch immer nicht aufschaut. »Kümmere dich um deinen Freund«, sagt er zu Tyron gewandt. »Er hat mir das Leben gerettet.«

Einer der Polizisten wendet sich zu Tyron. »Treten Sie zurück.«

Tyron macht einen Schritt nach hinten. »Weshalb werden die beiden abgeführt, Officer?«

»Sie kennen sie?«, fragt der Cop. Er ist genauso groß wie Tyron, wirkt in seiner Körperpanzerung aber größer. Beide Hände liegen auf seiner – im Augenblick noch – gesenkten Maschinenpistole. Der Mann wirkt gefährlich aufgedreht und tritt dichter zu Tyron heran, als würde er nur auf einen Vorwand warten, um Letzterem Schmerz zufügen zu können.

Tyron hebt den Blick von der Maschinenpistole und schaut dem Mann ins Gesicht. »Ich bin unbewaffnet«, sagt er.

»Ich habe Ihnen eine Frage gestellt.«

»Ja, ich kenne die beiden. Ich war Captain bei den Marines. Wurde vor einigen Tagen ehrenhaft entlassen. Dieser Mann ist ein Freund von mir. Er ist heute Morgen spurlos verschwunden.«

Der Cop betrachtet ihn, scheint nicht zu wissen, was er mit Tyrons Äußerung anfangen soll. Er schaut seinen Kollegen hinterher, die ohne ihn weitergehen, und ein älterer Polizist in Zivil, der einen grauen Anzug trägt und neben Keenan hergeht, bedeutet ihm, zu ihnen aufzuschließen.

Der Cop schaut zu Tyron zurück. »Ich sagte, Sie sollen zurücktreten.«

Zögerlich folgt Tyron der Anweisung. »Warum nehmen Sie die beiden mit?«

»Sie sind nicht mehr in Bagdad ... *Captain.*«

Der Cop wendet sich um und schließt zu seinen Kollegen auf, die das Reef durch den Haupteingang verlassen. Tyron zieht sein Handy aus der Tasche und ruft Tara an.

»Verlass die Demo und hol dein Auto«, sagt er. »Ich habe Marlon gefunden.«

10:17 UHR

EILMELDUNG. EILMELDUNG.

Immer wieder blitzt das Wort in riesigen Buchstaben auf dem Bildschirm auf. Zwei weitere Tote im Reef – die Reporter scheinen regelrecht ins Schwärmen zu geraten –, nur einen halben Tag nach den Morden an Norman Bashinsky und Raymond Monk durch Antoine Deco. Es ist fast zu köstlich für die Medienleute, um ihre geübte Nüchternheit beizubehalten. Alle Nachrichtenteams, die von der Demonstration berichtet haben, sind zum Casino geeilt.

Naomi und Rosie schauen schweigend auf den Fernseher. Zwischen ihnen herrscht ein unausgesprochenes Einvernehmen, dass die Welt nun vollends aus dem Lot geraten ist.

»Zu diesem Zeitpunkt wissen wir noch nicht, ob ein Zusammenhang besteht zwischen der heutigen Tat und den Morden an Bashinsky und Monk. Aber wir wissen, dass die Polizei zwei Männer in Gewahrsam genommen hat.«

Naomi steht auf und geht zum Fenster. Die geteerte Oberfläche des Parkplatzes schillert in der Hitze wie Wasser. Auf der dahinterliegenden Straße rauschen Autos vorbei. Die Stadt gerät außer Kontrolle, und was tut sie selbst während alledem? Sitzt in einem Hotelzimmer herum und dreht Däumchen.

»Soeben erfahren wir, dass die Polizei das Gebäude gleich mit den beiden Männern verlassen wird. Wir sollten jeden Moment Sichtkontakt haben.«

Naomi wendet sich zu Rosie und fragt: »Sollen wir es noch mal bei ihm versuchen?«

»Wenn Craig allein sein möchte, dann lässt man ihn besser in Ruhe«, entgegnet Rosie und schaut kurz auf, dann richtet sie den Blick wieder auf den Fernseher.

»Was ist mit Antoine?«

Diesmal schaut Rosie nicht auf. »Ich kenne Antoine. Er war ein guter Junge. Er ist nicht hinter Craig her.«

Naomi runzelt die Stirn. Sie kann nirgends hin. Kann sich an niemanden wenden. Hat nur den Fernseher, der sie unablässig daran erinnert, dass es auf dem Planeten dieser Tage eine Krise nach der anderen gibt. Und dass sie nichts tun kann, außer sich den Flächenbrand auf dem Bildschirm reinzuziehen.

Polizisten kommen aus den glänzenden Doppeltüren des Reef. Ein SWAT-Team, in dessen Mitte einige Cops in Zivil und …

Rosie stöhnt auf, als würde sie gleich in Ohnmacht fallen. Naomi stürzt zum Fernseher. Keenan. Einer der Männer in Handschellen ist Keenan. Unbewusst legt Naomi ihre Hand auf Rosies Schulter. Und Rosie legt ihre Hand darüber. Keine der beiden Frauen löst den Blick vom Fernsehbild.

Das Reportergebrabbel rückt in den Hintergrund. Keenan. Wo ist er jetzt nur wieder hineingeraten? Mit apathischer Miene trottet er zu dem Konvoi der Polizeifahrzeuge.

Unter den Cops erkennt Naomi Brian Fitzgerald, der lebhaft auf einen Mann im grauen Anzug einredet. Fitz kann ihr helfen.

Naomi greift nach ihrem Schlüsselbund.

»Wo willst du hin?«, fragt Rosie.

»Zum Reef. Ich muss etwas tun.«

»Aber Keenan wird weg sein, wenn du dort ankommst. Sie werden ihn aufs Revier bringen.«

Naomi schaut auf den Bildschirm. »Ich muss etwas tun!«

»Ich habe auch Angst«, sagt Rosie. »Aber …«

»Falls man Keenan auf dem Revier festhält, kann er nicht nach Craig suchen. Das kann ich übernehmen.« Naomi nickt bekräftigend. »Das kriege ich hin.«

»Naomi, bitte! Geh nicht.«

Aber sie eilt schon zur Tür, reißt sie auf. Sie schaut ein letztes Mal zurück. Rosies verzweifelte Miene lässt sie innehalten. Naomi setzt an, etwas zu sagen. Doch ihr fällt nichts ein, was Rosie oder ihr selbst Trost spenden würde.

Sie geht zurück. Bückt sich hinab. Küsst ihre Schwiegermutter auf die Stirn. Umarmt sie. »Es wird schon gut gehen«, sagt Naomi.

Dann verlässt sie das Zimmer und diesmal schaut sie nicht zurück.

10:47 UHR

Keenan schreckt aus dem Halbschlaf und spürt sogleich bohrende Kopfschmerzen. Er versucht seine Schläfen zu massieren, aber seine Hände sind im Rücken gefesselt, die Handgelenke und Schultern fühlen sich wund an. Er sieht nur blendendes Licht. Sein Rücken ist stocksteif. Er drückt ihn durch und setzt sich blinzelnd auf. Das Licht beginnt, sich in Formen und Farben aufzufächern, Rot-, Beige- und Brauntöne.

Er sitzt im Fond eines Zivilfahrzeugs. Ein feinmaschiges Metallgitter trennt ihn von den Vordersitzen. Die einzige andere Person im Auto ist der Fahrer: Miles. Draußen sieht er Berge und die Wüste. Er reckt den Hals herum, aber hinter ihm ist nicht die Skyline von Las Vegas, nur die schwarze Fahrbahn, die in der Ferne am Horizont verschwindet, ein schmaler, in die Landschaft gezogener Bleistiftstrich.

Im Rückspiegel fängt er Miles' Blick auf; der Detective sieht ihn kurz an, schaut dann wieder auf die Straße zurück.

Keenan hebt an, etwas zu sagen, doch seine Kehle ist so trocken, dass ihm die Worte im Hals steckenbleiben. Er räuspert sich und fragt: »Wo bringen Sie mich hin?«

Wieder Miles' hellgrüne Augen im Rückspiegel.

Keenan spürt ein Frösteln in den Schultern. Er zieht sie hoch. Was hat Miles vor?

»Wollen Sie mir wirklich nicht verraten, wo wir hinfahren?«

Keine Antwort.

Es gibt nur einen Grund, warum man einen gefesselten Mann in die Wüste bringt, und der Gedanke lässt ihn nicht mehr los. Was Keenan nicht klar ist, ist, warum Miles ihn sollte umbringen wollen. Dann geht ihm ein Licht auf: Thompkins tötet Fischer; direkt danach erscheint Miles mit einem SWAT-Team; Miles' abfälliger Blick, als ob Keenan seinen Plan durchkreuzt hätte. Miles hat mit Thompkins zusammengearbeitet. Keenan weiß zu viel.

Er zerrt an den Handschellen, merkt aber sofort, dass seine Bemühungen vergeblich sind, dann fragt er sich, ob er das Gitter durchtreten kann – oder ob er versuchen sollte, mit den Absätzen die Scheibe einzutreten. Aber er bezweifelt, dass er sich mit gefesselten Händen aus dem Fenster eines rasenden Autos befördern könnte, geschweige denn, es überleben.

Keenan ist überrascht, dass ihm das Herz nicht bis zum Hals schlägt. So wie im Hotelflur. Eigentlich sollte es wie wild hämmern, aber ihm ist alles egal geworden. Zumindest um sich selbst macht er sich keinen Kopf mehr. Die Wahrheit aber, die ist ihm weiterhin wichtig.

»Warum?«, fragt er.

Die grünen Augen mustern ihn im Spiegel, schauen dann wieder auf die Fahrbahn. Eine Antwort erhält er nicht.

»Warum hat Thompkins Fischer umgebracht?«

Miles ignoriert ihn.

»Warum hat Thompkins den Schwarzen gekidnappt?«

Keine Antwort.

Der Motor schnurrt und die Reifen surren, doch die offene monotone Landschaft hinter der Scheibe wirkt totenstill, und obwohl der Innenraum des Wagens wegen der Klimaanlage angenehm kühl ist, sieht es draußen aus, als würde der goldbraune Sand unter der sengenden Sonne jeden Moment in Flammen aufgehen.

Plötzlich reißt Keenan die Augen auf. *Dad.* Er beugt sich zum Gitter vor.

»Lassen Sie mich meinen Vater anrufen. Bitte. Antoine Deco ist hinter ihm her. Ich werde meinem Vater nichts verraten, ich muss ihn nur …«

»Deco ist nicht hinter Craig her.«

»Was?«

»Deco hat es nicht auf Ihren Vatr abgesehen.«

»Woher wissen Sie das?«

»Weil Ihr Vater nicht Raul Deco erschossen hat. Das war ich.«

Keenan starrt Miles an. »Warum?«

»Ist doch egal.«

»Schauen Sie, ich weiß, was mir bevorsteht. Ich weiß, was Sie mit mir vorhaben. Es ist mir gleich. Aber verraten Sie es mir. Verraten Sie mir, warum. Erzählen Sie mir alles. Raul Deco. Bashinsky. Die Shaws. Fischer und Thompkins. Der Schwarze, den er gekidnappt hat. Warum? Was war der Grund dafür, so viele Leben zu zerstören?«

Miles spitzt die Lippen und fährt ungerührt weiter. Keenan wartet, vorgebeugt auf seinem Platz, das Gesicht zwei Zentimeter vor dem Gitter. Die gelbbraunen Berge bilden einen scharfen Kontrast zum wolkenlosen Himmel. Keenan lehnt sich wieder zurück. Ich kriege keine Antworten, denkt er. Ein passendes Ende für ein verwirktes Scheißleben.

»Raul Deco war ein Dieb. Wir ließen ihn Jobs für Bashinsky erledigen. Eines Tages zog er für uns ein großes Ding durch; Bashinsky wollte keine losen Enden.«

Miles' trockene emotionslose Stimme, mit der er frühere Verbrechen zugibt, weckt Keenan auf. Mit gestrafftem Rücken beugt er sich vor, unsicher, warum Miles plötzlich redet, aber dankbar, nun womöglich ein paar Antworten zu erhalten.

»Was für ein großes Ding?«

Im Spiegel erkennt Keenan den Anflug eines Lächelns auf Miles' schmalen Lippen.

»Bashinsky hatte lange Zeit verschiedene Casinos betrieben, aber ihm gehörte keins am Strip. Und genau dort wollte er eins haben. Deshalb platzierte er eine Frau im Leben eines alten

Mannes, der dort ein Casino besaß, und bestach diverse Leute im Umfeld des Mannes, um ihn zu ermutigen, die junge Frau zu heiraten und um Zwietracht zwischen ihm und seinen erwachsenen Kindern zu sähen. Der alte Mann ehelichte die Frau und bedachte sie in seinem Testament mit einer Mehrheitsbeteiligung an seinem Casino. Irgendjemand muss geplaudert haben, oder vielleicht ist er selbst darauf gestoßen, jedenfalls fand er heraus, dass seine junge Gattin für Bashinsky arbeitete. Er ließ eilig ein neues Testament aufsetzen, in dem er das Casino wieder seinen Kindern hinterließ. An dem Punkt kam Raul Deco ins Spiel. Er stahl alle Kopien des neuen Testaments. Dann haben Monk und ich ihn erledigt. Danach kümmerten wir uns um den alten Mann. Bei ihm ließen wir es aber wie einen natürlichen Tod aussehen. Die junge Witwe erbte das Casino. Sie verkaufte es an Bashinsky und erhielt überdies eine großzügige Summe für ihre Bemühungen. Bashinsky ließ das Casino abreißen und baute das Reef.« Miles' Blick springt zum Rückspiegel; offenbar amüsiert ihn die Geschichte. »Niemand wusste seinen Willen so gut durchzusetzen wie Norman Bashinsky.«

Keenan schluckt. Er rollt die Schultern und spannt die Handschellen. »Und die Shaws? Warum mussten die sterben?«

»Woher wissen Sie von den Shaws?«

»Das hat Antoine mir auch verraten. Ich habe Ihnen und Fischer nicht genug getraut, um Ihnen davon zu erzählen. Eine meiner wenigen guten Entscheidungen.«

»Die Shaws wurden gewarnt. Sie hätten darauf hören sollen.«

»Wovor gewarnt? Was haben sie verbrochen?«

»Sie waren eine Bedrohung.«

»Die Shaws?«

»Sie waren Aktivisten, die in den Medien und der Öffentlichkeit ein schlechtes Bild von uns zeichneten. Und sie hatten viele Anhänger. Sie wollten, dass die Casinos höhere Steuern abführen und mehr Angehörige von Minderheiten einstellen müssen. Aber so funktioniert das nicht in unserer Stadt. Und in unserem Land auch nicht.«

Keenan erinnert sich an die Beisetzung der Shaws. An Tyrons Tränen. Und an Antoines. Und an seine eigenen.

»Sind Sie nicht besorgt wegen Antoine?«, fragt er.

»Ich werde ihn finden, bevor er mich findet.«

Miles schlägt des Lenkrad ein und fährt vom Highway auf eine Staubpiste.

»Noch was?«, fragt der Detective. »Jetzt ist der richtige Zeitpunkt.«

»Die Sache heute, worum ging es dabei?«

»Ich habe Ihnen doch gesagt, dass Sie sich von meinem Tatort fernhalten sollen, richtig? Sie haben sich nicht daran gehalten und jetzt müssen Sie den Preis dafür zahlen.«

»Wie in aller Welt konnten Sie Fischer umbringen? Warum etwas so …«

»Fischer musste weg. Er hat seine Nase in Sachen gesteckt, die ihn nichts angingen. Und langfristig gesehen ist die Black-Lives-Matter-Bewegung schlecht fürs Geschäft. Genauso wie Marlon Joseph, der Schwarze, den Sie antrafen, schlecht fürs Geschäft ist. Wir haben Nachrichten von ihm an Fischer gefakt, mit Informationen über eine extremistische Black-Power-Zelle. Alles Schwachsinn. Ein bekannter farbiger Aktivist bringt Fischer um und begeht danach Selbstmord: Dadurch ist Fischer aus dem Spiel und auf die Black-Lives-Matter-Bewegung fällt ein schlechtes Licht. Wir wollten zwei Fliegen mit einer Klappe schlagen.«

»Zwei Fliegen mit einer Klappe schlagen, Sie …« Keenan schüttelt den Kopf. »Das ist krank. Sie sind krank. Bashinsky ist tot, warum sollte das Geschäft Sie noch weiter interessieren?«

Im Rückspiegel wirft Miles Keenan einen Blick zu, der zu

sagen scheint: Wie blöd sind Sie eigentlich? »Ist das Reef tot? Ist der Strip tot? Geschäft bleibt Geschäft. Es geht immer weiter. Wenn jemand abkratzt, übernimmt ein anderer seinen Platz.« Seine Augen blitzen. »Das ist der natürliche Lauf der Dinge.«

Keenan schaut nach rechts und links, seine Atmung geht schneller. Der Weg führt um einen felsigen Bergausläufer herum und zwischen rötlich-braunen Gipfeln in ein Tal hinein.

»Aber Ihr Plan hat nicht funktioniert. Marlon Joseph lebt. Sie sind am Arsch.«

»Sie liegen schon wieder falsch, Quinn. Dank Ihrer freundlichen Mithilfe können wir alles Thompkins in die Schuhe schieben.«

»Was wollen Sie denen denn erzählen, häh?« Keenan lehnt sich zurück und tritt mit aller Kraft gegen das Gitter. Es klappert, aber gibt nicht nach. »Sie nehmen einen Mann in Gewahrsam, und dann verschwindet er einfach? Ist doch ziemlich offenkundig, was passiert ist.«

Miles schaut nicht in den Spiegel. »Ich lasse mir etwas einfallen«, murmelt er.

»Dafür kriegen die Sie ran.«

»Was Sie nicht sagen.«

Keenan lehnt sich zurück und rammt seine Füße gegen die Glasscheibe. Ein dumpfer Knall ertönt, aber das Glas bleibt unversehrt. Er zieht die Knie an, um erneut zuzutreten, als das Auto seitlich ausschert und er über die Sitzbank rutscht und mit dem Kopf voran gegen die Tür stößt. Er setzt sich auf und sieht, dass sie die Staubpiste verlassen haben und auf einem Pfad durchs sandige Gestrüpp fahren, tiefer hinein in die Berge. Er schaut aus dem Rückfenster, kann aber in der Staubwolke hinter ihnen nichts erkennen.

Er starrt auf Miles' ledrigen braunen Hals. Überlegt, ob er um sein Leben betteln soll. Nein, denkt er. Diesen Mistkerl winselt er nicht an. Diesen korrupten Killer. Scheiß auf ihn. Antoine wird schon keinen Fehler machen, er weiß, dass Miles sein Mann ist. Dad hat nichts zu befürchten. Und mit ein bisschen Glück wird Antoine Miles erledigen.

Der Wagen wird langsamer und bleibt schließlich in einem schattigen, von Bergen umgebenen Talkessel stehen.

Miles steigt aus. Seine Lederstiefel knirschen bei jedem seiner Schritte. Er öffnet Keenans Tür, die Waffe in der Hand.

»Aussteigen.«

»Fuck you. Erschießen Sie mich doch gleich hier.«

Miles' trockene Augen blinzeln nicht.

»Verspritzen Sie mein Hirn im Wageninnern. Das können Sie dann Ihren Vorgesetzten erklären.«

»Aussteigen.«

»Nein.«

Blitzschnell beugt Miles sich in den Wagen. Keenan tritt nach ihm, aber es ist zu beengt, er hat keinen Platz, um einen richtigen Treffer zu landen. Miles stößt seine Beine zur Seite und schlägt ihm mit dem Pistolenknauf in den ungeschützten Solarplexus. Keenan stöhnt auf. Sein Atem, seine Seele, sein Leben entströmem seinem Mund. Er krümmt sich, kriegt keine Luft, der Schmerz in Bauch und Brust ist unerträglich. Er spürt, wie Miles ihn aus dem Wagen zerrt, und denkt, dass der Kerl ihn gar nicht mehr zu erschießen braucht; der Schlag reicht schon, um ihn zu töten.

Noch immer nach Luft japsend, fällt er in den Staub und windet sich wie ein Wurm. Seine ausgehungerte Lunge lechzt nach Sauerstoff. Miles schleift ihn weiter vom Wagen weg.

Endlich bekommt er einen Fetzen Luft in die Lunge und dann noch einen, bis er schließlich so schnell es geht ein- und ausatmet. Dabei konzentriert Keenan sich dermaßen auf seine Atmung, dass er das Aufheulen eines zweiten Automotors nicht sofort bemerkt. Dann schaut er auf, noch immer hechelnd. Miles steht einige Schritte von ihm entfernt, die Pistole auf sein Gesicht gerichtet, den Kopf in die Richtung gewandt, aus der sie kamen. Das Motorgeräusch wird lauter. Miles verlagert das Gewicht von einem Bein aufs andere, um den Störenfried zu empfangen, nimmt die Waffe in beide Hände, hebt sie, schussbereit.

Ein altes grünes Auto, lang und breit, brettert durch das Gestrüpp, wühlt eine riesige Staubwolke auf, kommt mit dröhnendem Motor auf sie zugeschossen.

Miles drückt ab. Keenan zuckt zusammen, als der Schuss explodiert. Er versucht aufzustehen, stürzt aber gleich wieder zu Boden, mit dem Gesicht zuvorderst, kann sich wegen seiner im Rücken gefesselten Hände nicht abstützen. Miles feuert weiter. Keenan spuckt bitteren Sand aus, verrenkt den Hals.

Das schwere Auto jagt über ein Bodenloch hinweg und steigt ein Stück in die Luft, prallt auf und rast ihnen weiter entgegen. Miles schießt wieder und wieder. Die Windschutzscheibe zerbirst. Keenans Füße rutschen durch den Sand, während er sich fortzuschieben versucht.

Der Wagen hat sie fast erreicht, ein riesiges, mit brüllendem Motor heranrasendes Ding.

Miles feuert einen letzten Schuss ab, und Keenan zuckt zusammen.

10:48 UHR

Tyron sitzt hinter dem Steuer von Auntie Trudys zwanzig Jahre alter Familienkutsche, einem robusten Wagen mit mächtigem Antrieb, über die Jahrzehnte liebevoll gepflegt. Er gleitet über den Asphalt, hinein in die Wüste, hält gebührenden Abstand; Tara und Ricky sind weitergefahren, vor das Zielobjekt. Eine wechselnde Observierung durchzuführen ist eines der vielen Dinge, die er im Mittleren Osten gelernt hat. Sein Handy steht im Becherhalter, auf Lautsprecher geschaltet; Tara und Rickys Updates kommen herein, und seine Befehle gehen heraus.

Nachdem er sie aufgefordert hatte, die Demo zu verlassen, hatten sie ein Taxi zum Parkplatz des Convention Centers genommen, um Taras Wagen zu holen, und waren zum Las Vegas Boulevard gefahren. Tyron blieb vor dem Reef, um zu beobachten, was mit Marlon und Keenan geschah. Vor dem Casino herrschte riesiger Trubel, die Polizei musste sich schwer ins Zeug legen, um die Schaulustigen und Medienleute fernzuhalten. Ein klein gewachsener Cop in Zivil redete auf einen schlaksigen Anzugträger ein, der die Operation offenbar leitete. Es sah aus, als würden sie wegen Keenan streiten, denn der jüngere Polizist mit Bart deutete immer wieder in dessen Richtung. Es dauerte eine ganze Weile, bis man Marlon und Keenan abtransportierte, sodass Tara und Ricky genügend Zeit blieb, ihre Position einzunehmen. Marlon wurde in einen Polizei-Van gesteckt, Keenan führte der schlaksige Cop zu einem Zivilfahrzeug. Tyron wusste nicht, wem er auf den Fersen bleiben sollte, aber Marlon hatte ihm gesagt, er solle sich um Keenan kümmern, also tat er es. Er gab die Marke, Farbe und das Kennzeichen an Tara und Ricky durch, die die Verfolgung des Wagens aufnahmen, sobald er sie passierte. Tyron fuhr unterdessen mit dem Taxi zum Convention Center, wo Auntie Trudy mit dem Autoschlüssel auf ihn wartete. Sie wollte ihn begleiten, aber als er von Ricky erfahren hatte, dass das Zivilfahrzeug nicht zum Revier fuhr, sondern auf dem Highway aus der Stadt, wusste er, dass etwas im Busch war.

»Ich muss das allein machen«, sagte er zu Auntie Trudy, und je weiter sie jetzt fahren, desto sicherer ist er sich, dass er richtig liegt mit seiner Einschätzung.

Rickys Stimme kommt aus dem Handy. »Ty, sie sind auf eine Staubpiste abgebogen. Was machen wir?«

Tyron steigt aufs Gaspedal. Der Wagen nimmt Fahrt auf und rauscht dann davon.

»Welche Staubpiste?«

»Du wirst sie gleich erreichen. Davor liegt ein großer grauer Felsblock neben der Straße. Was sollen wir jetzt tun? Umkehren?«

Er rast an einem Auto nach dem anderen vorbei. Sein Puls geht gleichmäßig. Weiter vorn sieht er den grauen Felsblock.

»Fahrt noch eine Minute weiter, dann wendet ihr und biegt auf die Staubpiste ab. Wartet dort auf weitere Instruktionen. Ich melde mich ab.«

Er nimmt das Handy, beendet die Verbindung mit einem Wisch seines Daumens und wirft es auf den Beifahrersitz. Zivilisten, die ihm ins Ohr schnattern, kann er jetzt nicht gebrauchen.

Er rast um die Kurve auf die Staubpiste, Kies spritzt unter den Reifen auf. Das Fahrzeug lässt sich besser als erwartet manövrieren.

Dann pflügt er über das holprige Gelände, kann den Wagen bei dem Tempo kaum kontrollieren. Er hält das Lenkrad mit aller Kraft fest, zieht die Lippen zurück vor Anstrengung. Seine Mühen zahlen sich aus. Weiter vorn führt eine Staubfahne in ein bergiges Gebiet. Er verringert stetig den Abstand zum Zielobjekt.

Um einen Hügel herum und hinein in den Schatten zwischen den Hängen jagt der Hai dem Blutgeruch hinterher, evaporiert ihn beim Einatmen, und deshalb kann er nicht langsamer werden, kann sich keinen Moment ausruhen, er kann nur beschleunigen, seine Jagd intensivieren. Der Geruch führt ihn von der Piste hinein ins Gestrüpp, mitten auf die Fahrspur, die seine Beute hinterlassen hat. Der Geruch hängt ihm nun schwer in der Nase. Und auch der seines Schweißes. Als feiner Film überzieht er sein Gesicht und seine Arme, die angestrengt den Wagen über den rumpeligen Untergrund steuern.

Er rast um einen haushohen Felsblock, und dann, in einiger Entfernung, sieht er, wonach er sucht: ein abgestelltes Auto und zwei Männer, einer davon auf den Knien, der andere steht, mit einer Pistole im Anschlag. Tyron gibt Vollgas.

Der Pistolenmann schießt. Ein Knall, als die Kugel die Windschutzscheibe durchschlägt. Tyron hält den Kurs. Das Glück ist mit den Tapferen, Motherfucker.

Mehr Kugeln. Ein exzellenter Schuss, wieder durchschlägt er die Windschutzscheibe. Tyron rutscht tief in den Sitz. Der Wagen brettert über ein Loch und hebt vom Boden ab. Kracht herunter. Die Vorderreifen wollen ausbrechen. Mit aller Gewalt hält Tyron sie gerade. Triff bloß nicht Keenan, denkt er.

Der nächste Einschlag: Die Windschutzscheibe explodiert. Glassplitter regnen auf Tyron herab. Aber gleich hat er die beiden Männer erreicht. Sekunden nur noch.

Keenan ist zu dicht dran. Fuck, er ist zu dicht dran.

Und der Pistolenmann nimmt Tyron ins Visier. Die Zeit bleibt stehen. Wie an jenem Morgen in Bagdad.

Jetzt kommt sie. Die Kugel, auf der dein Name steht. Und diesmal wird dir kein Präzisionsschuss eines Marines den Arsch retten.

Er beugt sich tief über das Lenkrad. Ein Schuss fällt. Etwas pfeift an seinem Ohr vorbei, pflügt ihm eine glühende Scharte in die Wange. Tyron zuckt nicht mal zusammen.

Der Pistolenmann hechtet aus dem Weg, doch Tyron reißt das Lenkrad herum.

Ein dumpfer Aufprall, als Metall auf lebendiges Fleisch trifft. Dann ein Knirschen, als der Körper unter den Reifen verschwindet.

Er steigt auf die Bremse. Kommt schlitternd zum Stehen.

Löst den Gurt. Stößt die Tür auf. Sprintet.

Keenan kauert am Boden, sandbedeckt, übergibt sich, scheint aber unverletzt. Wenige Meter entfernt liegt die zerschundene Leiche des Pistolenmanns, Arme und Beine grotesk abgespreizt.

Tyron kniet sich neben Keenan, schaut, ob er irgendwo verletzt ist. Keenan erbricht sich weiter, doch heraus kommt lediglich eine klare Flüssigkeit, dann würgt er nur noch trocken. Tyron tastet ihn ab, Kopf, Hals, Kiefer, Schultern, Arme, Oberkörper, Beine. Unterdessen merkt er, dass er selbst aus der Wange blutet. Er zieht sein T-Shirt am Ausschnitt hoch und presst den Stoff kurz an die Wunde, dann fährt er mit Keenans Untersuchung fort.

»Ist das gerade passiert?«, fragt er und deutet auf die Beule an Keenans Hinterkopf.

Keenan atmet ein paar Mal tief durch, schüttelt dann den Kopf. »Nein, letzte Nacht.«

Tyron hilft ihm auf die Knie. »Du bist unverletzt«, sagt er mit einem müden Lächeln.

Keenan nickt, die Augen halb geschlossen. Er fällt in Tyrons Arme.

Tyron umarmt seinen Freund. Hält ihn. Stützt ihn. »Ich dachte, ich hätte dich verloren, Bruder.«

Keenan, der noch immer hechelt, als ob er einen Monat lang keinen Atemzug genommen hätte, entgegnet mit kratziger Stimme: »Dachte ich auch.«

»Kannst du aufstehen?«

»Denke schon. Aber … Bleib bei mir.«

Tyron hilft Keenan auf die Beine, lässt seinen Arm auf dessen Schultern liegen.

»Naomi verlässt mich.« Keenan schüttelt den Kopf. »Keine Ahnung, warum ich das gerade jetzt sage.«

Tyron sieht seinen Freund an. »Tut mir leid, Mann.«

Keenan erwidert seinen Blick, die Augen nun voll geöffnet. Sie füllen sich mit Tränen. »Du hast mir das Leben gerettet, Ty.« Die Tränen laufen ihm über das Gesicht. »Nach allem, was ich getan habe, hast du mir trotzdem das Leben gerettet.«

Tyron umarmt ihn erneut. »Das würde ich immer tun, Bruder.«

Als er merkt, dass Keenan wieder aus eigener Kraft stehen kann, sagt er: »Ich nehme dir die Handschellen ab. Glaubst du, der Kerl hat den Schlüssel?«

»Keine Ahnung.«

Sie schauen zu der merkwürdig verrenkten Leiche hinüber.

»Er hat deine Eltern umgebracht«, sagt Keenan.

»Der Mann da?«

»Ja. Er hat es mir im Auto erzählt.«

»Hat er gesagt, warum?«

»Es hatte politische Gründe. Deine Eltern waren ...« Keenan seufzt. »Tut mir leid. Ich erzähl es dir gleich. Erst muss ich meinen Dad anrufen und checken, ob es ihm gut geht. Er muss erfahren, dass er von Antoine nichts zu befürchten hat.«

Tyron starrt auf die Leiche im Staub. Eigentlich müsste eine solche Offenbarung ihn schockieren und bestürzen, zumal der Mörder seiner Eltern direkt vor ihm liegt, aber er ist im Operationsmodus. Die neue Information ist abgespeichert, und er wird sich später mit ihr auseinandersetzen. Im Moment zählt nur, die Mission zu Ende zu bringen.

Er geht auf die Leiche zu, bückt sich und durchsucht die Taschen. Einen Toten zu berühren ist nichts Neues für ihn. Als er den Schlüssel findet, fällt ihm die Waffe auf, die einige Meter entfernt im Staub liegt. Er wird sie nicht anrühren: Der Tatort bleibt besser unverändert, und er wird ganz bestimmt nicht seine Fingerabdrücke auf der Waffe hinterlassen.

Er kehrt zu Keenan zurück, nimmt ihm die Handschellen ab. Keenan zieht die Arme nach vorn, massiert sich die Handgelenke, lässt sie kreisen. Dann wendet er sich um und humpelt zum Auto des Toten. Durchsucht das Sakko, das über dem Beifahrersitz hängt. Kommt mit seinem Handy in der Hand zurück.

Tyron blickt zu den sonnengebleichten Gipfeln auf. Schaut zu Keenan zurück, der sich das Handy ans Ohr hält. Er sieht, wie sich Erleichterung auf dessen Gesicht ausbreitet.

»Dad. Gott sei Dank«, sagt Keenan.

10:49 UHR

Antoine beobachtet die Gasse hinter der Sportsbar vom Beifahrersitz eines grauen Kleinwagens aus, der getönte Scheiben hat. Carlos sitzt hinterm Steuer. Sie schweigen. Von Zeit zu Zeit springt Antoines Blick zu seinem Handy. Einer von seinen Leuten ist in der Bar.

Antoine ist jetzt eine Legende bei den Latin Knights. Er hat der Gang nicht nur einen Ruf wie Donnerhall verschafft, indem er die Boxwelt schockierte und den mächtigsten Mann in Las Vegas umbrachte, nein, er hatte sie auch dazu gedrängt, so viel Kapital wie irgend möglich auf seinen Sieg zu setzen. Die Gang hat ein Vermögen eingestrichen. Genau wie er. Jeden Dollar, den er besaß, jeden Dollar, den er sich borgen konnte, und jeden Dollar, den er als Vorauszahlung für den Kampf erhielt – er hatte eine niedrigere Börse, aber dafür eine höhere Vorauszahlung ausgehandelt –, hatte er über Carlos auf seinen Sieg gesetzt. Ihm war klar gewesen, dass er Konitsyn entweder besiegt und dadurch ein Treffen mit Bashinsky erhält oder dass er den Sinn seines Lebens verfehlt hätte. Da er nicht vorhatte zu versagen, hatte er alles, was er besaß, auf seinen Erfolg gesetzt.

Er wird genug Geld haben, um in Venezuela wie ein König zu leben. Oder in Bolivien. Nicht dass es ihm wichtig wäre, wie ein König zu leben. Oder dass es ihm wichtig wäre, über die Grenze nach Süden zu gelangen, wo er von Mexico City nach Caracas fliegen wird. Sie können ihn ruhig schnappen. Sie können ihn einsperren oder umbringen. Es kümmert ihn nicht, solange er nur zu Ende bringt, was er angefangen hat. Es ist alles, was er hat. Und er hat es fast geschafft.

Und *natürlich* wird es ihm gelingen, aus diesem Land zu verschwinden – aus diesem Land, das ihm nie Heimat war, obwohl er fast sein gesamtes Leben hier verbrachte. Er hat keinerlei Zweifel, dass er es über die Grenze schaffen wird. Seine Leute wissen, was sie tun müssen, und jetzt werden sie sich erst recht für ihn reinhängen.

Auf seinem Handy leuchtet eine Nachricht auf. *Ahora.*

Er schaut zu Carlos auf, der nickt. Antoine steigt aus dem Auto.

Steifbeinig geht er über die Straße zur Gasse, ein Baseballcap tief im Gesicht, seine dick geschwollenen blutunterlaufenen Augen verborgen hinter einer Sonnenbrille. Er trägt ein gestärktes weißes Hemd und eine schwarze Hose, und abgesehen von seinen zerschundenen Handknöcheln könnte er ein beliebiger Latino auf dem Weg zu seinem Kellner-, Tellerwäscher- oder Putzjob sein. Die verriegelte Hintertür der Sportsbar öffnet sich von innen, und sein Mann, Tulio, lehnt sich heraus, ein großer ernster Bursche mit raspelkurzem Haar und Kinnbart. Antoine schlüpft wortlos hinein. Tulio schließt die Tür hinter ihm.

Antoine nimmt die Sonnenbrille ab, geht an der Tür eines Lagerraums vorbei und hört weiter vorn das geschäftige Treiben in der Küche, aber von der Hintertür zum Herrenklo sind es nur ein paar Meter, die er mit wenigen Schritten durchmisst. Aus dem Augenwinkel sieht er, wie Tulio am anderen Ende des Ganges in die Bar zurückkehrt.

Der trübe erleuchtete Waschraum mit vier Urinalen und zwei Kabinen ist leer, wie angekündigt. Er geht über die schmutzigen Bodenkacheln zur hinteren Kabine. Er verriegelt innen die Tür, klappt den Klodeckel zu und setzt sich drauf. Er rollt sein rechtes Hosenbein hoch und zieht das Messer aus der Scheide an seinem Fußknöchel. Schiebt das Hosenbein wieder runter, bis der Saum auf dem Schuh liegt. Er zieht das Handy aus der Tasche, legt es in die linke Hand, nimmt das Messer in die rechte. Er wartet.

Er ist die Ruhe in Person. Sein Nervenkostüm wurde in den vergangenen vierundzwanzig Stunden aus ihm herausgebrannt, sein Adrenalinvorrat ist aufgebraucht.

Das Handy leuchtet auf. *Vienen 2. No es el.*

Dreißig Sekunden später hört Antoine, wie quietschend die Tür aufgeht. Schritte zweier hereinkommender Männer. Er hört sie pinkeln, ein paar gemurmelte Worte wechseln, leise kichern. Einer furzt. Die Tür quietscht erneut, fällt zu.

Er wartet.

Er fragt sich, ob er die Dinge hätte anders machen können. Nicht heute oder letzte Nacht – er hat seinen Plan perfekt ausgeführt –, sondern vor zwanzig Jahren. Hätte er damals etwas anders machen können? Hätte er einen anderen Lebensweg einschlagen können?

Aber wie hätte ich ohne so ein Ziel überleben können, fragt er sich. Ich wäre zerbrochen, tausendfach zerbrochen.

Im Grunde ist es egal. Er ist zu dem geworden, der er ist. Die Vergangenheit kehrt nicht zurück.

Doch es hatte Zeiten gegeben, als er sich zu ändern versuchte. Als Terrence und Viola Shaw umgebracht worden waren, zum Beispiel. Er wollte ein normales Leben führen. Er war bereit gewesen, seine Mission aufzugeben.

Viene otro. No es el.

Aber die Normalität wollte ihn nicht. Niemand wollte ihn. Erst als er etwas aus sich gemacht hatte, von dem sie profitieren konnten. Da wollten sie ihn. Ein Soldat für eine Gang. Ein Preisboxer für Geschäftsleute. Eine Geldbörse für Weiber. Aber da war es bereits zu spät. Es gab kein Zurück mehr für ihn.

Die Tür geht auf. Neue Schritte. Der Gast geht in die Kabine neben ihm. Lässt sich schwer seufzend auf die Klobrille sinken. Unter der Trennwand sieht Antoine braune Schuhe, darauf den gekräuselten Stoff der heruntergelassenen Hose. Er hört den Innereien des Mannes bei der Arbeit zu. Riecht, was sie im Angebot haben. Der Mann hört gar nicht mehr auf zu stöhnen, während er sich angestrengt auskackt.

Beeil dich, *hombré*. Ich mag keine Zeugen.

Die Scheiße des Mannes stinkt dermaßen übel und sein Gestöhne ist so nervig, dass Antoine beinahe wünschte, die Zielperson würde *jetzt* erscheinen. Was für ein demütigender Tod es wäre. Würde dem Dreckschwein recht geschehen.

Schließlich ist der Mann fertig, ehe jemand anderes hereinkommt. Die Tür geht quietschend auf und schließt sich wieder.

Antoine wartet.

Hat es einen Wert, dass Leute einen mögen, wenn man doch nur eine Sache für sie ist, ein Objekt? Es hat keinen Wert. Es ist wertlos. Du liegst ihnen nicht am Herzen. Ihnen liegt nur an dem, was du tun kannst. Und sie werden dich fallenlassen, sobald du ihnen nicht mehr dienlich bist.

Ich habe richtig entschieden.

Ya viene. Solo.

Er schließt die Hand um den Messergriff. Öffnet sie, schließt sie wieder. Das Handy schiebt er in die Tasche. Streckt die Finger seiner linken Hand.

Die Tür geht auf. Schwere Schritte auf dem Kachelboden. Antoine erhebt sich still. Er hört einen Schwall Pisse ins Urinal platschen und öffnet behutsam den Riegel. Er zieht die Kabinentür nach innen auf, macht kein Geräusch dabei.

Im Spiegel sieht er den großen Mann über dem Pissoir stehen, den Kopf gesenkt. Sein Urin sprudelt noch immer fröhlich heraus.

Antoine lässt sich Zeit. Der Mann hat literweise Bier intus.

Ein Boxer muss leichtfüßig sein. Ein Mörder muss noch leichtfüßiger sein. Lautlos wie ein Phyton, der sich aus einem Baum herabschlängelt, schleicht er von hinten auf den Mann zu.

Der Pissestrom verwandelt sich in ein Tröpfeln.

Antoine reißt den Kopf des Mannes zurück. Sticht ihm in den Hals, zieht die Klinge quer über die Gurgel. Blut spritzt ans Graffitto über dem Pissoir.

Antoine zieht das Messer heraus und sticht seinem Opfer, vier, fünf, sechs Mal in den Bauch. Der Mann gurgelt und fasst sich kraftlos an Kehle und Magen. Antoine senkt ihn zu Boden. Steht über ihm. Beobachtet, wie sich um ihn eine Blutlache bildet.

Die Augen des Mannes sind halb aus ihren Höhlen gequollen. Antoine starrt auf sie herab. Sieht das Wiedererkennen. Den Schock. Das Entsetzen vor dem Tod.

Die Augen werden glasig. Das Blut fließt weiter.

Antoine lässt das Messer fallen und wäscht sich die Hände. Während er sie abspült, hört er ein Handy klingeln. Er wendet sich um. Das Klingeln kommt von der Leiche. Der halbe Boden ist mittlerweile mit Blut bedeckt. Antoine tritt hinein und beugt sich hinunter, um dem Toten das Handy aus der Tasche zu ziehen.

Er schaut aufs Display. Keenan.

Er richtet sich auf. Wischt mit dem Daumen über das Handy, um den Anruf entgegenzunehmen. Er hält es sich ans Ohr und geht zur Tür.

»Dad. Gott sei Dank.«

Tulio, der vor der Tür Wache gehalten hat, führt ihn zum Ausgang. Antoine huscht ihm hinterher.

»Dad. Dad, bist du da?«

Tulio drückt die Hintertür auf. Sonnenlicht strömt herein. Carlos wartet mit dem Wagen draußen in der Gasse. Antoine und Tulio steigen ein. Carlos fährt los.

»Dad! Dad!«

»Er kann nicht ans Telefon kommen.«

10:55 UHR

Naomi fährt schnell über die breiten stillen Boulevards. Sie muss Craig finden.

Als sie Rosie im Hotel zurückließ, war ihr nicht klar gewesen, wo sie mit ihrer Suche beginnen soll. Sie machte sich Sorgen um Keenan, hatte keine Ahnung, was geschehen war, aber sie wusste, dass Fitz bei ihm war. Der konnte für Keenan im Moment mehr tun als sie.

Untätig herumsitzen, während ihren Freunden das Leben um die Ohren fliegt, kam nicht infrage. Und Keenan wollte seinen Vater suchen, was er nun nicht mehr kann, weil er sich in Polizeigewahrsam befindet. Deshalb übernimmt sie das. Sie wird ihn finden und sicherstellen, dass ihm nichts passiert. Sie glaubt nicht, dass Antoine es tatsächlich auf Craig abgesehen hat, aber sie möchte, dass Keenan seinen Seelenfrieden hat. Er ist ihr wichtig, ungeachtet der anderen Dinge.

Was ist das nur für ein Tag gewesen. Sie erinnert sich vage an ihre Ansprache vor den Mädchen in der Umkleide nach dem Spiel. Ist das wirklich erst gestern passiert? Nicht schon vor einem Monat? Oder einem Jahr? Vielleicht ist es in einem anderen Leben passiert, denn seitdem hat sich alles geändert. Sie hat immer davon geträumt, dass sie zu viert wiedervereint gemeinsam in der Stadt leben würden, aber sie wäre nie darauf gekommen, dass sie und ihre Jugendfreunde wie entflammbare Komponenten eines Feuerballs wirken würden, der die Stadt versengt. Und der Tag ist noch nicht einmal zu Ende. Er rollt weiter über sie hinweg, zermalmt sie unter seinem Räderwerk. Sie fragt sich, welche Überraschung als Nächstes auf sie wartet.

Als Erstes hat sie in Craigs und Rosies Haus nachgesehen. Kein Hinweis darauf, dass jemand dort war, seit sie es am Morgen verlassen haben. Dann ist ihr eine Sportsbar eingefallen, in der sie während der Football-Saison mit Keenan und Craig sonntagnachmittags Spiele geschaut haben. Die Kellnerinnen dort sind ziemlich hübsch und tragen äußerst knappe Outfits. Craig hat sich immer gefreut, mit ihnen schäkern zu können, und die Frauen haben immer gerne mitgespielt. Er ist Stammgast dort, und immerhin sind sie hier in *Vegas*.

Sie fragt sich, ob Craig, gestresst und auf Suche nach Trost, aus Macht der Gewohnheit dort hingefahren ist, obwohl keine Football-Saison ist. Deshalb braust sie nun zu der Bar.

Sie hält im Parkverbot direkt vor dem Eingang und steigt aus. Ein Hitzeschwall schlägt ihr entgegen, und sie geht schnell hinein. Die Luft in dem großen, gut gefüllten Innenraum ist auf beinahe arktische Temperaturen heruntergekühlt, auf diversen Flachbildfernsehern laufen verschiedene Sportarten, die meisten Gäste hocken über einem späten Frühstück: bergeweise

Rührei, Würstchen, Schinkenspeck, Bratkartoffeln, dazu ein frisch gezapftes Bier.

»Ich suche Craig, einen großen mittelalten Mann. Haben Sie ihn gesehen?«, fragt sie die Bedienung, die nur mit den Schultern zuckt und desinteressiert durch den Raum blickt. Naomi geht weiter.

Sie schaut zu jedem Tisch, aber sieht ihn nirgendwo. Sie wendet sich an einen der Barkeeper. »Haben Sie einen ziemlich großen Mann mit grauem Haar gesehen? Er heißt Craig. War er hier?«

Der Barkeeper nickt. »Er saß dort drüben«, sagt er und deutet auf einen Hocker an der Bar, wo ein halb volles Bierglas steht. »Ich glaube, er ist auf dem Klo.«

Naomi verschwindet in den hinteren Teil der Bar und geht rechts einen spärlich beleuchteten Gang hinunter, an dessen Ende jemand durch die Hintertür ins Freie tritt. Das Licht, das durch die zufallende Tür hereinscheint, ist gleißend hell und umreißt die Gestalt, die sich ein Handy ans Ohr hält. Die Tür fällt zurück ins Schloss. Naomi bleibt stehen. Es war nur ein kurzer Blick von hinten, das Licht blendete sie, aber die Gestalt sah aus wie …

Sie rennt zur Herrentoilette. Stürmt hinein. Macht zwei lange Schritte und bleibt abrupt stehen. Schlägt sich die Hand vor den Mund. Der Boden ist voller Blut. Sie tritt vom Rand der scharlachroten Lache zurück. Craigs leere Augen stehen offen. Blut quillt ihm aus der Kehle und dem Bauch. Tränen sprudeln aus ihren Augen, als hätte jemand eine Wasserleitung gekappt. So viel Blut. So etwas hat sie noch nie gesehen.

Nach einem weiteren schockierten Augenblick wird ihr klar, dass die Gestalt in der Tür tatsächlich Antoine war. Der geflohen ist. Sie erwacht aus der Erstarrung. Zieht Keenans Waffe aus dem Holster, das sie unterm T-Shirt im Rücken trägt. Stürmt durch die Tür, den Gang hinunter, durch die andere Tür, hinein in eine Flut aus Hitze und Helligkeit. Einen Moment lang ist sie geblendet, dann rückt eine Gasse in den Fokus, an deren Ende ein Auto in eine Nebenstraße einbiegt.

Sie prescht los, die Pistole in der Hand, fegt durch die Gasse, als würde sie einen Fast Break starten. Blitzschnell erreicht sie die Straßenecke, doch der Wagen ist schon einen Block entfernt und biegt zur Main Street ab. Sie stellt sich breitbeinig hin, hebt mit beiden Händen die Waffe. Zielt. Berührt mit dem Finger den Abzug, drückt ihn aber nicht durch. Das Auto ist zu weit weg, und im nächsten Moment verschwindet es aus ihrem Blickfeld. Sie senkt die Waffe. Legt den Sicherungshebel um.

Mein Gott, Antoine. Sie schaut zu Boden. Was hast du getan?

12

11:00 UHR

Taumelnd steigt Keenan auf einen Felsen. In seinem Kopf dreht sich alles. Die Berge umkreisen ihn.

»Antoine? Bist du das?«

»Ja. Ich bin's.«

»Wo ist mein Vater?«

Er schaut zu Tyron, der ihn anblickt und aussieht, als würde er ihn auch vor diesem Moment retten wollen. Keenan wendet sich ab, vor ihm die zerklüfteten Berghänge.

»Antoine, wo ist mein Vater?«

»Er ist tot.«

»Nein.« Keenan schüttelt den Kopf. Seine Augen brennen. »Nein, nein, nein, nein, nein. Wo ist er?«

»Er ist tot. Ich habe dafür gesorgt.«

Keenan schießen Tränen in die Augen, laufen ihm übers Gesicht. »Er war es nicht«, sagte er schluchzend. »Miles war es, nicht mein Vater.«

Sein Gesicht verzerrt sich. »Verstehst du, du Schwein?« Die Berge werfen seine Worte zu ihm zurück. »Er war es nicht! Miles hat es mir gestanden, du wertloser Abschaum! *Der* hat es getan! Nicht mein Dad! *Er* hat deinen Vater umgebracht!«

»Miles hat es gestanden?«

Keenan sinkt auf die Knie. »Oh Gott. Oh Scheiße. Du Mistkerl. Du elender verschissener Mistkerl.«

»Wo ist Miles?«

»Er ist *tot!* Tyron hat ihn überfahren. Du Psychopath ... Mein Vater ... er war es nicht.« Er versinkt in einem Tränenmeer. »Er war es nicht ... nicht er ... nicht er ...«

»Ich weiß.«

Keenan wischt sich über die Augen. Atmet ein paar Mal ein und aus. »Du hast den falschen Mann umgebracht. Er war es nicht. Er war der falsche Mann.«

»Ich weiß.«

Keenan hört knirschende Schritte und schaut auf; Tyron tritt zu ihm heran. Er sieht weg, kann seinen Freund jetzt nicht gebrauchen. *»Was?«*

»Ich weiß über Miles Bescheid. Ich wusste, dass er es war.«

Keenan richtet sich auf. *»Was?«*

»Miles hat meinen Vater umgebracht. Zusammen mit Monk. Auf Bashinskys Befehl. Meine Pflegeeltern auch. Ich weiß es.«

»Du weißt das alles?« Keenan geht ein Stück hangaufwärts. »Du kranker, verdammter … Ich weiß gar nicht mehr, wie ich dich nennen soll. Keine Ahnung, was du bist. Warum? Warum hast du meinen Vater trotzdem umgebracht?«

»Du hättest ihn retten können, Keenan.«

»Fick dich.«

»Du hättest ihn retten können, als wir sechzehn waren.«

»Du bist wahnsinnig. Als wir sechzehn waren – hör dich doch reden – was zum Teufel stimmt nicht mit dir?«

»Ihr habt Tyron bei euch aufgenommen, meinen einzigen Angehörigen, und mich habt ihr nicht gewollt. Dein Vater hat gegen mich entschieden. *Du* hast gegen mich entschieden. Ich weiß, dass du die Wahl hattest, Keenan. Du hast die falsche Entscheidung getroffen.«

Keenan schreit. Von den Bergen hallt das Echo wider. Sein ganzer Körper krallt sich zusammen. »Ich bring dich um, ich bring dich um, du Mistkerl.«

»Du wirst mich nie mehr wiedersehen.«

»Du armseliges wertloses Stück Scheiße. Du hast Miles gehen lassen und lieber meinen Vater umgebracht.«

»Ich hatte Miles' Haus seit letzter Nacht unter Beobachtung gestellt. Sobald er nach Hause gekommen wäre, wäre er ein toter Mann gewesen. Aber danke, dass du … du und Tyron … mir die Arbeit abgenommen habt. Lebwohl, Keenan. Jetzt erfährst du, wie es ist, wenn der eigene Vater umgebracht wurde.«

Die Leitung ist tot.

Keenan sackt zu Boden, das Gesicht in den Händen.

11:19 UHR

Einen Schritt zu spät. Wie früher auf dem Basketballfeld. Immer kam sie einen Schritt zu spät.

Die Polizei stellt ihr Fragen, und sie schildert die Ereignisse. Sie kam in die Bar, sah Antoine am Ende des Ganges, eilte auf die Herrentoilette, sah die Leiche, das Blut, rannte Antoine hinterher.

»Was für ein Auto?«

»Grau, klein.«

»Marke?«

»Hab ich nicht erkannt.«

»Kennzeichen?«

»Hab ich nicht erkannt.«

»Warum glauben Sie, dass es Antoine Deco war?«

An dieser Stelle gerät sie ins Stocken. Die tiefer gehenden Fragen, das Warum, kann sie nicht erklären. Keenan hat ihr aufgetragen, niemandem zu erzählen, dass er letzte Nacht im Reef gewesen und Antoine begegnet ist. Keenan ist in Polizeigewahrsam; er kann ihnen alles erzählen, wenn er so weit ist. Deshalb verrät sie den Cops nicht, was Antoine darüber erzählt hatte, seinen Vater rächen zu wollen. Selbst falls sie es offenbarte, könnte sie dennoch nicht erklären, wie Antoine dies bewerkstelligen konnte. Sie würde die gesamte Geschichte der vier Hauptbeteiligten erzählen müssen, um den Polizisten die letzten vierundzwanzig Stunden begreiflich zu machen. Dazu war sie nicht bereit. Schon gar nicht vor Fremden.

Schließlich sind die Cops fertig mit ihr. Sie setzt sich vor der Bar auf den Bordstein, möchte nicht mehr im selben Gebäude sein mit der Leiche und dem vielen Blut. Der Anruf bei Rosie war noch schlimmer gewesen, als Craig zu finden. Zu hören, wie dieser lieben Frau das Herz brach.

Naomi wusste auf den ersten Blick, dass Craig tot ist. Deshalb war sie Antoine hinterhergerannt, statt erst einen Krankenwagen zu rufen. Hätte sie sich sofort an Antoines Fersen geheftet, hätte sie ihn eingeholt. Sie fragt sich, ob er versucht hätte, auch sie umzubringen.

Ich habe ihn im Stich gelassen, denkt sie. Er war kein Monster, als ich ihn damals kannte. Ich hätte nicht auf ihn hören sollen, als er mich aufforderte, ihn nicht mehr im Gefängnis zu besuchen.

Andererseits, wäre es nicht egal gewesen? Wie bewahrt man jemanden vor all dem Unheil, das über ihn kommt? Wie rettet man jemanden, der nicht gerettet werden möchte?

Man versucht es, sagt sie sich in scheltendem Ton.

Sie denkt an ihre Kindheit zurück, möchte sagen: Wie hätten wir es denn wissen sollen? Aber in Wahrheit wussten sie es alle. Ihr selbst, Tyron und Keenan war klar gewesen, dass in Antoine etwas Unheilvolles heranreifte, und sie ließen ihn damit allein, waren zu sehr mit ihren eigenen Ambitionen beschäftigt.

Sie schnaubt verächtlich. Wo haben ihre Ambitionen sie hingebracht?

Falls dies alles ist, dann war es das nicht wert.

Sie lässt den Kopf hängen. Fährt sich mit den Händen durchs

Haar. Sie könnte gleich wieder losheulen, wenn ihre Tränen nicht längst versiegt wären.

Aus irgendeinem Grund fallen ihr in diesem Moment die lachenden Gesichter ihrer Spielerinnen von gestern ein, als sie sie abklatschte und vor jedem Schulterstoß den Dab-Move machte. Die Erinnerung an die überschwängliche Freude ihrer Mädchen zaubert ihr ein Lächeln aufs Gesicht, trotz allem, was seitdem geschehen ist.

Du wärst heute keine Trainerin, überlegt sie, wenn du nicht den Ehrgeiz gehabt hättest, Profispielerin zu werden.

Sie erhebt sich. Geht auf und ab wie im letzten Spielviertel, wenn sie an der Seitenlinie ihre Spielerinnen anfeuert.

Sie hat Antoine verloren. Daran besteht kein Zweifel. Er ist weg. Er hat sich in ein Monster verwandelt, und das ist schlimmer, als wenn er tot wäre. Aber sie ist am Leben. Sie ist noch hier. Und sie wird nicht Tyron und Keenan verlieren. Sie wird die beiden nicht mehr spalten. Sie wird für die beiden da sein, und sie werden für sie da sein. Aber sie wird mit keinem der beiden je wieder *zusammen* sein. Diese Zeit ist vorbei. Sie sind ihre Brüder. Ihre Familie. Das hat sie jetzt begriffen. Sie wird allein bleiben, fürs Erste jedenfalls. Und doch spürt sie, so wie sie die wärmende Sonne auf der Haut spürt, dass sie weniger einsam sein wird als bisher.

Ihr Handy klingelt. Es ist Tyron.

»Hey«, sagt sie.

»Naomi.« Der Ernst in seiner Stimme ist unverkennbar, nur in diesem einen Wort.

»Was ist los?«

»Ich bin in der Wüste. Bei Keenan.«

»Was ist passiert?«

Sie hört ihm zu. Erfährt von Detective Miles und seinem grausigen Ende. Erfährt von Antoines Telefongespräch mit

Keenan. Erfährt von Keenans Schießerei im Reef. Und als er fertig ist, berichtet sie ihm alles, was sich bei ihr abgespielt hat.

»Also hat Antoine die Wahrheit gesagt«, entgegnet er. »Ich hatte die leise Hoffnung, dass das mit Craig gelogen war.«

»Ich hab es komplett versaut, Ty. Ich hab Keenan versprochen, dass ich auf seinen Vater aufpassen würde. Stattdessen hab ich ihn in Antoines Arme getrieben.«

»Nichts von alledem ist deine Schuld. Glaub mir. Antoine hat seine Wahl getroffen. Nichts, was ihm widerfahren ist, entschuldigt seine Taten.«

»Wir hätten ihn nicht im Stich lassen dürfen. Er brauchte eine Familie, und das waren wir.«

»Den Gedanken hatte ich auch. Aber in Wahrheit hatten wir unsere eigenen Probleme, Naomi. Wer sind wir heute? Ja, wir hätten für ihn da sein können. Wer waren wir damals? Wir waren nicht dafür bereit, wir waren zu jung, nicht reif genug.«

»Er wusste also, dass Craig nichts mit der Ermordung seines Vaters zu tun hatte. Oder mit der deiner Eltern. Er wusste es und hat ihn trotzdem umgebracht.«

»Das stimmt.«

Sie überlegt einen Moment. Diese teuflische Rachsucht, ihr monumentales Ausmaß. »Warum hast du dich ganz anders entwickelt, Ty? Deine Eltern wurden auch ermordet, als du noch ein Kind warst. Warum ist aus dir kein hasserfülltes Monster geworden?«

Sie wartet auf seine Antwort. Kann fast hören, wie Tyron darüber nachdenkt.

»Ich bin mir nicht sicher«, sagt er schließlich. »Jedenfalls nicht, weil ich von Natur aus so ein guter Mensch bin. Antoine hat seinen Vater in viel jüngeren Jahren verloren als ich meine Eltern. Und ich hatte meine Eltern viel länger als er, und *sie* waren gute Menschen.« Er macht eine Pause. »Und die Quinns haben mich aufgenommen. Antoine hat man sich selbst überlassen.«

Ganz gleich, was er darüber erzählt, dass sie sich damals mit eigenen Problemen herumschlagen mussten und noch nicht reif genug waren, um Antoine zu helfen, sie kann es aus seiner Stimme heraushören: Auch er macht sich Vorwürfe.

»Du täuschst dich, Ty«, sagt sie. »Du *bist* ein guter Mensch. Bist immer einer gewesen.«

»Danke, Naomi.« Sie ist sich nicht sicher, meint aber, in seiner Stimme lägen nun weniger Schuldgefühle. Zumindest hofft sie es.

»Wie geht's Key?«, fragt sie.

»Schlecht.«

»Ich sollte bei euch sein. Kommt ihr zurück, oder bleibt ihr noch dort?«

»Wir bleiben. Key meint, wir sollten den Tatort nicht verlassen. Damit wir erklären können, wie alles abgelaufen ist. Auf seinen Wunsch hin habe ich einen Polizistenfreund von ihm angerufen. Fitzgerald. Dem habe ich alles erzählt. Er ist mit seinen Leuten unterwegs.«

»Fitz. Den kenne ich. Seine Frau schäkert für meinen Geschmack ein bisschen zu viel herum, aber er ist in Ordnung. Er wird uns helfen.«

Sie verfallen in Schweigen, finden aber dennoch Trost in ihrer Verbindung übers Telefon. Sie schlendert von der Bar und all den Leuten weg, die davor herumstehen.

»Naomi?«

»Ja?«

»Wegen uns ...«

»Ja?«

»Ganz gleich ob du Keenan verlässt oder nicht, er liebt dich. Ich kann nicht mit dir ...«

Sie lacht. Es ist kein heiteres Lachen, nur ein sanftes Lösen der Anspannung. »Ich auch nicht. Wir sind eine Familie. Du, ich, Keenan. Das weiß ich jetzt.«

»Gut«, sagt er.

Sie hat den Eindruck, dass er noch mehr sagen möchte. Sie möchte, dass er noch mehr sagt. Doch er sagt nur noch einmal: »Gut.«

Es genügt ihr.

11:28 UHR

Tyron nimmt das Handy herunter und schaut darauf. Atmet tief durch und steckt es ein.

Er hebt den Blick zu Tara und Ricky – er hat die beiden nach dem Telefonat mit Fitzgerald angerufen. Ricky ist ausnahmsweise mal sprachlos. Tara, die ihre Gefühle nie übermäßig nach außen kehrt, gibt sich gefasst, aber er erkennt ihre Anspannung an ihren zusammengepressten Zähnen und ihrem unsteten Blick, an der Schutzbedürftigkeit, die sie ausstrahlt. Zivilisten, denkt er und schaut auf die Leiche im Staub.

Ricky, der auch auf den Toten starrt, hält Tara die Hand hin. Sie schaut darauf, zögert einen Augenblick und ergreift sie dann. Ihre Blicke treffen sich. Sie lächeln sich kurz an. Schauen wieder weg, als ob sie den Moment verderben könnten, falls sie ihn zu bedeutungsschwanger werden ließen. Aber sie halten sich weiter bei der Hand. Tyron freut sich darüber.

Er wendet sich ab und schaut auf den steilen Hang hinter ihm. Keenan ist nirgends zu sehen. Wahrscheinlich schlendert er irgendwo herum. Ist vielleicht besser so. Er braucht seinen Freiraum.

Tyron folgt den Reifenspuren zu Auntie Trudys Wagen.

Dabei geht er an der Leiche vorbei. Es macht ihm nichts aus. Wenn überhaupt, dann beruhigt ihn der Anblick, die verrenkten Gliedmaßen, die zerrissene Kleidung, das leere, blutige Gesicht. Er ist kein Zivilist, auch wenn seine Uniform im Schrank hängt und ein anderer sein Gewehr benutzt. Er erreicht den Wagen und inspiziert die blutverschmierte Motorhaube und die eingedellte Stoßstange. Er tastet über die Glasreste an der Einfassung der zerborstenen Windschutzscheibe. Er wird die Reparatur bezahlen. Oder Auntie Trudy ein neues Auto kaufen.

Ihm ist klar, dass die Polizei ihm höchstwahrscheinlich schwer zusetzen wird. Selbst mit Keenans Freund Fitzgerald auf ihrer Seite werden die Cops keine Zurückhaltung gegenüber jemandem üben, der einen altgedienten Detective überrollt hat.

Doch es stört ihn nicht. Feinde, Krieg, Gefahr, Tod: Tyron ist bestens ausgerüstet für diese Dinge. Er ist dafür geschaffen, sich mit derlei Widrigkeiten herumzuschlagen.

Marlon hat recht, denkt er. Ich kann von Nutzen sein. Ist nicht jedermanns Sache, den Kopf erhoben zu halten, wenn die Welt dem Abgrund entgegenschliddert.

Aber ich werde nicht mehr kämpfen und töten für Männer, die ich nicht gewählt habe. Ich werde nicht mehr kämpfen und töten für wirtschaftliche Interessen, die nicht meine sind. Werde nicht mehr arme Menschen bekämpfen und töten. Ich entscheide selbst, gegen wen ich kämpfe. Und für wen ich kämpfe.

Ein Windstoß hebt an und schenkt ihm einen Moment der Erlösung von der Affenhitze. Die Luft streicht ihm kühl über die Wangen. Einer seiner Mundwinkel hebt sich. Vielleicht gehöre ich ja doch in die Wüste. Wo sonst würde sich eine Windbrise so gut anfühlen?

»Ty«, ruft Tara ihm zu. »Wo ist Keenan?«

Er geht zu ihr und Ricky hinüber und sieht, dass sie ihre Hände voneinander lösen, als er näher kommt. Er schaut zurück und sagt: »Er ist irgendwo dort hochgegangen.«

»Meinst du nicht, du solltest ihm nachgehen?«

»Warum?«

»Ich finde, du solltest nach ihm schauen.«

»Der Mann hat gerade seinen Vater verloren«, meldet Ricky sich zu Wort und schaut den Berg hinauf. »Er könnte auf dumme Gedanken kommen.«

Tyron dreht sich um und folgt Rickys Blick. Selbstmord. Darauf ist er gar nicht gekommen.

»Meint ihr?«, fragt er.

Tara zuckt die Achseln. »Es war für alle ein langer Tag. Er sollte aber nicht allein sein, finde ich. Nicht dort oben. Such ihn, Ty. Er braucht dich.«

Tyron nickt. Er joggt durch das Tal und den Bergausläufer hinauf. Anfangs erschien ihm der Gedanke an Selbstmord unwahrscheinlich. Tyron würde etwas Derartiges für sich selbst nie in Erwägung ziehen, deshalb kam er gar nicht darauf. Aber jetzt hat Tara es ihm in den Kopf gesetzt, und nachdem er Keenan vorhin weinend am Boden kauern sah, die Finger in den Sand gekrallt, hält er inzwischen alles für möglich.

Er steigt über ein paar Felsen und geht auf einem schmalen Pfad im dornigen Gestrüpp weiter, stapft um den Berg herum nach oben. Rechts von ihm ist ein Steilhang, dahinter erstreckt sich eine rostbraune Ebene zum Horizont, hier und dort ein weiterer Berg in der Ferne. Das T-Shirt klebt ihm nass am Rücken, mit jedem Schritt schwitzt er stärker. Er bleibt stehen, verschnauft, schaut vom Boden auf und sieht Keenan über sich auf einem Felsvorsprung stehen.

»Key!«, ruft er.

Keenan schaut zu ihm herab.

»Warte, ich komme!«

Tyron prescht den steinigen Weg hinauf.

11:49 UHR

So schnell Tyron auch rennen können mag, Keenan weiß, dass er zehnmal springen könnte, ehe sein Freund ihn erreicht. Es ist ein tiefer Sturz bis hinab auf die scharfkantigen Felsen. Nicht die schlechteste Art zu sterben, denkt Keenan. Ein herrlicher Ausblick, ein letzter Adrenalinkick, dann tot, ohne etwas zu spüren.

»Key!«

Keenan schaut hinunter. Selbst jetzt noch versucht Tyron ihn zu retten. Der Mann lässt einfach nicht locker. Keenan kann nicht abstreiten, dass es ihm Kraft gibt.

Er hat viel gelernt in den letzten vierundzwanzig Stunden. Er hat gelernt, dass die Welt ein brutaler Ort ist, wenn man nicht oben an der Spitze steht. Hat gelernt, dass er durchhalten kann. Dass er sein eigenes und das Versagen anderer überstehen kann. Dass er Schmerz in einer nie für möglich gehaltenen Intensität ertragen kann. Dass er Verluste ertragen kann. Vor allem aber hat er gelernt, dass weitere Tote keine Lösung sind. Es sind nur weitere Tote. Weder Raul Deco noch Terrence und Viola Shaw kehren dadurch zurück. Ebenso wenig Craig Quinn.

Tyron ist noch wenige Meter entfernt. Jetzt oder nie. Keenan beugt sich über den Vorsprung. Schaut in die Tiefe. Schließt die Augen.

Es würde auch Reggie Harrison nicht zurückbringen. Es würde ihn nicht zurückbringen.

»Key!«

Er öffnet die Augen.

Keuchend hievt Tyron sich auf die Felsplatte. »Alles in Ordnung?«

Keenan hilft ihm auf die Beine. »Nichts ist in Ordnung. Aber ich werde nicht runterspringen, falls das deine eigentliche Frage war.«

»War es nicht, aber … meine Cousine, sie …«

Keenan schüttelt den Kopf, richtet den Blick in die Ferne.

Die Wüste verschwimmt, als ihm abermals Tränen in die Augen schießen. Er spürt Tyrons kräftige Hand auf seiner Schulter. Sieht seinen Freund an, dankbar.

»Wir können dem nicht entfliehen, was wir im Leben falsch gemacht haben, oder?«

»Nein«, sagt Tyron. »Können wir nicht. Aber es hindert uns nicht daran, das Richtige zu tun in der Zeit, die uns noch bleibt.«

Keenan mustert Tyron. Schließlich nickt er.

»Lass uns zurückgehen. Was auch kommen mag, ich bin bereit dafür.«

Tyron lächelt. »Ich auch.«

Keenan umarmt seinen Bruder, dann beginnen sie ihren Abstieg vom Berg.

11:56 UHR

Antoine, auf der Rückbank eines Autos mit getönten Scheiben und unverdächtigen Kennzeichen, rast nach Westen Richtung Kalifornien und Pazifikküste. Ein weiterer seiner Männer sitzt am Steuer, Carlos sitzt neben ihm auf dem Beifahrersitz. Carlos wird Antoine bei dieser Reise per Schiff nach Mexiko und mit dem Flugzeug nach Venezuela begleiten, und wahrscheinlich wird er auch danach noch lange bei ihm bleiben. Ein loyaler Verbündeter. Ein kompetenter Angestellter. Ein furchtloser Soldat. Aber kein Freund. Definitiv kein Bruder. Antoine hat an beidem keinen Bedarf.

Zum gegenwärtigen Zeitpunkt ist er zufriedener, wenn er allein ist. Allein ist er stärker. Menschen sind Ressourcen, Werkzeuge, und keins davon ist wertvoller für ihn als Carlos, aber jeder ist ersetzbar. An Menschen herrscht kein Mangel auf der Welt. Das ist es, was er als Junge nicht begriffen hat. Man verliert eine Person, man ersetzt sie durch eine andere. Enttäuscht einen jemand, nimmt man jemand neues. Alle sind ersetzbar, austauschbar.

Die von ihm getöteten Männer sind ersetzbar. Zweifellos. Man wird sie nicht lange vermissen. Falls doch, ist derjenige, der sie vermisst, ein Trottel. Diese Männer waren gemacht fürs Grab.

Zweiunddreißig Jahre alt, reflektiert er, und mein Lebenswerk ist vollbracht. Was jetzt, Antoine Deco? Es gefällt mir, Dinge in die Tat umzusetzen. Ein Player zu sein. Mein Spiel ist vorbei, aber vielleicht könnte ich ja bei dem eines anderen einsteigen. Meine Dienste vermieten.

Vielleicht kann Venezuela oder Bolivien einen Mann wie mich gebrauchen. Das würde dir gefallen, *padre*, nicht wahr? Hast du mir deshalb nie verraten, woher du oder meine Mutter stammte? Damit ich alle Latinos als meine Brüder betrachten würde?

Schläfst du jetzt ruhiger, *padre*? Dein Sohn ist kein Feigling. Er hat Vergeltung geübt. Er ist kein Feigling.

Antoine schaut nach vorn aus dem Fenster. Vor ihm liegt offenes Land.

Ja, denkt er. Ich würde gern bei einem neuen Spiel mitmachen. Ich brauche eine Erholungspause, aber sobald ich wieder voll bei Kräften bin, gehe ich wieder auf die Jagd. Vielleicht will das Schicksal es so. Vielleicht hat es dich mir deshalb genommen, *padre*. Um mir ein Ziel zu geben, das mich auf etwas Größeres vorbereiten würde. Dort draußen gibt es so vieles.

Ja, ich werde wieder auf die Jagd gehen.

Danksagung

Zuallererst möchte ich meiner Familie danken: meinen Eltern, Chris und Debra, und meiner Schwester Ruth – nicht nur für ihre endlose Liebe, Unterstützung und Ermunterung, sondern auch dafür, dass sie während der langen Reise bis zur Veröffentlichung dieses Buches bei mir waren. Sie haben sich meine Ideen angehört, haben mir ihre Meinung gesagt, haben frühe Fassungen des Romans mit kritischem Auge gegengelesen; sie haben mir geholfen, der Autor zu werden, der ich heute bin.

Unbedingt danken möchte ich meinem Agenten, Michael Levine. Ich hätte mir nie träumen lassen, dass ich einen so hartnäckigen Unterstützer in meiner Ringecke haben würde; ich werde auf ewig in seiner Schuld stehen für die mir und meiner Familie entgegengebrachte Großzügigkeit und für die Türen, die er mir geöffnet hat.

Ebenso danke ich meinem Lektor, Doug Richmond, dessen Scharfblick dieses Buch auf ein neues Level hob. Es durch seine Mithilfe veröffentlicht zu sehen, ist einfach großartig.

Auch danken möchte ich Sarah MacLachlan, Janie Yoon, Maria Golikova, Holley Corfield, Sonya Lalli, Joshua Greenspon und allen bei House of Anansi Press. Es war mir ein Privileg, mit diesem renommierten Verlagshaus zusammenarbeiten zu dürfen. Ich könnte nicht glücklicher sein mit dem Endprodukt, das wir gemeinsam zusammengefügt haben. Mein besonderer Dank geht an Anansis Chef-Grafikerin, Alysia Shewchuk, für das tolle Cover, das eine nicht unbedeutende Wirkung auf das Leseerlebnis hat. Ich hätte mir nichts Besseres vorstellen können. Mein Dank geht auch an meinen Redakteur, Tilman Lewis, und meine Korrektorin Gemma Wain. Ihre ausgezeichnete Arbeit hat gewährleistet, dass das Buch sein volles Potenzial erreichte.

Mein Dank geht an Donna Morrissey, meiner Betreuerin im Programm der Humber School for Writers. Unter ihrer Führung gelangten dieses Buch und mein Schreibvermögen auf ein neues Level, und das werde ich ihr nie vergessen.

Mein Dank auch an David Bezmozgis und alle anderen an der Humber School for Writers, die mich in meiner Arbeit fortwährend gefördert und unterstützt haben.

Des Weiteren danke ich allen bei Westwood Creative Artist, inbesondere Maxine Quigley, für all die Arbeit, die in mich gesteckt wurde.

Mein Dank auch an Carolyn Smart, meiner Professorin an der Queen's University; ihr Unterricht in Kreativem Schreiben machte mich zu dem Schriftsteller, der ich heute bin (hoffentlich ist das ein Kompliment).

Ein großes Dankeschön geht an meinen Webdesigner Louis Wong für die wunderbare Website, die er für mich entwickelt hat. Ich könnte nicht glücklicher damit sein.

Mein Dank an Jacobo Romo und das Spanish Centre in Toronto für die Korrekturen der spanischen Sätze.

Danke all den Lesern meiner frühen Fassungen (nicht nur dieses Buches, nein, sie haben auch alle meine anderen unveröffentlichten Werke gelesen); es sind zu viele Leute, um sie alle namentlich zu erwähnen, aber ihre Kommentare und Änderungsvorschläge haben meine Geschichten geformt und mir gezeigt, was funktioniert und was nicht funktioniert. Danke auch all den Familien, Freunden und Bekannten, die während des scheinbar endlosen Schreibprozesses nette oder aufmunternde Worte für mich übrig hatten. Es hat mir sehr geholfen.

Zu guter Letzt danke ich *Ihnen* dafür, dass Sie dieses Buch (und die Danksagung) gelesen haben. Zeit meines Lebens wollte ich Bücher schreiben, die Menschen fesseln. Ich hoffe, dieses hier hat Sie gefesselt.